Jean Wiersch

Havelgift

Die Handlung dieses Romans ist frei erfunden. Auch die Figuren entstammen seiner Phantasie. Darum sind eventuelle Übereinstimmungen mit lebenden oder verstorbenen Personen zufällig und nicht beabsichtigt.

Originalausgabe Juni 2017

Alle Rechte vorbehalten,
auch die des auszugsweisen Nachdrucks
und der fotomechanischen Wiedergabe
sowie der Einspeicherung und Verarbeitung
in elektronischen Systemen.
© Prolibris Verlag Rolf Wagner, Kassel
Tel.: 0561/766 449 0, Fax: 0561/766 449 29

Titelfoto von Wendelin Jacober
Beelitz, creativecommons
flickr.com/photos/wendelinjacober/33382299761/in/datetaken/
Lizenz: https://creativecommons.org/licenses/by/2.0/
Bildausschnitt aus einem Querformat

Druck: OSDW Azymut Sp. z o.o.

ISBN: 978-3-95475-148-8

www.prolibris-verlag.de

Jean Wiersch

Havelgift

Brandenburg-Krimi

Prolibris Verlag

Prolog

Februar 1951

Später werden die Erwachsenen fragen, wie es ihnen ergangen sei an diesem frostigen Wintertag, und Berni wird stets sagen: »Na, wie schon, gut eben.« Wie man sich halt fühlt, wenn man ein märkisches Kindlein ist, und keines aus einer großen vornehmen Stadt. Klirrende Kälte oder sengende Hitze, man nimmt es, wie es kommt. Hier in der Mark Brandenburg ist man bodenständig, wie Vater und Großvater es waren. Man verspürte nicht einmal den Drang, ins Nachbardorf zu fahren. Was sollte man da auch? Und in eine andere Gegend, vielleicht in ein fernes Land, musste man schon gleich gar nicht.

Und die Kindlein? Sie hatten auf dem Hof alles, was sie brauchten. Wirklich alles. Sie hatten sogar Schnee in diesem Winter, viel Schnee, eiskalten Schnee. Die Erwachsenen sprachen gar von einer Katastrophe: Der ganze Schnee, wo soll man damit nur hin?

Aber die Kindlein störten sich daran nicht. Sie waren begeistert von der weißen Pracht. Kam der Schnee, dann war es nicht mehr weit bis zu dem einfach nur wunderbaren Schlachtefest.

Darauf freuten sich die Kindlein schon lange. Würden doch zu diesem Fest viele Verwandte anreisen, mit all ihren warmen Umarmungen und vielleicht sogar mit Geschenken. Die Vorfreude war fast so groß wie an Weihnachten.

Und weil es in wenigen Minuten losgehen würde, hatten sich die Kindlein klammheimlich aus dem Haus geschlichen. Sie wollten sich, auch wenn es eigentlich verboten war, in der Scheune umtun. Die war der Abenteuerspielplatz schlechthin auf einem Bauernhof. Eine riesige Dreschmaschine stand darin und eine alte Kutsche, an der Wand lehnten unzählige Holzmollen. Und über den lehmigen Scheunenboden hatte der Großvater Bleche gebreitet, damit das Gemisch aus Blut und warmem Wasser den Lehmboden der Tenne nicht in eine Schlammwüste verwandelte.

Beim Schlachten hätten die Kinder nichts zu suchen, sagte die Großmutter immer. Deshalb war es ihnen streng verboten, an diesem Tag die Scheune zu betreten. Und die Kindlein wussten, dass es mehr als Schelte geben würde, ließe sich eines von ihnen vom Großvater erwischen oder von einem der anderen Männer, die extra zum Schlachten gekommen waren.

Aber die Verlockung des Verbotenen versprühte jenen unwiderstehlichen Reiz, dem sich niemand entziehen kann. Auch kleine Kinder nicht. Und so waren ihre Ohren gespitzt wie die einer Maus in Großmutters Vorratskammer.

Kaum hatten sie das Scheunentor hinter sich zugezogen, drangen vom Hof her die ersten Stimmen zu ihnen hinein. Männer kamen aus dem Haus und stapften durch den Gang, den der Großvater schon am gestrigen Abend in den hüfthohen Schnee geschoben hatte. Es knirschte unter ihren schweren Stiefeln. Und aus der Richtung ihrer Schritte folgerten die Kindlein, dass die Männer zum Schweinestall unterwegs waren. Dort würden sie der Sau eine Schlinge um einen Hinterlauf legen, um sie dann gemächlich zur Scheune zu führen. Ganz ohne Stress. So wie es der Großvater eingefordert hatte, denn sonst schmecke das Fleisch nicht.

Schnell kletterten die Kindlein auf die Leiter zum Heu– und von dort noch höher in den Strohboden, wo sie sich hinter einem riesigen Ballen versteckten. Und das war allerhöchste Zeit, weil in diesem Augenblick auch schon einer der Männer das Scheunentor aufzog. Die Spannung stieg, war kaum mehr auszuhalten. Gleich würden sie die Sau hereinführen, sie mit dem anderen Ende der Schlinge an einem eigens dafür in die Zwischenwand geschlagenen Haken festbinden. Und dann? Dann würde einer der Männer das Bolzenschussgerät ansetzen. Mittig auf der

Stirn der nichts ahnenden Sau. Und genau das sollte nach dem Willen der Großmutter vor den Kinderaugen verborgen bleiben. Denn töten, so meinten fast alle, war nichts für Kinder. Töten war ein Akt der Erwachsenen.

Die Anspannung der Kindlein wuchs ins Unermessliche. Es krabbelte in jedem Zentimeter ihres Körpers. Sie rückten ein wenig vom Strohballen ab, nur so weit, dass man sie von unten her, von der Tenne, nicht sehen konnte. Dann trat auch schon der erste der Männer durch das Tor. Es war der alte Karl, ein Nachbar. Der wohnte in der weißen Bauernkate am Ende der Straße. Ein Haus, dem Stürme und Fröste über die Jahre ordentlich zugesetzt hatten. Jeder neue Orkan drohte Karls Dach zu ergreifen und es fortzutragen, samt der langsam verrottenden Holzmöbel, die noch älter waren als Karl selbst.

Der nächste Mann, den die Kindlein ausmachten, gehörte nicht zum Dorf. Er war womöglich der Schlachter. Sein Fleischerhemd war bis zu den Ellenbogen hochgekrempelt. Und er war der, der das Seil in der Hand hielt.

Die beiden Kindlein richteten sich auf, denn mehr als die Oberkörper der Männer konnten sie nicht erkennen. Aber auch das reichte noch nicht, um den dritten Mann auszumachen. Die Kindlein mussten, wollten sie alles überblicken, so weit nach vorn rutschen, dass die zierlichen Finger fast den Rand des Strohbodens berührten. Beide atmeten im selben Rhythmus, ganz flach. Sie durften sich auf gar keinen Fall den Männern verraten.

Doch dann spürten sie plötzlich den Blick des Schlachters. Die Augen des Mannes schienen jeden Meter der Scheune abzusuchen. Die Kindlein hielten vor Schreck den Atem an und drückten sich ganz flach auf die Dielen des Strohbodens. Instinktiv schoben sie sich wie Indianer wieder hinter den Strohballen zurück, wo sie die dicken Norwegerpullover gegen die Münder pressten und die sauerstoffarme Luft aus ihren Backen in die engen Wollmaschen bliesen.

Aber die Männer kamen nicht die Leiter herauf. Die Kindlein waren unentdeckt geblieben.

Unten in der Tenne hatten sie mittlerweile die Sau festgebunden. Doch die war nicht so entspannt, wie es der Großvater gewünscht hatte. Das entnahmen die Kindlein den Geräuschen, die von unten hochdrangen. Die schweren Stiefel der Männer rutschten über die ausgelegten Bleche, die Sau musste sich mit all ihrer Kraft zur Wehr setzen. Zu gerne hätten sich die Kindlein wieder bis an den Rand des Strohbodens vorgetastet, aber es mangelte am nötigen Mut.

»Karl«, rief einer der Männer plötzlich. »Nimm den Schwanz da weg.«

Noch nie hatten die Kindlein dem ersten Akt eines Schlachtefestes beiwohnen dürfen. Was dabei passierte, wussten sie aus den Erzählungen des Großvaters und der anderen Männer. Sie kannten all die Handlungen des Schlachtens nur ab dem Zeitpunkt, an dem die Sau schon über der Tenne hing und die Männer den ersten Schnaps in ihre Kehlen gossen. Dann hatten die Kindlein immer den Ringelschwanz in die Hände gedrückt bekommen, den sie anschließend mit einer Sicherheitsnadel an den hinteren Teil von Großmutters Schürze zu hängen versuchten. Warum aber sollte Karl jetzt schon den Schwanz wegnehmen? Das kam doch erst viel, viel später, überlegten die Kindlein. Außerdem fehlten auch noch die Großmutter und die Nachbarinnen, die für das Blutrühren zuständig waren.

Die Kindlein atmeten tief, aber geräuschlos ein, drehten sich wieder auf den Bauch und schoben sich nun doch wieder Millimeter um Millimeter zum Rand des Strohbodens vor.

Noch bevor die Augen auf die Tenne hinunterschauen konnten, nahmen die Ohren der Kindlein eigenartige Geräusche wahr. Stöhnen, Wortfetzen, Seufzer, Stiefelscharren auf Blech. Es kam ihnen vor, als säßen sie inmitten eines Gewitters.

»Hier, nimm den Schwanz, du Sau!«, forderte der Schlachter. »Nimm ihn ganz.«

Warum, fragten sich die Kindlein, soll die Sau jetzt den eigenen Schwanz nehmen? Und womit sollte das Tier das tun? Ein Schwein hat doch keine Finger.

Die Kindlein mussten unbedingt den Rand des Strohbodens erreichen. Was war da unten los? Was machten die Männer mit der Sau?

Dann schoben sich die Köpfchen endlich bis über die letzte Diele. Nun war der Blick frei auf die Männer ... Es war nicht die Sau, die bei ihnen war. Was sie dort unten sahen, war unbegreiflich. Dieser Anblick ließ die Zunge des Jungen, der krampfhaft die Hand der Schwester hielt, für lange Zeit erstarren. Kein Wort würde er über die kleinen Lippen bringen. Der ganze Körper würde sich fortan in dichten Nebel hüllen.

Kindlein mein, schlaf nur ein, weil die Sternlein kommen ...

1

September 1996

Seit Minuten starrte Barrus stur vor sich hin. Er hatte keine Lust, an etwas Bestimmtes zu denken oder jemand Speziellen ins Visier zu nehmen. Er wollte einfach stupide vor sich hinstarren. Deshalb nahm er die Passanten auch nur schemenhaft wahr, die links und rechts der fußballfeldgroßen Baugrube ihren Angelegenheiten nachgingen, hetzend zumeist, denn Müßiggang, wie ihn Südländer beherrschten, insbesondere die von Barrus so geliebten Italiener, war hier immer noch ein Fremdwort.

Es mochte für Außenstehende so aussehen, als habe der Mann im weißen Leinenanzug nebst dem obligaten Panamahut, seine ganze Konzentration ihm gewidmet – dem Loch, das mittlerweile Stadtgesprächsstoff Nummer eins war, weit über die Stadtmauern hinaus. Vor einigen Monaten war es hier auf dem Neustädtischen Markt ausgehoben worden, weil der Parkplatz, den alle brauchten, die mit dem Auto in die Innenstadt wollten, einem großen Kaufhaus weichen sollte. Sollte! Aber wie in Brandenburg oft der Fall, gab es bislang nur das Loch, anstatt der versprochenen Baustelle, denn die war auf Initiative der Stadtarchäologen inzwischen mit einem Baustopp gesegnet worden. Und das, obwohl kaum ein vernunftbegabtes Wesen die Hoffnung am Leben erhielt, dass an dieser Stelle archäologisch mehr zu finden sein würde als genau das, was man schon vor langer Zeit gefunden hatte. Aber wie es mit Hoffnungen so ist, wussten all die Vernunftbegabten zu diesem Zeitpunkt noch nicht, dass ihr Loch, an dessen Rand der stur dreinblickende Josef Barrus hockte, dass dieses Loch mit dem Kolosseum in Rom gleichziehen würde. Das konnte jeder mittelprächtig begabte Grundschüler nachrechnen, hatten doch die Römer sieben Jahre gebraucht, um die weltberühmte Arena zu bauen, genauso lange wie die Brandenburger brauchen würden, um jenes Loch wieder zu schließen, auf dem dann, wer hätte das je geglaubt, ein Parkplatz errichtet sein würde.

Aber das war Barrus vollkommen egal. Bei ihm reichte es an diesem sonnigen Septembertag nur zu einem desinteressierten Kopfschütteln, denn ihn plagten andere Sorgen, andere Löcher. Und hätten all die Menschen, die um das Loch herumschwirrten wie aufgescheuchte Bienen, gewusst, wie es in ihm aussah, sie hätten vielleicht ihr Portemonnaie gezückt, um dem Mann, der da seit Tagen vor der Weinhandlung Belmondo herumlungerte, einen Geldschein in die Hand zu drücken. Das nämlich waren die Löcher, die an Barrus' Verstand nagten, die Löcher in seinen Sakkotaschen, durch die das Geld nur so rieselte.

Er drehte sich um und schleppte sich mehr, als dass er lief, bis zur Tür des Belmondo. »Hildi«, rief er ins Innere, »mach mir mal einen hübschen Grauburgunder. Schön kalt, wenn es geht.« Dann ließ er sich vor der Weinhandlung auf einen Stuhl fallen, und starrte weiter auf das Loch.

Hildi kam an die Tür, verschränkte die Hände vor der Brust und benutzte den für sie so typischen, weil belehrenden Ton einer Gouvernante. »Jo, es ist erst elf.«

Barrus machte sich nicht die Mühe aufzublicken. »Ja, und?«, sagte er. »Ein Burgunder schmeckt um elf morgens genauso gut wie um sechs Uhr abends. Bring ihn mir jetzt, bitte. Meine Kehle verlangt danach.«

»Das kann ja sein«, beharrte Hildi auf ihrer Belehrung. »Aber das wäre heute schon dein vierter.«

»Hildi«, schnaufte Barrus und gab dann folgende Empfehlung: »Nimm einfach einen anderen Zettel. Aller guten Dinge sind bekanntermaßen drei. Also solltest du immer nur drei Burgunder zusammen aufschreiben. Der vierte wäre der erste auf einem neuen«, philosophierte er und ließ den Blick, der mittlerweile so schleppend war wie sein Gang, einer für Brandenburger Verhältnisse äußerst adrett gekleideten Dame folgen, die schnurstracks auf das Belmondo zuhielt.

»Und wer bezahlt mir die vielen Zettel?«, fragte Hildi, wohl wissend, dass hinter dem Tresen bereits ein ganzer Stapel davon lag, alle mit den Initialen JB, die für Josef Barrus standen.

»Irgendwann bekomme ich auch wieder einen Auftrag«, sinnierte er, als er die Bedrohung für seinen Gaumen erkannte, die in Hildis Worten steckte. »Dann lade ich dich sogar zum Essen ein, meine Schöne. Versprochen. Aber jetzt bring mir bitte den Burgunder«, beharrte Barrus und sah der gut gekleideten Dame nach, die an ihm vorbeigegangen war und nun, sich an Hildi vorbeischlängelnd, gerade im Belmondo verschwand, einen betörenden Duft nach exotischen Blumen zurücklassend.

»Was kann ich für Sie tun?«, fragte Hildi, die der Dame gefolgt war und nun hinter ihrem Tresen stand.

Die Frau nahm ihre Sonnenbrille ab und sah sich um, als wähnte sie sich im falschen Geschäft. »Ich bin doch hier richtig? Am Neustädtischen 33?«, fragte sie.

Hildi schüttelte den Kopf, dann nickte sie.

»Nein und ja«, antwortete sie schließlich, denn diese Frage war ihr nicht zum ersten Mal gestellt worden. »Wir liegen zwar direkt am Neustädtischen Markt, doch die Adresse lautet: Am Molkenmarkt 33.«

»Ah, ja«, kam es von der Dame. »Aber ich suche den Neustädtischen Markt 33. Können Sie mir da vielleicht weiterhelfen?«

Hildi gab nicht auf. Sie hatte da so eine Idee, dass die Dame hier im Belmondo doch richtig war. »Wohin möchten Sie denn?«, erkundigte sie sich deshalb. Längst ahnte sie, zu wem die Dame wollte.

Die Angesprochene öffnete ihre Handtasche und entnahm ihr eine Visitenkarte. »Zur Detektei Jo Barrus«, las sie von dem Kärtchen ab, als könne sie sich die drei Worte nicht merken.

Hildi nickte erneut und nahm der Dame die Visitenkarte ab. »Dann sind Sie hier goldrichtig«, sagte sie mit dem Gefühl der Siegerin. »Darauf steht es ja: Am Molkenmarkt 33, auch wenn alle Welt glaubt, dass hier sei der Neustädtische Markt 33. Der Herr sitzt draußen vor der Tür, und wenn Sie so nett wären, ihm das mit rauszunehmen«, ergänzte sie und stellte ein volles Weinglas auf den Tresen.

»Hallo, Josef.«

Die Dame setzte sich neben Barrus auf einen Stuhl und stellte das Glas auf das kleine Tischchen, unter dem Barrus seine Beine ausgestreckt hatte. »Zum Wohl.«

»Kennen wir uns?«, fragte Barrus, ohne den Blick vom Loch abzuwenden.

»Ich glaube schon«, gab die Dame zu. »Und auch wenn du dich äußerlich sehr verändert hast, so dass ich dich nicht sofort erkannt habe, ist ansonsten wohl alles beim Alten geblieben. Denn wie ich sehe, ist unser Jo weiterhin Bacchus bester Geselle.«

Nun musterte Barrus die Dame angestrengt. »Das ist nicht ganz richtig«, entgegnete er schließlich, wieder auf das Loch starrend. »Ich habe nämlich den Arbeitgeber gewechselt. Ich stehe nicht mehr in den Diensten des verehrten Herrn Bacchus, sondern habe mich weiterentwickelt und arbeite jetzt für seine Exzellenz Liber Pater.«

»Und wer ist das, wenn ich fragen darf?«

»Der römische Gott der animalischen Befruchtung und des Weins, wobei mein Tätigkeitsschwerpunkt weiter beim Wein liegt.« Dann sah Barrus die Dame mit einem herausfordernden Blick an. »Was wollen Sie von mir?«

Die Dame wirkte ob der jähen Wendung des Gespräches und der durch Barrus plötzlich hervorgestoßenen Frage ein wenig überrumpelt. Sie brauchte einige Sekunden, bis sie sich wieder fing. »Erkennst du mich denn nicht?«

Barrus nahm die Sonnenbrille ab und versuchte angespannt, seinen Linsen etwas mehr an Sehschärfe zu entlocken. *Gepflegtes, auf natürliche Weise hübsches Gesicht, halblanges, rötlichbraun gefärbtes Haar, volle Lippen.* So lautete seine Kurzbeschreibung. Alles in allem ging er davon aus, dass dieser sehr frauliche Körper vom Leben weniger gezeichnet war, als der, in dem er selbst steckte. Darüber hinaus verrieten die leuchtende Perlenkette, das weiße Designerkostüm und der unaufdringliche Brillantring die Zugehörigkeit der Dame zum städtischen, vielleicht sogar zum nationalen Geldadel. Und, auf die Frage der Dame zurückkommend, solche Menschen kannte Barrus nicht.

»Müsste ich Sie kennen?«, fragte er deshalb. »Ich lese keine bunten Zeitschriften und an der Wallstreet bin ich zu selten, als dass ich mir die Gesichter merken könnte.«

»Ich hatte gehofft, dass du mich erkennst.«

»Und woher sollte ich Sie kennen?« Barrus sah wieder zum Loch. »Hören Sie: Ich bin mittlerweile einundsechzig Jahre alt. Da ist man im Leben schon dem ein oder anderen Menschen begegnet. Und das Gute am Altern ist, wenn es überhaupt etwas Gutes daran gibt, dass man Gott sei Dank die meisten, denen man begegnet ist, längst wieder vergessen hat.«

»Ich zähle also auch zu den Vergessenen«, stellte die Dame fest, und es klang, als wäre sie darüber enttäuscht. Sie nahm das Weinglas in die Hand, das sie zuvor auf den Tisch gestellt hatte, und roch daran. Dann trank sie einen winzigen Schluck, was Barrus mit zusammengekniffenen Augen beobachtete. Anschließend schürzte sie anerkennend die Lippen.

»Das hätte ich dir gar nicht zugetraut, mein Lieber.«

»Was?«, fragte Barrus und eroberte sich das Weinglas zurück.

»Dass du Wasser trinkst.«

Barrus brauchte keinen Probeschluck. Er erkannte allein an der Farbe der Flüssigkeit, dass Hildi es ein weiteres Mal viel zu gut mit ihm gemeint hatte. Mit einer schnellen Bewegung kippte er das Wasser vor seine Füße.

Als er wieder aus dem Belmondo trat, stellte er zwei Gläser auf das Tischchen und die angefangene Flasche Grauburgunder dazu.

»Nun mal Butter bei die Fische, Madame. Wer sind Sie und was wollen Sie von mir?«

»Du erkennst mich also wirklich nicht?«, fragte sie und wartete eine kurze Weile, ehe sie fortfuhr. »Klingelt es immer noch nicht? Na, dann werde ich das Rätsel wohl lösen müssen. Wir sind ein Jahr lang gemeinsam zur Schule gegangen. Ich heiße Eva.«

Barrus schob sich den Panamahut in den Nacken. »Heiliger Strohsack«, entfuhr es ihm. »Die Eva. Eva Mahler, unser Mauerblümchen.«

2

»Wo ist Jo?«

Berit stand in der Tür des Belmondo. Ihr Blick, der mit voller Wucht den Tresen traf, konnte Materie eliminieren.

»Weg«, antwortete Hildi schlicht.

»Was heißt weg? Wo ist er hin? Um diese Zeit sitzt er gewöhnlich weinselig vor deiner Tür.«

Hildi kam um ihren Tresen herum und ging auf Berit zu. Sie musste Berit beruhigen, bevor dieser brodelnde Vulkan ausbrach.

»Guten Morgen, mein Schatz«, sagte Hildi und nahm die kleine Berit in den Arm.

Jetzt sackte Berit ein wenig zusammen, bemühte sich aber trotzdem um ein Lächeln, das etwas steif wirkte. Hildi hatte mal wieder gewonnen.

»Entschuldige«, sagte sie und ließ es dankbar zu, dass Hildi sie noch immer in den Armen hielt. »Dir auch einen guten Morgen, Hildi.«

Dann löste sich Berit aus der Umarmung und sah angestrengt auf ihre Armbanduhr. »Es ist fast elf. Ich hatte gehofft, ihn hier zu finden.«

Hildi musterte Barrus' Nichte. Berit sah ziemlich mitgenommen aus. Und es war unschwer zu erkennen, dass diese Abgespanntheit etwas mit ihrem Onkel zu tun haben musste.

»Was hat er dieses Mal angestellt? Hat er wieder den Müll nicht runtergebracht?«

Berit ließ sich auf einen Stuhl fallen. Sie suchte nach einem Satz, einem einzigen, einem prägnanten Satz, der mit knappen Worten ihre Situation auf den Punkt bringen würde. »Es ist eine Katastrophe mit ihm«, sagte sie schließlich und genoss Hildis Hand, die über ihre Haare strich.

»Aber das wusstest du vorher, mein Kind.«

»Schon, bloß dass es so schlimm wird …« Berit hob den Kopf, suchte Hildis Blick. »Niemals hätte ich das für möglich gehalten. Jo ist ein kompletter Chaot.«

Hildi nickte. »Ja«, sagte sie. »Aber ein liebenswürdiger. Was hat er denn nun angestellt? Erzähl es mir.«

»Nichts!«, schrie Berit ihren Frust heraus, als wäre plötzlich der Teufel in sie gefahren. »Er hat nichts, überhaupt nichts angestellt. Und deshalb ist er permanent pleite.«

»Du hast schon wieder seine Miete bezahlt, oder?« Hildis Hand glitt von Berits Kopf auf die Schulter.

»Was soll ich denn machen? Sie setzen ihn doch sonst auf die Straße. Und dann kommt er vielleicht auf die irre Idee, bei mir einzuziehen.«

Hildi rechnete kurz nach. »Wir haben jetzt September. Wie viele Mieten hast du in diesem Jahr für ihn schon übernommen?«

»Drei.«

»Dann hat er also gar keine bezahlt, denn die anderen sechs habe ich ihm ausgelegt.«

Berit legte den Kopf zur Seite, so dass ihre Wange Hildis Hand berührte, die noch immer auf ihrer Schulter lag. »Was machen wir nur mit ihm? Das kann doch so nicht weitergehen.« Dann nahm sie den Kopf wieder hoch. Sie schaute Hildi an. »Was stellt er eigentlich mit seinem ganzen Geld an?«

Hildi holte tief Luft. »So viel hat er nicht«, sagte sie. »Die Pension, die sie ihm zahlen, nachdem er die Polizei verlassen hat, ist recht dürftig. Die bekommt er vom neuen Staat lediglich für die Zeit seit 1990 bis zu seinem Ausscheiden, also für knapp fünf Jahre. Plus einer Übergangszahlung. Die Rente aus seinem Dienst als Polizist in der Volkspolizei gibt es erst mit Erreichen seines fünfundsechzigsten Lebensjahres, also in vier Jahren. Und dann ist da ja noch deine Tante. Für Gisela zahlt er Unterhalt, weil sie ja bei diesem Guru lebt und zu Gott Shiva vorzudringen versucht. Und das nimmt ihre ganze Zeit in Anspruch.«

Berit schüttelte den Kopf. Das wollte sie nicht gelten lassen. »Aber seine Pension mit dem Übergangsgeld muss doch wenigstens für die Miete reichen. So hoch ist die ja nicht. Ich kann mich darum nicht mehr kümmern. Mein Café schluckt genug Geld, wenn ich es am Leben halten will.« Dann stand Berit auf, energisch. Sie hatte offenbar zu alter Stärke zurückgefunden. »Und die Detektei? Für sein Büro bei dir hier im Belmondo zahlt er doch bestimmt auch nichts.«

»Die Detektei …« Hildi winkte ab. »Du weißt ja, wie die läuft. Die Leute haben nicht genug Geld, um Privatdetektive zu engagieren.«

»Und der große Meister hat sich damit abgefunden, oder?«

»Offensichtlich«, sagte Hildi, lief zum Tresen zurück, streckte den Arm aus und angelte zwei Pralinen für sie beide hervor. »Hier, das beruhigt die Nerven.«

Berit schob ihre in den Mund, schloss die Augen und atmete befreit auf. »Und wo ist er nun, unser Grandseigneur?«

Hildi lächelte. Und es kam weder ihr noch Berit unpassend vor. »Er ist weggegangen. Mit einer Frau, einer Dame, wohl ziemlich vermögend, wie ich das einschätze. Sie ist vor einer halben Stunde gekommen und hat nach der Detektei Barrus gefragt. Dann hat sie sich mit Jo unterhalten, und als der seinen Burgunder ausgetrunken hatte, sind sie grußlos verschwunden.«

»Ein Auftrag?«

»Möglich.«

»Na, hoffentlich vermasselt er das nicht wieder. Sein wievielter Burgunder war das denn heute schon?«

»Er wird es nicht vermasseln, mein Schatz. Er ist noch ganz klar im Kopf, es war ja erst sein vierter.«

»Nimm ihn nicht immer in Schutz«, mahnte Berit, als sie sich bereits der Tür zuwandte. »Das hat er nicht verdient.«

»Das vielleicht nicht«, rief Hildi ihr nach. »Aber Berit, er hat doch nur uns beide, um ihn zu beschützen?«

»Sag ihm, er soll mich anrufen, wenn er wieder da ist. Ich bin im Schach-Matt und muss unbedingt mit ihm reden.«

3

»So wohnt also unser Mauerblümchen.«

Barrus hatte sich entschieden, in der Kommunikation mit Eva vorerst die Spöttelei-Karte auszuspielen. Warum er das tat, hätte er jedoch nicht sagen können.

Sie ließ sich von seiner flapsigen Bemerkung nicht aus der Ruhe bringen. Sie warf ihre Handtasche auf den nächsten Sessel , an dem vorbei sie Barrus in die Mitte des knapp einhundertfünfzig Quadratmeter großen Lofts geführt hatte. »Wenn du bei der Verwendung von Mauerblümchen im Sinn hast, dass ich eine Frau bin, die von Männern nur wenig beachtet wird, dann wünschte ich, du hättest Recht. Verletzen kannst du mich damit also nicht.«

Barrus nahm den Blick aus dem hallenartigen Loft wieder zurück. »Man nennt Mauerblümchen auch jemanden, der beim Skat sein Spiel nicht ausreizt, um den anderen überrumpeln zu können«, sagte er. »Bist du gekommen, um mich zu überrumpeln, schöne Eva?«

»Könnte ich das denn? Ich, die kleine Eva, die vor dreiundvierzig Jahren mit ihren zarten vierzehn Lenzen die viel älteren Jungs der Abiturklasse angehimmelt hat.«

Barrus fühlte sich geschmeichelt, beschloss aber, dies aus taktischen Gründen besser zu verbergen. »Wenn ich das hier alles sehe«, sagte er, »gibt es die kleine Eva von damals nicht mehr. Sie scheint sehr erwachsen geworden zu sein, ist auf Augenhöhe angekommen.«

Eva Mahler deutete auf einen der weißen Ledersessel, der mit drei Artgenossen an einem niedrigen Tisch stand, dessen Glasplatte auf den Köpfen von vier züngelnden Kobras aus weißem Marmor ruhte. Nicht sein Geschmack, aber konnte man bei dem, was er schön fand, überhaupt von Geschmack reden? Das hier jedenfalls war das, was Barrus dem sogenannten finanzkräftigen Bildungsbürgertum zusprach. In seiner Vorstellung fehlte nur noch eine einsame Oboistin, wohlerzogene Tochter des Hauses, die sich bei ihrem Spiel die Qual nicht anmerken ließ, welche ihr Strawinsky gerade bereitete.

»Setz dich doch«, sagte Eva. »Was kann ich dir anbieten? Grauen Burgunder?«

Barrus nickte. »Wenn er kalt genug ist.«

»Ist er. Ich habe einen Kühlschrank eigens für Weißwein.« Daraufhin verschwand sie hinter dem gut drei Meter hohen und fünf Meter breiten Bücherregal, hinter dem Barrus die Küche vermutete.

»Bitte«, sagte Eva wenig später, als sie Barrus die Weinflasche und einen Korkenzieher hinhielt. »Wenn du so nett wärst?«

»Nur ein Glas?«, fragte Barrus mit Blick auf Evas Hände.

»Ja. Da ich ja im Belmondo schon ein Glas getrunken habe, begnüge ich mich jetzt lieber mit Wasser, um nicht wirklich auf Augenhöhe mit dir zu landen.«

Das hatte gesessen. Barrus stellte die Weinflasche ungeöffnet auf den Tisch. War er hier richtig? Was sollte das werden? Eine Art Abrechnung mit längst verjährten Jugendsünden?

»Eva, bist du auf einer Mission?«

»Warum?«

»Ich meine ja nur. Vielleicht bist du ja als Gräfin von Monte Christo nach Brandenburg zurückgekommen, um den ehemals bösen Jungs zu zeigen, dass du mittlerweile zu größerem Wohlstand gelangt bist, als die das jemals für möglich gehalten hätten. Und nun willst du sie vernichten. Einen nach dem anderen. Und ausgerechnet mit mir fangst du an?«

»War die Prahlerei wirklich das Ansinnen des Grafen von Monte Christo? Ich glaube, er wollte Rache für das Unrecht, das ihm widerfahren war. Er wollte diejenigen vernichten, die ihm geschadet haben.«

»Stimmt«, gab Barrus zu und griff nach der Weinflasche.

Eva schüttelte den Kopf. »Du hast dich in all der Zeit wirklich nicht verändert, Jo Barrus. Wenn ich früher hätte sagen müssen, wessen Leben von euch vier Musketieren bereits mit achtzehn Jahren vorgezeichnet sei, dann hätte ich immer auf dich getippt.«

»Und wie ist mein Leben deiner Meinung nach gelaufen, wenn das so deutlich auf der Hand lag?« Barrus zögerte mit dem Eingießen des Weins und lehnte sich in dem voluminösen Sessel zurück. Er war bereit, auch den nächsten Schlag Evas einzustecken, geduldig, denn wenn das, was ihn momentan umgab, nicht nur Filmkulisse war, würde er ihre Seitenhiebe später parieren, nämlich dann, wenn es um sein Honorar ging.

»Wie dein Leben gelaufen ist? Ich tippe auf Alkohol, Frauen und Polizei. Habe ich Recht?«, fragte sie.

Barrus beugte sich wieder zum Tisch und goss sein Glas randvoll. Zur Beruhigung, wie er sich einredete. Am liebsten hätte er nämlich laut aufgebrüllt und wäre anschließend gegangen. Doch er brauchte das Geld, und er wusste, dass sein Moment noch nicht gekommen war. Einige Minuten musste er noch aushalten.

»Alkohol, Frauen und Polizei«, wiederholte er. »Nicht ganz falsch, aber es war nur eine Frau. Gisela.«

»War?«

»Gisela heißt jetzt Ahlachita, die Frau in glücklicher Stimmung. Sie hat sich vor drei Jahren entschieden, in den Bhagwan eines jungen Gurus zu ziehen, um dort nach dem absoluten Glück zu suchen.«

»Und, hat sie es gefunden?«

Barrus zuckte mit den Schultern. »Ich weiß es nicht. Wir haben kaum noch Kontakt.«

»Habt ihr Kinder?«

Barrus schüttelte den Kopf. »Nein«, sagte er, besann sich dann aber darauf, dass eigentlich ihm die Rolle des Fragenden zustand. »Und du? Hast du welche?«

»Nein«, antwortete Eva. »Ich kann Kinder nicht ausstehen.«

»Also hast du mich nicht aufgesucht, um den zukünftigen Schwiegersohn zu überprüfen.«

»Richtig. Es geht um etwas anderes. Bist du gerade frei?«

Barrus setzte verblüfft das Weinglas ab und zog unübersehbar die Augenbrauen zusammen.

»Ich meine, ob du einen Auftrag hast oder ob du für mich arbeiten kannst?«, reagierte Eva auf das entsetzte Gesicht von Barrus. »Ich brauche einen guten Privatdetektiv. Und das, wenn möglich, sofort.«

Barrus trank das Glas mit einem Hieb halb leer und atmete dann tief ein. »Ich habe zwar viel zu tun«, log er, »aber es ließe sich bestimmt einrichten. Worum geht es denn?«

»Um einen jungen Mann. Er ist seit ein paar Tagen spurlos verschwunden«, sagte Eva, erhob sich und lief wieder die gut fünf Meter bis zu dem Bücherregal. Dann gab sie Barrus ein Foto, das sie aus dem Regal genommen hatte. »Er heißt Markus Weiß. Alles andere steht hinten drauf.«

Barrus sah nach. Zweiunddreißig, wohnhaft in der Stadt, verheiratet, ein Kind, Krankenpfleger in der neuen Privatklinik am Gördenwald.

»Okay«, sagte er, »aber das wird nicht ganz billig. Die Suche nach Menschen ist nämlich kompliziert. Sie erfordert einen hohen Aufwand.«

»Wie viel?«, fragte Eva knapp.

»Fünf ... fünfhundert«, antwortete Barrus.

»Fünfhundert für welchen Zeitraum?«

»Eine Woche.«

»Einverstanden. Ich gebe dir tausend, wenn du sofort an-
fängst.«

Barrus streckte die Hände in die Höhe. »Da kann ich wohl
nicht anders. Der Kunde ist König.«

Eva beugte sich zu dem Sessel und nahm einen Briefum-
schlag aus ihrer Handtasche. »Hier sind eintausend Mark. Eine
Rechnung brauche ich nicht. Aber es gibt eine Bedingung.«

»Welche?«, fragte Barrus, während der Umschlag in seinem
Sakko verschwand.

»Du lässt seine Frau aus dem Spiel.«

»Aber …«

»Kein Aber«, sagte Eva, was sehr bestimmt klang und kaum
Raum für Widerspruch ließ. »Er ist mein Liebhaber, was die
junge Gattin nicht unbedingt wissen muss.«

Barrus senkte den Blick auf seine Finger, die bereits wie bei
einem Erstklässler nachrechneten. »Das sind fünf …«

Aber Eva kam ihm zuvor. »Richtig. Er ist fünfundzwanzig
Jahre jünger als ich. Wo ist das Problem, Jo?«

4

Als Barrus wieder auf den Mühlendamm trat, fiel sein Blick
auf die Idylle aus ruhig dahinfließendem Wasser und einem
breiten Schilfgürtel. Eine Idylle, die man in Brandenburg nicht
lange suchen muss. Sie begegnet einem auf Schritt und Tritt.

Dann blickte er noch einmal an der Fassade der alten Mühle
empor. Sein Verdacht, der schon vor dem Belmondo geboren
war, hatte sich hier als begründet herausgestellt. Eva Mahler,
das ehemalige Mauerblümchen, war angekommen in der Welt
der Schönen und Reichen. Und er? Er war abgebrannt und

weinselig, wie Eva es genannt hatte, als sie ihn in den Fahrstuhl schob, der direkt in ihrem Loft hielt. Und dann hatte sie ihm, als gelte es bei Gestürzten unbedingt noch einmal nachzutreten, den Rat gegeben, von den tausend Mark zuerst ein frisches Hemd zu kaufen.

Lächerlich, absolut lächerlich, oder sollte er das wirklich tun? Papperlapapp, irgendwo in seinem Kleiderschrank mussten noch welche liegen. Und wenn nicht, würde er Berit bitten, die Waschmaschine anzuwerfen.

Ohne weiteres Zögern und bevor Eva ihm aus ihrem Loft noch etwas Hässliches hätte zurufen können, machte Barrus sich unter Umgehung des Belmondo auf den Weg zur Polizeidirektion. Andächtig betrachtete er das Gebäude. Vier Jahrzehnte hatte er hier gearbeitet. Fast ein ganzes Leben lang. Und über dreißig Jahre davon in der Mordkommission. Als es ein bisschen düster wurde, weil die Sonne kurz hinter einer Wolke verschwand, räusperte Barrus sich und betrat dann mit breiter Brust die alte Wirkungsstätte.

Schon auf den ersten Metern verschlug es ihm die Sprache. Was war denn hier passiert? Die Tür, durch die Publikum und Mitarbeiter bislang ungehindert vom Foyer ins Innere der Behörde kamen, hatte wie auch immer die Klinke eingebüßt. Und da, wo früher ein Tresen zum Gespräch einlud, stellte sich dem Besucher nunmehr eine massive Wand entgegen. Einzig das kleine Fenster ließ einen knappen Blick zu, und Barrus erkannte sofort: Die Luke war kugelsicher. Wen erwartete man hier? Oder lagerten im Keller neuerdings die Goldreserven der Deutschen Bundesbank?

Barrus trat vor den Schalter und drückte mit Vehemenz auf die Klingel. Auf der anderen Seite sorgte das augenblicklich für Bitterkeit. Mit einem Gesicht, das an die Saure-Gurkenzeit erinnerte, näherte sich der uniformierte Beamte. Der spaßgebremste Staatsdiener betätigte nun seinerseits einen Knopf. Barrus erkannte den Mann sofort. Es war Herr Meier, ein ehemaliger Kollege des Wachdienstes, den früher allein die Vorschriften am Leben gehalten hatten, da Meiers zurückhaltende Intelligenz nicht ausreichte, eigene, noch dazu sinnvolle Entscheidungen zu treffen. Meiers Stimme, die hatte nichts von der Anmut des Nachtigallengesangs gehabt. Jetzt, da sie durch die Gegensprechanlage gepresst wurde, klang sie blechern, was dem Mann etwas Roboterhaftes verlieh.

»Sie wünschen?«, fragte Herr Meier, ohne die kleinste Veränderung im eigenen Gesicht zuzulassen.

»Erkennst du mich denn nicht?«, rief ihm Barrus entgegen. »Mensch Meier, ich bin's, der Barrus.«

Herr Meier zeigte keine Reaktion, weshalb sich Barrus genötigt sah, die Fingerknöchel gegen die Scheibe zu klopfen. »He, Meier, mach endlich die Tür auf! Ich will rein.«

Noch immer keine Veränderung im Gesicht von Polizeiobermeister Meier. Nur seine Lippen bewegten sich. »Sie wünschen?«

Stinksauer knallte Barrus die flache Hand gegen die Scheibe. Es klatschte, als hätte er einen reifen Schinken geschlagen. »Mach auf, ich will zu Manfred!«, brüllte Barrus, biss dann die Zähne zusammen, riss die Lippen zum gefletschten Gebiss auseinander und gab auch ansonsten Geräusche von sich, die ihn in die Nähe eines Rottweilers brachten.

Nur Herr Meier schien das hinter seinem Sicherheitsglas nicht aus der Ruhe zu bringen. »Zu welchem Manfred? Hier arbeiten viele Kollegen mit diesem Namen.«

»Feller. Zu Manfred Feller. Mordkommission, du Vollidiot.«

Herr Meier zeigte noch immer keine Veränderung in seiner Gesichtsmuskulatur. Er ließ die Taste los, mit der er die Gegensprechanlage aktiviert hatte, und stelzte zu seinem Tisch zurück, wo er mit der ihm eigenen Seelenruhe den Hörer vom Telefon nahm. Nach dreißig Sekunden stand er wieder am Schalter.

»Herr Feller wird Sie abholen. Sie können im Warteraum Platz nehmen.«

»Was?« Barrus glaubte, nicht richtig zu hören. »Ich habe hier vierzig Jahre lang gearbeitet und weiß, wo Manfreds Büro ist. Mach mir endlich die verdammte Tür auf!«

»Gesetz ist Gesetz und Vorschrift ist Vorschrift«, sagte Herr Meier, nahm wieder den Finger von der Taste und schwang sich ohne ein weiteres Wort hinter seinen Schreibtisch.

»Was ist denn hier los?«, fragte Barrus, als er endlich im Büro von Manfred Feller saß.

»Was meinst du? Meier?«

»Auch. Aber warum habt ihr die Direktion zu einer Art Fort Knox umgebaut?«

»Sicherheitsgründe«, antwortete Feller. »Nimm es wie Hermann Hesse.«

»Hesse? Was hat der denn damit zu tun?«

»Damit das Mögliche entsteht, muss immer wieder das Unmögliche versucht werden, soll er gesagt haben. Und wenn das Mögliche das Gespräch mit dem Bürger darstellt, dann musst du offensichtlich erst einmal versuchen, es unmöglich zu machen.«

Barrus schüttelte zwar nur den Kopf, war aber trotzdem beruhigt. Zeigte ihm Fellers Bemerkung doch, dass der ehemalige Vertraute die verschärften Sicherheitsstandards nicht weniger befremdlich fand, als Barrus das selbst tat. Nur hätte er dazu nicht unbedingt die große Literatur bemühen müssen. »Und wenn zum Beispiel der Oberbürgermeister den Direktionsleiter aufsuchen will? Muss der dann auch an der neu erbauten Mauer vorbei?«

Feller nickte. »Und an Kerberos, dem Höllenhund, der ihn sofort zerfleischt, sollte der OB keinen Termin haben.«

Barrus war entsetzt. Aber er wollte zu diesem Thema jetzt lieber schweigen, auch wenn sein Brustkorb noch ein wenig nachbebte.

»Was führt dich zu mir, Jo? Hat es etwas mit deiner Detektei zu tun?«

»Wie kommst du da drauf?«, fragte Barrus nach.

»Entgegen deiner Ankündigung, uns öfter mal zu besuchen, erscheinst du heute das erste Mal seit deiner Pensionierung bei mir. Und da die bereits mehr als ein Jahr zurückliegt, gehe ich davon aus, dass du nicht einfach bei einer Tasse Kaffee über alte Zeiten plaudern willst.«

Barrus strich sich das Kinn. Das also hatte Feller nicht verlernt. Er konnte auch an den Stellen schlechtes Gewissen erzeugen, an denen sein Gesprächspartner nicht einmal ansatzweise ein solches in Erwägung zu ziehen gedachte. Und dieses schlechte Gewissen war scharfkantig. Es riss Wunden wie die Axt in die Rinde des Baumes. »Manfred … ich … ich hatte …«

»Du hattest es dir immer vorgenommen, aber es kam auch immer etwas dazwischen. Stimmt's?«

Barrus' Gesichtszüge erhellten sich. »Du hast wirklich nichts von deiner Menschenkenntnis eingebüßt«, lobte er.

»Was willst du?«, fragte Feller und betrachtete plötzlich überdeutlich seine Armbanduhr.

»Wenn ich störe, warte ich auch, bis die Besprechung vorbei ist«, bot Barrus deshalb an.

»Besprechung? Jo, es ist gleich drei – Feierabend.«

Barrus nickte, aber nicht wegen des Feierabends von Feller, sondern weil ein imaginärer Windzug gerade seine Hoffnung auf Hilfe verwehte.

»Ich verstehe«, sagte er. »Auch neu, oder?«

»Was?«

»Der Feierabend. Ich meine, es ist erst fünfzehn Uhr. Da haben wir doch früher …«

»Aber heute, Jo, heute machen wir um drei Schluss.«

»Und wenn es einen dringenden Fall gibt?«

»Rufbereitschaft«, sagte Feller und legte eine schwarze Schachtel auf den Tisch, mit der Barrus nichts anzufangen wusste. »Motorola, das erste Klapphandy auf dem Markt. Hat jetzt immer der in der Mordkommission, der im Dienst bleibt.«

»Also heute du«, schlussfolgerte Barrus.

»Ja, ich. Aber das soll nicht heißen, dass ich gedenke, den ganzen Tag hier zu sitzen. Nun denn, raus mit der Sprache. Was willst du von mir, Jo?«

Barrus wollte gerade antworten, als ihm eine unbekannte Kraft die Lippen versiegelte. Eva Mahler. Mit vierzehn war sie auf die Oberschule gekommen, die auch er, der Achtzehnjährige, zu diesem Zeitpunkt besuchte. Ein Mauerblümchen, dessen Blütenansätze jedoch erkennen ließen, dass sich in der Knospe etwas Großartiges im Werden befand. Und diese aufgeblühte Blume, wie Barrus sie seit Stunden und nur in seinen intimsten Gedanken bezeichnete, hatte sich an ihn gewandt, den ehemaligen Zwölftklässler, der wie Eva verraten hatte, Wirkung auf die jungen Mädchen damals ausgeübt hatte. Wie viel konnte er Manfred Feller davon erzählen? Wie viel vertrug der Kriminalist in Feller, ohne Verdacht zu schöpfen, ohne zu glauben, Barrus schmisse sich hier für eine Jugendaffäre ins Zeug? In der Hoffnung, dass jetzt, vierzig Jahre später, doch noch was liefe? Nein, er sollte seine Mandantin schützen.

»Manfred. Ich habe … ich suche nach jemandem.«

»Ein Auftrag?«, fragte Feller.

Barrus nickte. »Aber der Auftraggeber spielt keine Rolle. Es geht um einen jungen Mann. Würdest du mir dabei vielleicht ein bisschen unter die Arme greifen?«

»Der Auftraggeber ist also jemand mit Geld, richtig? Mit viel Geld, nehme ich an.« Feller konnte sich ein Schmunzeln nicht verkneifen. »Früher hast du die sogenannte Hautvolee nicht ausstehen können. Du hast sie gemieden wie die Pest. Und heute?«

»Was heute?«

»Heute arbeitest du für sie. Geld verändert die Menschen, Jo. Auch dich.«

Diesen Vorwurf konnte Barrus nicht so einfach auf sich sitzen lassen. Er traf ihn wie ein Faustschlag in die Magengrube. Wohin stolperte er hier gerade? »Mein Auftraggeber möchte im Hintergrund bleiben«, sagte er, und fühlte das Unwohlsein in der Bauchgegend sekündlich anwachsen. Früher, zu einer Zeit, als Feller noch sein Unterstellter war, hätte er diese Art der Gesprächsführung sofort und energisch unterbunden. Und heute? Er konnte Manfred keine Weisung mehr geben. Im Gegenteil, wenn er seine Unterstützung benötigte, musste er den ehemaligen Mitstreiter darum bitten. »Und das ist sein gutes Recht, Manfred. Das allein lässt aber nicht den Schluss zu, dass dieser Auftraggeber Geld hat.«

Feller steigerte das Schmunzeln in ein süffisantes Grinsen. »Jo, wer kein Geld hat, der wendet sich in dieser Stadt nicht an einen Privatdetektiv, und der will auch nicht, dass von den unangenehmen Dingen, die dieser Detektiv herausfinden könnte, irgendetwas an die Öffentlichkeit gelangt. Und lass mich raten, mein Guter. Der Auftraggeber ist in diesem Fall eine Auftraggeberin, und dieser Fakt, vereint mit der Tatsache, dass sehr viel Geld im Spiel ist, hat dich …«, Feller beugte sich nun nach vorn, um über den Schreibtisch hinweg vielsagend in Barrus' Schritt schauen zu können, »… in einen brunftigen Moschusochsen verwandelt.«

»Sag mal, spinnst du?«, protestierte Barrus und schlug schnell ein Bein über das andere.

»Nein«, antwortete Feller und radierte die Süffisanz aus, die in seinem Gesicht geschrieben stand. »Sollte 'n Witz sein. Entschuldige.«

»Also, hier scheint sich ja einiges geändert zu haben. Und wie ihr neuerdings …«, Barrus' Blick wurde jetzt tadelnd, »… mit den Bürgern umgeht, dann ist es wirklich besser, wenn ihr euch einigelt und undurchdringliche Wände aufbaut.«

Fellers Gesichtsausdruck wurde nachdenklich. »Ich habe mich doch entschuldigt. Lass es damit gut sein. Bitte.«

»Einverstanden.«

»Du suchst also einen jungen Mann«, nahm Feller den eigentlichen Faden des Gespräches wieder auf, »und dein Auftraggeber will im Verborgenen bleiben.«

»Ja. So ist es.«

»Und du hoffst, dass ich dir bei dieser Vermisstensuche ein wenig unter die Arme greife?«

»Ja«, antwortete Barrus viel zufriedener als noch vor einer halben Minute. »So hatte ich mir das vorgestellt.«

Feller sah wieder auf seine Uhr. »In Anbetracht des nahen Feierabends müssen wir uns kurzfassen, Jo. Also spielen wir mit offenen Karten. Ich sage dir, was ich weiß, und du sagst mir, was du weißt. Einverstanden?«

Barrus nickte.

»Der junge Mann, nach dem du suchst, ist zweiunddreißig Jahre alt, wohnt in der Harlunger Straße, ist verheiratet, hat ein Kind und hört auf den bürgerlichen Namen Markus Weiß. Und deine geheimnisumwobene Auftraggeberin ist Frau Doktor Eva Mahler, Oberärztin in der Imhotep-Klinik, in der Weiß als Pfleger arbeitet. Vögelt sie mit ihm?«

Nicht einmal eine Minute war vergangen, und Barrus' Zufriedenheit war stechendem Frust gewichen. Frust darüber, dass Feller ihn seit dem ersten Satz an der langen Leine durch die Manege gezogen hatte, und Frust darüber, dass er, Jo Barrus, auch noch selbst schuld daran war.

»Okay, Manfred. Waffenstillstand. Ich gebe zu, dass ich mich besser hätte vorbereiten müssen. Aber das gibt dir nicht das Recht, mich dermaßen vorzuführen.«

»Doch, du hast es verdient, Jo. Du selbst hast es nie zugelassen, dass jemand so unvorbereitet in ein Gespräch einstieg, wie du es gerade getan hast.« Dann sah Feller wieder auf seine Uhr. »Wann war sie bei dir? Gleich um elf oder erst vor einer halben Stunde?«

»Wer?«

»Na, Frau Doktor. Bei mir war sie um zehn. Ich konnte ihr nicht helfen. Markus Weiß ist volljährig, und da kann er sich bekanntlich aufhalten, wo immer er das für richtig hält. Aber wem erkläre ich das?«

»Sie war hier bei dir?«

»Ja, und ich habe ihr deine Visitenkarte gegeben. Aus besagtem Grund. Ich habe ihr gesagt, dass du der Beste bist, jedoch nicht ganz billig. Wie viel zahlt sie dir?«

Barrus überlegte kurz, entschied sich dann, doch zu antworten. »Fünfhundert pro Woche«, log er.

»Nicht schlecht. Und, vögelt sie nun mit ihm?«

Wieder überlegte Barrus, knirschte dabei mit den Zähnen. Dann nickte er stumm.

»Das habe ich mir gedacht. Warum sollte sie sonst nach ihm suchen lassen?« Feller zog eine Schublade seines Schreibtisches auf und entnahm ihr eine gelbe Umlaufmappe. »Da ich wusste, dass du zu mir kommen wirst, habe ich dir alles über Markus Weiß kopiert, was du wissen musst. Falls er am Freitag immer noch nicht aufgetaucht ist, fangen wir an zu suchen. Den Grund dafür findest du in der Akte. Und nun lass uns Feierabend machen.«

Barrus nickte erneut, bedankte sich, lud Feller ein, ihn gelegentlich im Belmondo zu besuchen, und blieb an der Tür noch einmal stehen. »Danke, Manfred. Und sie zahlt tausend die Woche.«

Auf dem Flur des Erdgeschosses wurde Barrus bereits erwartet. Polizeiobermeister Meier hatte sich wie der Türsteher einer Disko vor dem Ausgang aufgebaut. In der rechten Hand hielt Herr Meier ein Blatt Papier.

»Was ist das?«, fragte Barrus.

»Eine Strafanzeige«, antwortete Herr Meier ungerührt.

Barrus überlegte. Hatte Manfred etwas vergessen und Meier schnell noch gebeten, es für Barrus auszudrucken?

»Gegen Markus Weiß?«, fragte er.

Herr Meier hob den Arm und hielt das Blatt Papier direkt vor seine Augen. »Nein, die Anzeige ist gegen einen Herrn Josef Barrus gestellt. Wegen Beleidigung.«

Barrus entriss Meier den Bogen und versuchte, ihn mit blitzenden Augen zu überfliegen. Dann hatte er nur noch eine Art von Bezeichnung für den Mann, der da vor ihm stand: Himmelhund.

»Herr Barrus«, sagte Meier in Barrus' Schweigen hinein. »Sie nannten mich vorhin Vollidiot, was den Tatbestand der Beleidigung erfüllt, falls Ihnen das entfallen sein sollte. Gesetz ist Gesetz und Vorschrift ist Vorschrift. Ich wünsche einen schönen Tag.«

Barrus musste sich sehr zusammenreißen, aber er schaffte es, zu schweigen. Er zerknüllte die Anzeige und warf sie auf den Flur. Dann stieß er die Tür auf und flüchtete in die Freiheit.

5

An der Ecke Ritter- und Altstädtische Fischerstraße blieb Barrus abrupt stehen. Wie ein Taschendieb spähte er die Fischerstraße aus, bis sein Blick die Gründerzeitvilla erfasste, in der seine Wohnung lag. Es war Vorsicht geboten, wollte er nicht zu viel Zeit verlieren. Zeit, die ihm Frau Kamischke, die seit gut zwanzig Jahren neben ihm wohnte, mit Sicherheit rauben würde, sollte die alte Dame merken, dass der Herr Kommissar, wie sie Barrus immer noch nannte, nach Hause kommt. Aber die Luft schien rein. Frau Kamischkes Unterarme ruhten nicht auf dem Kissen, das aus Gründen der Bequemlichkeit ansonsten unter ihren Armen auf dem Fenstersims lag, während ihre Augen wie die eines Bussards die Gegend nach Interessantem absuchten.

Oben in der Wohnung zog Barrus Schuhe und Socken aus, ließ sich auf das Sofa fallen und nahm die Akte auf den Schoß, die ihm Manfred Feller freundlicherweise überlassen hatte.

Markus Weiß. Der junge Mann war kein unbeschriebenes Blatt, was Barrus bereits auf Seite eins erfuhr. Ein Kleinkrimineller, der es bis auf eine kurze U-Haft in Berlin-Moabit bislang jedoch immer geschafft hatte, den Schließzeiten der Justiz zuvorzukommen. Vier Verurteilungen wegen unerlaubten Drogenbesitzes, drei wegen Betruges, drei wegen Diebstahls, aber alle Urteile auf Bewährung mit Geldstrafe. Und nun erneut eine Vorladung für den kommenden Freitag, wieder als Beschuldigter. Feller hatte es ja erwähnt. Sollte Weiß bis dahin nicht auftauchen, würde die Polizei nach ihm suchen.

Barrus blätterte weiter. Die persönlichen Daten von Weiß interessierten ihn an dieser Stelle nicht sonderlich. Er wollte wissen, weswegen der junge Mann dieses Mal vorgeladen war und ob darin der Grund für sein Verschwinden zu finden sein könnte. Da stand es, schwarz auf weiß. Markus Weiß war wieder wegen eines Eigentumsdeliktes angezeigt worden. Barrus musste nur eins und eins zusammenzählen, um den Antrieb für die wiederholten Diebstähle herauszufinden. Beschaffungskriminalität hieß das im Polizeijargon. Weiß brauchte Geld für seinen Drogenkonsum. Das war naheliegend und ein Muster, dem immer mehr Jugendliche folgten, da seit dem Mauerfall auch nach Brandenburg nicht nur Levis-Jeans, sondern zusätzlich jede Sorte und jede Menge an Drogen geliefert wurden.

Und was davon konsumierte Weiß? Barrus blätterte in der Akte zurück und stieß auf die vier Verfahren, in denen gegen den Krankenpfleger der Imhotep-Klinik wegen Drogenbesitzes ermittelt worden war. Marihuana, na klar. Also ein kleiner Fisch, nichts Großes, und wahrscheinlich brauchte Weiß das

Zeug wirklich nur zum Eigengebrauch. Und was hatte er geklaut, um an den Stoff zu kommen? Barrus blätterte wieder nach hinten, bis er auf die chronologisch von Feller eingehefteten Diebstahlsanzeigen stieß. Ladendiebstahl war das Fachgebiet von Markus Weiß. Spirituosen, CD-Player und Modeschmuck. Also wirklich ein Kleinkrimineller. Wenn Weiß seine Masche auch dieses Mal beibehalten hatte, gab es keinen Grund für ernsthafte Befürchtungen. Jedenfalls nicht von Seiten der Polizei und der Justiz. Nichts deutete darauf hin, dass eine Flucht notwendig gewesen wäre.

Barrus blätterte bis zur letzten Seite, der des aktuellen Verfahrens. Und seine Vermutung war richtig. Es handelte sich dieses Mal zwar nicht um Ladendiebstahl, aber eine sofortige Festnahme noch vor der Gerichtsverhandlung war auch in diesem Fall nicht zu erwarten. Doch der Modus operandi, den Weiß dieses Mal gewählt hatte, erzeugte bei Barrus ein intensives Kopfschütteln und einen nicht näher zu definierenden Druck im Magen. Das war einfach nur widerlich. Und damit war in Barrus' Augen jener Markus Weiß, mit dem er bis vor drei Sekunden noch so etwas wie Mitleid empfunden hatte, vom Kleinkriminellen zur Ratte aufgestiegen, obwohl Barrus klar war, dass er mit diesem Vergleich dem Nager gewaltig Unrecht tat.

Weiß hatte es wirklich fertiggebracht, alte und pflegebedürftige Menschen zu beklauen, und das in Momenten, in denen sie ihm schutzlos ausgeliefert waren. Stünde Markus Weiß nun vor ihm, Barrus hätte den jungen Mann ohne zu überlegen und ohne Vorwarnung geohrfeigt. Aus Abscheu.

Barrus legte die Akte auf das Sofa und öffnete das Barfach seiner Schrankwand. Was half jetzt am besten? Seine rechte Hand traf die Wahl ohne Absprache mit dem Gehirn und griff nach der Grappaflasche. Sto Grammi, wie die russischen Kollegen das früher zelebrierten, also hundert Gramm des vierzigprozentigen Italieners mussten es schon sein.

Wieder auf dem Sofa las Barrus weiter. Weiß war demnach als Pfleger auf einer Station eingeteilt, die sich fast ausschließlich um bettlägerige Patienten kümmerte. Und hier galt das Interesse des Pflegers insbesondere den Menschen, die im Leben ganz allein standen. Zum einen, weil es keine Angehörigen mehr gab, zum anderen, weil diese glaubten, Besseres zu tun zu haben, oder weit von Brandenburg entfernt lebten. Und diesen Patienten nahm der Pfleger Weiß die Schlüssel zu ihrer Wohnung ab, fuhr dorthin und räumte alles ab, was sich zu Geld machen ließ.

Ein Sauhund, befand Barrus und formte eine Faust.

Warte Freundchen! Wenn ich dich in die Hände kriege!

6

Es war kurz vor Ladenschluss, als eine junge Frau das Belmondo betrat. Unsicher blieb sie auf der Schwelle stehen.

»Kann ich Ihnen helfen?«, fragte Hildi.

»Ich ... ich weiß nicht. Vielleicht. Oder besser, ich gehe wieder.«

Hildi erkannte das Dilemma, in dem die junge Frau zu stecken schien und winkte ihr zu. »Nun kommen Sie ruhig rein, und dann sehen wir weiter. Was haben Sie denn auf dem Herzen? Wein suchen Sie doch bestimmt nicht, oder?«

Erst jetzt fiel der jungen Frau auf, dass sie auf der Schwelle zu einer Weinhandlung stand. Sie schüttelte den Kopf und machte zwei Schritte nach vorn. Aus ihrer Jackentasche zog sie eine Zeitungsannonce. Die hatte sie wahrscheinlich aus einer der Werbezeitungen ausgeschnitten, die kiloweise und Tag für Tag in den Briefkästen der Stadt landeten.

»Barrus«, sagte sie und streckte Hildi die Annonce entgegen. »Ich suche Herrn Barrus.«

Hildis Blick blieb an der Wanduhr hängen. »Hm, der hat schon Feierabend gemacht. Den erreichen wir heute nicht mehr.«

Die junge Frau strich die blonden Haare nach hinten und senkte die blauen Augen. »Es wäre aber dringend«, sagte sie.

»Sehr dringend?«, fragte Hildi.

»Ja.«

»So dringend, dass es um Leben und Tod geht?«

Die junge Frau nickte. »Ja.«

»Dann gehen Sie am besten zur Polizei. Da ist immer jemand zu sprechen.«

Die junge Frau nahm den Blick hoch und sah Hildi an. »Da war ich schon. Sie können mir nicht helfen, haben mir aber die Annonce gegeben.« Sie trat bis vor den Tresen und legte Hildi das Inserat von Barrus' Detektei hin, auf der versprochen wurde *Wir sind für Sie da – rund um die Uhr …*

»Na gut«, sagte Hildi, »wenn Sie fünf Minuten warten, kommt eine junge Frau. Die ist so etwas wie die Geschäftspartnerin von Herrn Barrus. Mit der können Sie Ihren Fall besprechen.«

»Danke«, sagte die junge Frau und senkte wieder den Blick.

Nach zehn Minuten erschien endlich Berit. Hildi schilderte ihr mit knappen Worten, was sie zuvor mit der jungen blonden Frau beredet hatte, und verabschiedete sich bis zum nächsten Tag.

»Und schließ ab, wenn du gehst«, rief sie Berit noch zu. Dann war sie durch die Hintertür verschwunden.

»Was kann ich für Sie tun?«, fragte Berit, als sie neben der blonden Frau Platz genommen hatte, die ein recht hübsches, ein wenig kindliches Gesicht hatte.

»Und Sie sind wirklich die Partnerin von Herrn Barrus?« Die Augen der jungen Frau verrieten, dass ihr die Antwort sehr wichtig war.

»Ja. Ich betreibe zwar noch ein Café, aber in der Detektei arbeiten wir zusammen. Er ist sogar mein Onkel.«

Das schien die junge Frau etwas zu beruhigen. Sie zog ihre Handtasche auf den Schoß und atmete hörbar aus. »Darf ich hier … ich meine, ist es hier erlaubt zu rauchen?«

Berit nickte und sah sich um. Da sie keinen Aschenbecher fand, nahm sie eine Tasse aus dem nächsten Regal und stellte die auf den Tisch. »Das muss auch mal gehen«, sagte sie.

Die junge Frau lächelte dankbar. Dann holte sie aus ihrer Tasche eine Schachtel filterlose Zigaretten der Marke Karo; echte Lungentorpedos, wie es Berit noch im Gedächtnis hatte. In den Jahren ihrer Haft, also in einer Zeit, als sie meilenweit entfernt war von der Zuneigung ihres Onkels, hatte sie sich wie andere Mithäftlinge auch, auf Karo eingeschossen. Aus Kostengründen.

Die junge Frau zündete sich umständlich eine Zigarette an. Sie zitterte wie Espenlaub.

»Alles in Ordnung?«, fragte Berit.

»Ja. Es geht schon.«

»Wirklich?«

»Ja«, wiederholte die junge Frau und zog erneut an der Zigarette. Der Qualm biss Berit in die Augen.

»Sie sehen ziemlich fertig aus«, stellte Berit fest, griff über den Tisch und hob das Kinn der Frau an, bis sie in deren Pupillen blicken konnte. »Was nehmen Sie außer Karo sonst noch?«, fragte sie und nahm ihre Hand weg. »Sie rauchen bestimmt nicht nur Zigaretten.«

»Was meinen Sie damit?«

»Was für ein Zeug nehmen Sie? Die Karo sind doch nur Ersatz in der Öffentlichkeit. So wie Ihre Augen aussehen, konsumieren Sie stärkere Drogen.«

Die Frau schüttelte den Kopf, zog dann aber wieder gierig an der Zigarette, deren Glut sich nach dem vierten Zug schon bis zu ihren gelben Fingern vorgearbeitet hatte.

»Erzählen Sie mir nichts«, sagte Berit und griff erneut über den Tisch. Sie packte das freie Handgelenk der Frau und schob ihren Pullover bis zur Armbeuge hoch. »Wusste ich's doch.« Dann ließ sie den Arm wieder los. »Sie spritzen. Und was? Sie können es mir ruhig sagen, wir sind hier nicht bei der Polizei. Außerdem habe ich mit dem Zeug mehr Erfahrungen, als Sie hoffentlich je machen werden.«

Berit nahm ihre Hand zurück und zog ein Pflaster ab, das zwischen Daumen und Zeigefinger geklebt hatte.

»Die drei Punkte bedeuten, dass ich eingesessen habe«, erklärte sie mit Blick auf die blaue Tätowierung. »Symbolisch stehen sie für Glaube, Liebe und Hoffnung, aber auch für die drei Affen des Gottes Vadjra: nichts sehen, nichts hören, nichts sagen. Ein Ehrenkodex unter Häftlingen.« Dann klebte sie das Pflaster wieder an die Stelle, an der es den gesamten Tag gesessen hatte. »Sie können also ganz offen mit mir reden oder es sein lassen. Aber klauen Sie nicht meine Zeit.«

»Zecke«, sagte die junge Frau und blies den Qualm des letzten Zuges aus. »Nennen Sie mich Zecke. Eigentlich heiße ich Katharina, aber das weiß kaum einer.« Sie zündete eine neue Karo an der alten an. »Wo haben Sie denn gesessen?«

»In Berlin. Frauenknast. Darf ich?«, fragte Berit und deutete mit dem Kinn auf die Mitte des Tisches.

»Klar. Nehmen Sie sich ruhig eine.«

Berit nahm eine Karo, zündete sie an und inhalierte ohne den geringsten Hustenreiz. »Ich heiße Berit. Wollen wir uns duzen?«

»Gerne«, sagte Zecke. »Schöner Name ... Berit. Ich wünschte, ich hätte auch einen schönen Namen. Zecke klingt nicht so gut.«

»Aber du hast einen schönen Namen. So hieß die russische Zarin, Katharina die Große.«

»Schon. Aber meinen richtigen Namen kennt ja keiner. Nicht mal Markus nennt mich so. Der sagt auch nur Zecke.«

»Wer ist Markus?«

Zecke sah Berit in die Augen. Dann blickte sie auf das Pflaster auf Berits Hand, das die drei blauen Punkte verdeckte. »Mein Mann. Markus ist mein Mann. Er hat auch diese drei Punkte. Zumeist hat er ja Bewährung bekommen, aber einmal hat er in U-Haft gesessen. In Moabit. Da hat er sich in der Zelle die Punkte gestochen.« Sie nahm eine neue Karo.

»Und warum bist du hier, Zecke?«

Wieder suchten Zeckes Augen das Pflaster auf Berits Hand. Die Punkte darunter schufen Vertrauen. »Hast du öfter mal Stress mit deinem Onkel?«, wollte sie schließlich wissen.

»Nein«, antwortete Berit. »Eigentlich nicht. Warum fragst du?«

»Er ist ein Bulle, oder?«

»War. Jo war ein Bulle.«

Zecke nickte sehr behutsam, als wollte sie in ihrem Gehirn nichts durcheinanderbringen. »Einmal Bulle, immer Bulle, sagt Markus immer.«

»Jo ist in Ordnung. Aber wenn du nicht willst, brauchst du nicht mit ihm reden. Mit mir übrigens auch nicht. Es zwingt dich niemand«, sagte Berit und stand auf.

Wie eine Puffotter schnellte Zeckes Arm vor, und ihre Finger krallten sich tief in den Stoff von Berits T-Shirt. »Du musst mir helfen, bitte.«

Berit setzte sich wieder. »Dann leg endlich los. Was hast du zu erzählen?«

Es entstand eine kurze Pause. Nur das Knistern der Glut war zu hören, wenn Zecke an der Karo zog.

»Und er ist wirklich vertrauenswürdig, dein Onkel?«

»Ja. Du kannst dich auf ihn verlassen. Warum also bist du hier?«

Zecke drückte die Zigarette aus. »Wegen Markus.«

»Markus, dein Mann.«

»Ja. Er ist weg. Verschwunden. Spurlos.«

»Und wie heißt er weiter, dein Markus?«

»Markus Weiß. Er heißt Markus Weiß, und er ist Pfleger in einer Klinik.« Sie griff nach der Schachtel, zündete eine neue Karo an. »Und von da ist er nicht wiedergekommen.«

»Warst du schon bei der Polizei?«

Zecke nickte. »Ja, aber die können mir nicht helfen. Sie haben mir einen Zeitungsschnipsel gegeben und gesagt, dass ich mich bei Herrn Barrus melden soll.« Dann zog Zecke noch einmal an ihrer Zigarette, bevor sie sie in die Tasse drückte. »Wie Markus.«

»Was, wie Markus?«

»Wie Markus mir das gesagt hat. Er meinte, dass ich unbedingt zu Herrn Barrus gehen soll, falls er mal nicht wieder nach Hause kommt.« Sie kramte in ihrer Tasche herum und förderte einen Stapel Papiere zu Tage. »Und das«, sagte sie, während sie ihn auf den Tisch legte, »soll Herr Barrus alles lesen.«

Berit nahm den Stapel an sich. »Und wo könnte er jetzt sein, dein Markus? Hast du irgendeine Ahnung?«

Zecke holte tief Luft. Dann angelte sie nervös eine neue Karo aus der Schachtel, ohne die jedoch anzuzünden. Sie sah Berit an. In den Augen der jungen Frau sammelten sich Tränen. »Tot«, sagte sie. »Markus ist tot. Das spüre ich.«

7

»Und so bekommt das Verschwinden von Markus Weiß einen ganz anderen Drall, als ich das beim ersten Gespräch mit Eva Mahler vermutet hatte«, fasste Barrus das zusammen, was er der Sonntagsrunde gerade vorgetragen hatte.

Diese Gruppe trinkfester Weinliebhaber unterschiedlicher Couleur versammelte sich üblicherweise sonntags an den Tischen vor dem Belmondo zum Frühschoppen. Neben dem Chefredakteur des Märkischen Kuriers waren einige Mitarbeiter des städtischen Theaters dabei, die der künstlerischen Leitung angehörten, sowie der Direktor eines Gymnasiums und natürlich Imre. Hin und wieder bekamen auch Geheitris Zugang zu diesem erlauchten Kreis, wie die Gelegenheitstrinker in der Runde genannt wurden. Da es aber erst Samstag war, saßen nur speziell einberufene Mitglieder im Hinterzimmer des Belmondo und lauschten Barrus' Schilderungen. Es waren neben Heiner Wassertor, dem Chefredakteur des Kuriers, Nikolaus Hebele, der Dramaturg des Theaters, und Imre anwesend, der alte Ungar, der für Barrus' Detektei überlebenswichtig war.

Imre war vor sieben Jahren plötzlich in Brandenburg aufgetaucht, zu einer Zeit also, da viele Ostdeutsche gerade in die entgegengesetzte Richtung strömten und seither immer wieder zum Streitpunkt zwischen Hildi und Barrus geworden. Aus Budapääst komme er, hatte Imre damals der Kellnerin Hildegard erklärt, und dass er sich für keine Arbeit zu schade sei. Nur brauche er in der wasserreichsten Gegend Deutschlands, wo ein See quasi in den nächsten übergehe, unbedingt Hilfe, denn er schwimmä wie Äntä. Barrus' Hinweis, dass Enten selbst dann nicht untergingen, wenn sie sich auf dem Wasser nicht bewegten, hatte Hildi nicht daran gehindert, Imre ihre Unterstützung anzubieten, besser gesagt ihr Portemonnaie. Im Gegenzug waren Imres exquisite Kenntnisse ungarischer und österreichischer Weine, die er schnell auf französische, italienische und spanische ausweitete, bald von unschätzbarem Wert für Hildi. Denn sie sollte kurz darauf beginnen, das Belmondo aufzubauen. Und dass sich der Ungar während der Ermittlungen zu Barrus' letztem Fall in der Brandenburger Mordkommission, nämlich dem um die Havelbande, als israelischer Geheimdienstmitarbeiter entpuppt hatte, der lediglich über ungarische Wurzeln verfügt, ist eine ganz andere Geschichte.

»Was kann das bedeuten?«, fragte Nikolaus Hebele und hielt ein Blatt Papier aus Berits Notizen über Markus Weiß in die Höhe. »Das hier ist brisantes Material, sollte es echt sein. Und anscheinend hat der dreiste Knabe das erkannt und daraus geschlossen, dass sein Wissen darüber sein Leben in Gefahr bringt.«

Heiner Wassertor nahm ein Blatt von dem Stapel, der mehr lose als geordnet in der Mitte des Tisches lag. »Wie kommst du denn da drauf, Nikolaus? Berit hat Jo doch bloß ein paar handschriftliche Notizen von einem Alfred Bach übergeben. Er will herausgefunden haben, dass irgendeine westdeutsche Pharmafirma Medikamentenversuche an DDR-Bürgern vorgenommen hat. Mehr steht hier nicht. Und die Quelle, diese Frau mit dem wunderschönen Namen Zecke, ist auch nicht das, was wir vertrauenswürdig nennen können.«

»Ah, das aber sehr interessant«, schaltete sich Imre in das Gespräch ein. »Ist womöglich Bombe mit hohe Sprengkraft.«

»Warum hohe Sprengkraft?«, hakte Barrus sofort nach.

Hebele legte das Blatt wieder auf den Tisch und lehnte sich in seinem Stuhl zurück. »Ich bin ja mittelschwer enttäuscht von euch beiden«, stellte er fest und würdigte Wassertor und Barrus lediglich eines herablassenden Blickes. »Natürlich ist das erst einmal nicht viel, was wir da von Berit bekommen haben. Aber mit ein bisschen Kombinationsgabe …«, jetzt sah Hebele lächelnd zu Imre, »… steckt wirklich eine Bombe darin, wie es unser ungarischer Freund richtig erkannt hat.«

Wassertor allerdings war immer noch anderer Meinung. »Das ist hier kein Theaterstück, mein Lieber, das man nach Belieben dramatisieren kann«, warnte er. »Es sind in meinen Augen lediglich Vermutungen, die dieser Alfred Bach da anstellt. Und die führen zur Imhotep-Klinik, was nicht ganz ungefährlich ist.« Wassertor legte Barrus eine Hand auf den rechten Unterarm. »Jo, du erinnerst dich hoffentlich.«

Hebele wurde noch aufmerksamer. »Was habt ihr beide mit der Klinik am Hut?«

»Heiner meint«, setzte Barrus zur Erklärung an, » … dass die Imhotep-Klinik in jüngster Vergangenheit immer mal wieder Objekt solcher Anfeindungen geworden ist, seit sie sich am Gördensee angesiedelt hat. Wahrscheinlich steckt viel Neid dahinter oder die Verzweiflung von Angehörigen, deren Familienmitglieder in der Klinik gestorben sind. Man weiß ja schließlich nicht, was in einem Brandenburger Brummschädel so alles vor sich geht, oder?«

»Denkt ihr da an konkrete Vorwürfe?«, hakte Hebele nach.

»Ja«, übernahm Wassertor, »vor knapp zwei Jahren gab es eine anonyme Anzeige gegen den Klinikchef wegen Steuerhinterziehung. Er soll Geschäfte in und mit Indonesien getätigt haben, deren Gewinne er in Deutschland nicht versteuert hatte. Die Polizei ermittelte daraufhin«

»Und was hat herausgefunden Polizei?«, wollte Imre wissen.

Auch Barrus erinnerte sich an den Fall. Er schüttelte den Kopf. »Nichts. Nicht einmal der Anfangsverdacht war zu erhärten. Es gab viel Ärger, sogar vom Gesundheitsminister, und schließlich wurde das Verfahren eingestellt. Im Beifang, das war allerdings nicht der Rede wert, ist ein Chefarzt wegen Abrechnungsbetruges zu einer Haftstrafe von einem Jahr verurteilt worden, wovon er nur sechs Monate absaß. Aber damit war der Klinikleiter nicht in Verbindung zu bringen.«

»Mal angenommen«, übernahm Hebele das Wort, »es gibt Menschen, die dieser Klinik, ihrem Ruf, ihrem Image schaden wollen. Dann steckt doch immer ein Motiv dahinter. Und das könnte, wie wir es ja bereits festgestellt haben, im persönlichen Umfeld liegen«, Hebele sah wieder zu Wassertor, »etwa weil ein Angehöriger die OP nicht überlebt hat, oder …«, und jetzt erhob Hebele den Zeigefinger ziemlich theatralisch, »jemand will, dass die Imhotep-Klinik schließt.«

»An wen denkst du da?«, fragte Barrus.

»Konkurrenz belebt das Geschäft«, antwortete Hebele und nahm den Finger wieder herunter. »Seit die Imhotep-Klinik die Arbeit aufgenommen hat, laufen der alten Landesklinik die Patienten weg. Hat mal jemand diesen Alfred Bach überprüft? Was ist das überhaupt für ein Zeitgenosse? Was hat er mit der Imhotep- oder vielleicht mit der Landesklinik zu tun? Und warum ist dieser Markus Weiß plötzlich spurlos verschwunden?«

»Ja, warum?«, wiederholte Barrus.

»Was«, nahm Hebele seinerseits den Faden wieder auf, »was würdet ihr tun, wenn ihr ein Kleinkrimineller wie Markus Weiß wärt, drogensüchtig, immer knapp bei Kasse? Und dann kommt ihr zufällig an Unterlagen, die einen Skandal aufdecken und dadurch der Klinik, in der ihr euch bestens auskennt, immensen Schaden zufügen könntet?«

»Ich würde die Papiere verschwinden lassen, damit der Klinik eben kein Schaden entsteht und mein Arbeitsplatz erhalten bleibt«, antwortete Barrus aus vollster Überzeugung.

»Hochlöblich«, beschied Wassertor. »Aber als Kleinkrimineller würdest du wahrscheinlich eher überlegen, wie viel Kohle du aus den Papieren herausholen kannst.«

»Du denkst an Erpressung?«, fragte Barrus.

»An was denn sonst? Und deshalb ist Markus Weiß vielleicht auch verschwunden. Und das nicht ganz freiwillig, weil derjenige, den er erpresst, nicht lange rumfackelt.« Wassertor sah nun zu Hebele. »Das meintest du doch, Nikolaus, oder?«

»Genau. Denn erinnert euch, was die Frau von Weiß zu Berit gesagt hat: Markus ist tot.«

8

Eine so schöne Suppe, dachten die Kindlein. Und der Mann will sie einfach nicht essen. Was sollten sie davon halten? Sie hatten zwar nie gelernt, wie man eine Suppe kocht, aber sie hatten sich große Mühe gegeben. Die Mutter hatte nie Zeit für sie gehabt. Auch die Oma, die einen großen Teil des Tages in der Küche des Bauernhofes beschäftigt gewesen war, hatte die Kindlein nie in die Künste des Kochens eingeweiht.

Aber die Suppe war in Ordnung, fanden sie. Sie sah genauso aus wie auf dem Bild der bunten Zeitung. Und die Kindlein hatten alle Zutaten feinsäuberlich geputzt, exakt abgewogen, geordnet und streng nach Anweisung in den Topf getan. Zuerst den kleingeschnittenen Hokkaidokürbis, den sie extra auf dem Bauernmarkt hinter der Katharinenkirche gekauft hatten, dann die Möhren, die Zwiebel, den Ingwer, die Butter, die Gemüsebrühe, die Kokosmilch und schließlich noch Salz und Pfeffer sowie Sojasauce und Zitronensaft. Und nach dem Kochen hatten sie alles püriert.

Aber warum wollte der Mann die Suppe nicht essen? Die Kindlein wussten sich keinen Rat. Sie setzten die Masken auf und traten an die Tür, hinter der er auf dem Steinfußboden hockte. Mit dem Rücken lehnte er an der Wand, um Hände und Füße lagen schwere Ketten.

»Warum willst du unsere Suppe nicht essen?«, fragte das eine Kindlein durch die Gitterstäbe hindurch. »Sie schmeckt ganz fein.«

Der Mann aber antwortete nicht. Er starrte stur die Tür an.

»Iss doch die Suppe«, bat das Kindlein wieder. »Du musst etwas essen, sagt die Oma immer, sonst fällst du tot um.«

Als der Mann auch darauf nicht reagierte, hoben die Kindlein die Schultern und sahen sich in ihrer Verzweiflung an. Was konnten sie denn noch tun, damit der Mann endlich von der Suppe aß? Er würde verhungern, und man würde sie dafür verantwortlich machen.

»He, ihr da!«

Endlich sprach der Mann. Ein Lächeln zog in die Gesichter der Kindlein, die noch immer von den Masken verborgen waren.

»He, was seid ihr für komische Gestalten? Und was tragt ihr für bescheuerte Masken?«

Die Kindlein umarmten sich und wandten sich dann wieder dem Mann zu.

»Ich hab solch eine Larve schon mal gesehen. Im Film«, sagte er. »Ein Ungeheuer mit Schlangenhaaren, langen Schweinshauern, glühenden Augen und heraushängender Zunge. Die Medusa. Werde ich auch zu Stein, wenn ich euch anschaue?« Der Mann lachte blubbernd auf.

Die Kindlein hielten sich jetzt bei den Händen. »Ja«, sagte eines. »Deshalb tragen wir ja die Masken. Siehst du unsere Augen, wirst du erstarren.«

»Idioten«, antwortete der Mann. »Ihr seid nichts weiter als Idioten. Zombies. Was soll das hier werden, wenn es fertig ist? Reiche Gören haben Langeweile und spielen irgendwelche Spielchen, oder was? Fasching ist erst in ein paar Monaten, Mann. Macht die Ketten ab und lasst mich raus!«

»Du musst die Suppe essen, sonst fällst du tot um, sagt die Oma«, bat erneut das eine Kindlein, während das andere zustimmend nickte.

Der Mann aber wollte noch immer nichts essen. Er streckte trotz der Ketten sein rechtes Bein aus und stieß den Fuß gegen den Teller. Die Suppe ergoss sich in einer dunkelgelben Pfütze auf dem Steinboden.

»Das tut man nicht, sagt die Oma«, erklärte wieder das eine Kindlein. »Man kippt kein Essen weg, denn es ist wertvoll, und im Krieg haben viele Menschen hungern müssen. Und man bestiehlt auch keine armen Leute. Wer so etwas tut, ist böse. Und du bist böse! Du bist ein böser Mann!«

»Ich lach mich tot. Was wollt ihr eigentlich von mir? Und wer seid ihr überhaupt?«

»Iss die Suppe«, forderte erneut das Kindlein, »und gib uns dann die Papiere«.

»Ich weiß nicht, was ihr von mir wollt. Was erzählt ihr für einen Quatsch?«

»Gib sie uns, bitte«, flehte das Kindlein. »Du bekommst auch eine neue Suppe.«

»Die Papiere sind in Sicherheit. Die findet ihr nie, ihr Arschlöcher. Ich will erst mit dem Professor reden, klar? Sagt ihm das und bindet mich endlich los.«

Die Kindlein wussten nicht mehr ein noch aus. Was nur sollten sie mit dem Mann machen? Hier im Keller war es warm, er hatte zu essen … Aber er wollte das alles nicht. Er beschimpfte sie sogar. Er sagte Sachen, die auch die Mutter manchmal gesagt hatte, böse Sachen.

Er war ein böser Mann, ein ganz böser! Und deshalb musste der Mann ihnen nun in die Augen blicken. Er wollte es schließlich so. Die Kindlein umarmten sich erneut, streichelten einander den Rücken und sahen sich lange an, ohne zu Stein zu werden. Aber er, der böse Mann, würde versteinern, wenn er ihnen in die Augen blicken sollte.

Das Kindlein, das den Mann zuvor gebeten hatte, doch endlich die Suppe zu essen, nahm die Medusa-Maske ab.

»Ah«, keifte der böse Mann sofort. »Jetzt wird also wenigstens ein Arsch zum Gesicht.« Dann lachte er wieder blubbernd.

Das Kindlein ließ sich von den bösen Worten nicht stören. Es schloss die Gittertür auf und ging hin zu dem Mann. Der aber holte mit beiden Beinen aus und trat nach dem Kindlein. So weit, wie die Ketten dies zuließen. »Ich bring dich um, du Arsch«, keifte der böse Mann. »Los, hol den Professor. Wird's bald!«

Das Kindlein sagte noch immer nichts. Es verließ den Raum, kam nach wenigen Sekunden zurück. In den Händen hielt es eine eiserne Brechstange.

»Du wirst doch nicht ...«, stotterte der böse Mann. »Leg sofort das Ding weg, sag ich dir!«

Aber das Kindlein hörte nicht auf den Mann. Es hob die Eisenstange über den Kopf und schlug zu, ließ sie auf die Beine des bösen Mannes niedersausen, die zuvor nach ihm getreten hatten. Ein, zwei, drei Mal. Wieder und wieder holte es aus.

Nach dem zehnten Hieb hielt das Kindlein an, warf die Brechstange in die Ecke und kauerte sich auf den Boden, wo der Mann sich wie ein Regenwurm krümmte. Dann kniete das Kindlein sich auf die Brust des Mannes, zog eine Spritze aus der Tasche seines Umhanges und stach sie dem bösen Mann in den Hals.

Kindlein mein, schlaf nur ein, weil die Sternlein kommen ...

9

Es gibt Orte auf dieser Welt, von denen Absonderliches ausgeht. Orte, die der Hort markerschütternder Schreie sind. Orte, an denen übellaunige Gespenster umgehen, Orte, die man nicht aufsucht, jedenfalls nicht freiwillig, und auf keinen Fall in der Nacht.

Es sei denn, man ist obdachlos, man benötigt einen trockenen, windgeschützten Schlafplatz und man ernährt sich von dem übelsten Fusel, den nicht einmal Gespenster anrühren. Nur dann kann man solche Orte aufsuchen.

Und ein solcher Ort ist die Ruine des ehemaligen Dominikanerklosters St. Pauli. Im Mittelalter noch am Stadtrand gelegen, wofür die Bruchstücke der alten Stadtmauer sprechen, befindet sich der alte Ordenscampus heute im Zentrum der gewachsenen Stadt Brandenburg. Die Anlage ist nicht mehr, wie

47

dazumal von den Mönchen gewünscht, vom städtischen Treiben abgeschieden, sondern ist eingeatmet worden, vom geschäftigen Leben umspült, das aber an den Mauern der Ruine von St. Pauli haltmacht. Und auch wenn die verfallene Kirche schon seit Jahrzehnten kein Dach mehr besaß, gibt es im Inneren doch verschiedene Nischen, die trocken sind und sogar ein wärmendes Feuerchen erlauben.

Und dort lebten neben Hunderten Fledermäusen die drei Stadtpenner Karl-Heinz, Hubert und Willi. Kalle, wie Karl-Heinz der Einfachheit halber genannt wurde, oder auch – in Anspielung auf ihr Quartier – der Abt, war der Chef. Und nun, da es angefangen hatte zu regnen, strebten sie auf ihrem Weg vom Bahnhof über den Temnitz dem Paulikloster entgegen, wobei der Abt seine beiden Kollegen alle paar Meter zur Eile antrieb.

»Kalle, warum müssen wa überhaupt so rennen? Dett legt sich uff mein Herz, legt sich dett. Und denn jeht dett jute Teil wieder kaputt«, beschwerte sich Willi, der seinen letzten Herzinfarkt noch in grausiger Erinnerung hatte.

»Meine Herren, wir werden sonst nass«, entgegnete der Abt, ohne seine beiden Kollegen auch nur eines Blickes zu würdigen.

»Meine Herren, meine Herren … wenn ick dett schon höre«, gab Hubert jetzt seinen Senf dazu. »Du sprichst immer wie 'n feiner Pinkel, wa.«

»Das hat wenig mit den feinen Leuten zu tun, Herr Hubert. Es ist vielmehr der verbliebene Rest von Stolz, meine Herren, von Stolz, wenn Sie wissen, was ich meine.«

»Nee, wees ick nich, will ick och nich wissen.«

»Sollten Sie aber, Herr Hubert, denn Stolz ist wichtig, gerade für unsereinen.«

»Und warum is dett wichtig?«, wollte Willi nun wissen, der mittlerweile zum Abt aufgeschlossen hatte.

»Damit wir nicht untergehen, Herr Willi.«

»Wir?«, lachte Willi los. »Damit wir nich unterjehn?«

»Ja, wir. Sie, Herr Hubert und ich.«

»Aber wir sind doch schon unterjejangen, schon lange. Stimmts, Hubert?«

Hubert nickte.

»Sind wir nicht«, korrigierte der Abt. »Ganz sicher nicht. Sie haben uns zwar alles genommen, die Frau, die Kinder, das Haus, alles was sie greifen konnten. Aber eines haben sie nicht bekommen, nämlich unseren Stolz. Erst wenn wir den verlieren, gehen wir unter. Verstehen Sie das? Und wenn wir die Sprache hochhalten, das Einzige, was sie uns nicht nehmen oder verbieten können, können wir noch immer mit erhobenem Kopf durch die Stadt laufen.«

»Hast du dett verstanden, Hubert?«, fragte Willi seinen Nebenmann.

»Nö.«

»Ick ooch nich. Aber der Abt wird sicher Recht haben. Ick für mein Teil will jetzt eijentlich nur nach Hause, inne warme Stube und 'nen Schluck aus de Pulle nehm. Denn wird dett schon wieder mit die lausije Kälte.«

Nach ein paar weiteren Metern, die die drei wortlos zurückgelegt hatten, blieb Kalle plötzlich stehen und breitete seine Arme aus, um seine beiden Kollegen zurückzuhalten. »Psst«, machte der Abt, der wie versteinert dastand und auf die Umrisse des Pauliklosters starrte, die sich deutlich gegen den klaren Sternenhimmel abzeichneten.

»Watt is 'n?«, fragte Willi.

»Psst«, machte der Abt wieder, und drängte die anderen beiden in den nächsten Torbogen. »Da sind Leute in unserem Zuhause.«

»Watt?«, hakte Willi nach und schob sich am Abt vorbei. »Lass mir mal kieken. Ick war in Kriech bei die Fallschirmjäger und hab desdawegen Ahnung von dett Ausspähen.«

Der Abt ließ Willi gewahren und drückte sich derweil mit Hubert gegen die Wand des Torbogens. »Können Sie etwas erkennen, Herr Willi?«

Der Krieg lag nun schon fünfzig Jahre zurück, und Willis Augen brauchten inzwischen ein Weilchen, bis sie sich scharfstellen ließen. Woran das genau lag? Der ehemalige Fallschirmjäger vermutete dahinter einen von nur zwei möglichen Gründen: zu wenig oder zu viel Schnaps.

»Herr Willi, was ist nun?«, drängelte der Abt.

»Ja doch ... Een Auto kann ick sehen. Sieht aus wie 'n Lieferwagen. Der steht jenau vor dett Kloster neben den Sandhaufen.«

»Können Sie das Kennzeichen erkennen, Herr Willi?«

»Nee, dett is zu duster hier. Aber wartet mal. Da komm jetzt zwee Jestalten aus dett Kloster.« Dann machte Willi eine Pause, während er weiter das Paulikloster im Auge behielt. »Ick wer verrückt«, stieß er hervor. »Dett globt mir ja keene Sau.«

»Watt siehst 'n, Willi? Lass mir och mal kieken«, sprach Hubert und legte den Kopf auf Willis Schulter. »Donnerlittchen. Is ja wie in Film, wa.«

»Was ist wie im Film, meine Herren?«, fragte nun auch der Abt und legte seinen Kopf auf Willis noch freie Schulter.

»Na ditt da«, kam es von dem ehemaligen Fallschirmjäger, der sich mittlerweile auf die volle Sehschärfe seiner Augen verlassen konnte. »Ob ditt Jespenster sind?«

»Watt?«

»Na die beeden da, die Jestalten. Sehn aus wie Jespenster von die Mönche, die hier früher jehaust ham.«

»Es gibt keine Gespenster, Herr Willi. Aber die beiden sehen wirklich aus wie Mönche.«

Hubert zog sich in den Torbogen zurück. Er hatte genug gesehen, und Panik stieg in ihm auf. »Ob die uns unser Zuhause wegnehm wolln?«, fragte er.

»Wer?«

»Na, die Mönche. Vielleicht komm die ja aus 'm Westen. Wie die, die mir mein Haus wegjenommen ham, die sojenannten Altbesitzer. Wenn dett och solche sind, denn kriejen die dett Kloster wieder, und wir haben keen Platz mehr, wo wir in Ruhe penn könn.«

»Nein«, versuchte der Abt zu beruhigen. »Das kann ich mir nicht vorstellen, meine Herren. Wenn es so wäre, wie Herr Hubert es sich gerade ausgedacht hat, dann kämen die nicht mitten in der Nacht, sondern am helllichten Tage. Wer weiß, was die beiden hier wollen? Und überhaupt, ob das wirklich Mönche sind?«

»Denn lass uns mal jehen«, forderte Willi, »und kieken, watt die bei uns drinne jemacht ham. Die Luft is nämlich rein. Die Jespenster sind jrade wegjefahren.«

10

So schnell es ihm möglich war, eilte Barrus die von Moos überwucherte Treppe hinter dem Städtischen Klinikum hinab. Er solle sich beeilen und den Hintereingang nehmen, hatte die Anweisung von Bremer gelautet. Und das sah dem Doktor ähnlich, ging es Barrus gerade in dem Moment durch den Kopf, da er das dritte Mal auf dem glitschigen Untergrund wegrutschte. Die Folge dieses verunglückten Spagats waren beißende Schmerzen an den Innenseiten der Oberschenkel.

Und das war längst nicht der einzige Umstand an diesem frühmorgendlichen Ausflug, der ihn nervte. Nein, auch der Pfad bis zu dieser Treppe, die wahrscheinlich seit ungefähr dreißig oder vierzig Jahren nicht mehr benutzt worden war, verdiente das Adjektiv *abenteuerlich*. Wenn man überhaupt von Pfad sprechen konnte, denn Dschungel traf es besser. Als er sich hindurchgekämpft hatte, die Sonne war noch längst nicht aufgegangen, waren Barrus ein paar Zeilen von Brecht eingefallen, die er neulich gelesen hatte und die seine gegenwärtige Stimmung zutreffend beschrieben.

Gegen Morgen in der grauen Frühe pissen die Tannen,
Und ihr Ungeziefer, die Vögel, fängt an zu schreien.

Mit einem letzten Blick auf seine vollkommen eingesauten Schuhe stieß Barrus die Tür zum Gerichtsmedizinischen Institut auf. Keine dreißig Sekunden später stand er in Bremers Büro.

Der Arzt erstarrte bei Barrus' Anblick. Er öffnete einen Schrank und warf Barrus ein paar dunkelgrüne Plastiküberzieher vor die Füße, wie man sie in Operationssälen über die Schuhe zog. »Damit Sie keine Spuren hinterlassen«, lautete die ebenso knappe wie eindeutige Erklärung.

»Doktor«, ächzte Barrus, »das ist schon eine harte Nummer, mich mitten in der Nacht über den Marienberg zu schicken. Ich hoffe, Sie haben dafür mehr als triftige Gründe.«

»Habe ich«, murmelte Bremer und zog seine Taschenuhr hervor. »Und um zu verhindern, dass er mich wirklich umbringt, sollten wir uns beeilen.«

»Sagen Sie mir, wer Sie umbringen will und warum? Ich könnte ihm zur Hand gehen.«

»Kommen Sie«, bat Bremer und schob Barrus aus dem Zimmer. »Das erkläre ich Ihnen unterwegs.«

Auf dem Flur des Instituts herrschte zu dieser frühen Stunde absolute Ruhe. Wer sollte hier auch herumkrakeelen? Und nach der Krankenschwester riefen diejenigen, die man zu Bremer brachte, in den seltensten Fällen.

»Ist sonst niemand da?«, fragte Barrus.

»Nein. Mein Assistenzarzt ist vor einer halben Stunde gegangen und meinen Gehilfen habe ich zum Frühstück in die Kantine geschickt.«

Barrus drückte seine Hand gegen den Bauch und verzog das Gesicht. »Frühstück, welch ein Wohlklang.« Das hätte er jetzt gerne gehabt. Schließlich war es sechs Uhr am Morgen, und außer einem Schluck kaltem Resttee vom Vorabend hatte sein Magen heute noch nichts gesehen. Ein Jammer. »Ich habe Hunger, Doktor. Können wir nicht schnell in die Kantine …«

»Nein«, unterbrach der jüngere Mediziner, der kaum vierzigjährig noch fitter war als Barrus. Deshalb konnte der sich gegen den Griff und das Gezerre von Bremer nicht zur Wehr setzen. »Dafür«, erklärte Bremer bestimmt, »haben wir jetzt keine Zeit. Ihre Kollegen erscheinen in genau zwanzig Minuten, und wenn die Sie hier zu Gesicht bekommen, dann bringt mich Hauptkommissar Feller wirklich um. Mit bloßen Händen, hat er mir angekündigt.«

Abrupt blieb Barrus stehen. Sofort rutschte der Ärmel seines Sakkos, an dem Bremer ihn bislang hinter sich hergezogen hatte, dem Arzt aus der Hand.

»Bremer, nun machen Sie aber mal 'n Punkt«, ereiferte sich Barrus. »Sie wollen mir doch nicht erklären, dass Sie mich um halb sechs, also mitten in der Nacht, anrufen, mich hierherbestellen, über einen Pfad stolpern lassen, der nichts weiter ist als kniehohes Sumpfgelände, um mir am Ende meiner Odyssee mit profaner Polizeiarbeit zu kommen? Ich bin seit über einem Jahr pensioniert. Hat man Ihnen das nicht gesagt? Deshalb will mich keiner dabeihaben. Das war also von Manfred Feller sehr ernst gemeint.«

Unbeeindruckt ergriff Bremer erneut den Ärmel seines Gastes und zog ihn wieder hinter sich her. »Man hat mir natürlich mitgeteilt, dass Sie in Pension sind. Keine Sorge. Aber das interessiert mich momentan nicht. Ich habe Feller gefragt, warum ausgerechnet Sie nichts von der Leiche, die man mir heute Nacht gebracht hat, wissen dürfen. Er geht davon aus, dass Sie ein gesteigertes Interesse an dem plötzlichen Ableben des jungen Mannes haben könnten. Und er will wohl verhindern, dass ihm bei den polizeilichen Ermittlungen jemand in die Quere kommt.«

»Wer ist der Tote denn?«, fragte Barrus ein wenig außer Atem.

»Ein gewisser Markus Weiß. Pfleger in der neuen Imhotep-Klinik.«

Erneut blieb Barrus wie angewurzelt stehen. »Was sagen Sie da? Markus Weiß ist ermordet worden?«

Im großen Sektionssaal postierte Bremer seinen Besucher auf der linken Seite des einzigen belegten Tisches. Er selbst stellte sich ihm gegenüber und zog das weiße Laken von der Leiche.

»Wenn ich vorstellen darf: Markus Weiß – Jo Barrus, Jo Barrus – Markus Weiß.«

Sofort und wie nicht anders zu erwarten, regte sich Barrus' Gedärm. Jede Zelle seines Inneren schien mit brachialer Gewalt an die Oberfläche zu streben, weshalb Barrus umgehend froh darüber war, doch noch nicht gefrühstückt zu haben.

»Was ist mit seinen Beinen?«, fragte er beim Anblick der blau-grünen Masse, an deren Stelle bei anderen Menschen unterhalb der Hüfte Gliedmaßen angesiedelt waren.

Bremer nahm den linken Unterschenkel des Toten hoch und winkelte ihn in der Mitte nach außen ab, als säße hier ein Gelenk. »Sie müssen wie die Tiere auf ihn losgegangen sein. Ich nehme an, mit einer schweren Brechstange. Die Unterschenkel sind mehrfach gebrochen. Er muss unsagbare Schmerzen gehabt haben.«

»Wo hat man ihn gefunden?«, fragte Barrus bemüht, sich von dem Anblick der Leiche abzulenken.

»In einem alten Kloster. Ich kenne mich zwar in der Stadt noch nicht so aus, aber es soll eine Ruine im Zentrum sein.«

»Johanniskirche oder Paulikloster?«, fragte Barrus.

»Drei Obdachlose haben ihn gefunden, als sie in ihr Domizil zurückkehrten.«

Barrus hatte sofort die drei passenden Gesichter vor Augen. Und im Kopf bereits seinen nächsten Termin. »Dann ist es das Paulikloster. Das kann nur der Abt mit seinen Mannen sein.«

»Der wer?«

»Man nennt ihn den Abt. Er spricht wie ein mittelalterlicher Klostervorsteher, als wäre er ein Sprössling des niederen märkischen Adels.«

»Na, jedenfalls haben die Weiß gefunden, mausetot allerdings.«

Zu seinem Leidwesen musste Barrus wieder einen Blick auf Markus Weiß werfen. »Ist er an diesen Verletzungen gestorben? Ein Schock vielleicht?«

Bremer schüttelte den Kopf. »Nein. Da war jemand viel filigraner, als man das angesichts der brutalen Schläge auf die Beine vermuten würde. Und dieser Jemand ist kein Obdachloser, der sich höchstens mit Schnaps und Zigaretten auskennt.«

»Der Abt tötet niemanden«, verteidigte Barrus den Penner, mit dem er in den letzten Jahren seiner polizeilichen Laufbahn des Öfteren zu tun gehabt hatte. »Nicht mal eine Fliege. Dafür lege ich meine Hand ins Feuer.«

»Ich wollte die drei Herren auch gar nicht beschuldigen. Ich wollte vielmehr darauf hinweisen, dass der Mörder Kenntnisse von gewissen Dingen haben muss.«

»Nämlich?«

»Gift.«

»Also ist der Mörder eine Mörderin.«

Bremer drehte den Kopf hin und her, was für seine Zweifel stand. »Das würde ich so nicht stehen lassen wollen«, sagte er. »Der Mörder hat nämlich ein spezielles Gift verwendet. Ein sehr schnell wirkendes und eines, von dessen Existenz die meisten Menschen in unseren Breiten gar keine Ahnung haben.«

Barrus sah Bremer an. »Ich höre.«

»Das Gift der Medusa«, erklärte der Arzt und bückte sich zu seinem Köfferchen, das neben dem Obduktionstisch auf den Fliesen stand. Als er wieder hochkam, hatte er die silbrige Flasche in der Hand, die mittlerweile zum Markenzeichen des Gerichtsmediziners geworden war und an deren Anblick sich jedermann gewöhnt zu haben schien. »Auch 'nen Schluck?«, fragte er.

Barrus griff sofort zu. »Was ist drin?«

Wie ein unschuldiges Kind zog Bremer die Schultern hoch. »Na, was schon? Rum.«

»Wie viel Prozent?«

»Sechzig.«

Barrus trank, kniff kurz die Augen zusammen und reichte den Flachmann zurück. »Was ist eine Medusa, Doktor?«

»Es gibt zwei Varianten«, erklärte Bremer, als er getrunken und seine Flasche wieder verstaut hatte. »Eine große, hässliche und eine kleine, durchsichtige. Bei der ersten Spielart handelt es sich um eine Figur aus der griechischen Mythologie.« Bremer nahm ein Lexikon von dem Tisch, auf dem all seine Instrumente lagen, und schlug das Buch ziemlich genau in der Mitte auf. »Medusa ist, wie ihre Schwestern, Stheno und Euryale, eine der drei Gorgonen und eine Tochter der Meeresgötter Keto und Phorkys. Medusa war nicht nur die einzige sterbliche Gorgone, sondern ursprünglich auch die schönste, was ihr schließlich zum Verhängnis wurde. Die zornige Göttin Athene erwischte sie nämlich beim Liebesspiel mit Poseidon und verwandelte die betörende Schönheit zur Strafe in ein Ungeheuer mit Schlangenhaaren, Schuppenhaut und glühenden Augen, die jeden versteinerten, der sie erblickte.«

»Doktor!« Barrus verzog das Gesicht. »Das mag ja alles ganz interessant sein, ich dachte nur, wir haben keine Zeit.«

»Haben wir auch nicht«, bestätigte Bremer. »Aber ich hielt diese Vorbemerkung für wichtig. Warten Sie ab, denn Variante eins und Variante zwei haben eine nicht von der Hand zu weisende Parallele.«

»Da bin ich ja gespannt.«

»Bei der zweiten Variante handelt es sich um ein Unterwassertier, eigentlich ein Tierchen, genauer eine Würfelqualle. So genannt nach der Form ihres Schirms. Den nennt man übrigens Meduse oder Medusa, weshalb die Wissenschaftler diesen Namen als Bezeichnung für die gesamte Gattung gewählt haben. Der Schirm der Würfelqualle ist nicht sehr groß, lediglich ihre Tentakel sind recht lang.« Bremer streckte Barrus die rechte Hand entgegen. »Würde bequem hier reinpassen.«

Bremer legte das Lexikon wieder weg. Für das, was nun kommen würde, brauchte er als Gerichtsmediziner kein Nachschlagewerk. »Würfelquallen gehören zur Klasse der Nesseltiere. Sie werden häufig in flachen Gewässern tropischer und subtropischer Meere angetroffen. Ich habe vor ein paar Jahren mal während einer Rucksacktour an der australischen Küste versucht, ein Kind zu retten, das beim Baden in die Tentakel einer Würfelqualle geschwommen war. Vergebens. Der kleine Nicki war nur sechs Minuten nach der Berührung mit der Qualle tot und musste bis dahin Höllenqualen erleiden. Das Gift der Würfelqualle zählt nämlich zu den stärksten im Tierreich überhaupt. Das der Kobra geht dagegen eher als Softdrink durch. Die Giftmenge einer einzigen Qualle könnte über einhundert Menschen töten.«

»Und wie tötet das Gift genau?«, versuchte Barrus zu beschleunigen, zum einen wegen des nahenden Manfred Feller, zum anderen wegen seines Magens, der weiterhin keine Ruhe geben wollte.

»Sie meinen die Wirkung? Es kommt sofort zu einer heftigen Schmerzreaktion. Etwa so, als habe Ihre Frau versehentlich das heiße Bügeleisen auf Ihren nackten Oberschenkel gestellt. Nach der Bildung von Ödemen folgt umgehend die Nekrose des betroffenen Hautgewebes, und dann tritt schon der Tod ein. Das Gift wirkt insbesondere auf die Muskeln ein, also auch auf das Herz. Es muss dazu aber erst in die Blutgefäße gelangen. Und von dort aus durchlöchern die Proteine des Giftes die Zellmembran.«

»Wie kann ich mir das als Laie in der Praxis vorstellen?«

»Die Muskeln verkrampfen, das Opfer windet sich wie ein Epileptiker. Gleichzeitig leidet es unter der Vorstellung, bretthart zu werden. Schließlich kommt es zu Atemstillstand und Herzversagen.«

»Man wird also versteinert, wie beim Anblick der griechischen Medusa?«

»Richtig. Das ist die erwähnte Parallele.«

»Und wo hat die Qualle unseren Freund hier getroffen?«

Bremer drehte den Kopf des toten Markus Weiß zur Seite. »Am Hals. Man hat ihm mit einer Spritze eine enorme Giftmenge direkt in die Blutbahn gepumpt. Wahrscheinlich hat er nicht einmal so lange gebraucht wie der kleine Nicki.«

»Und wie komme ich in Deutschland an dieses Gift, Doktor?«

»Das dürfte nicht so einfach sein. Einige Kliniken forschen daran. Aber die geben es natürlich nicht in den freien Verkauf. Warum auch?«

»Gibt es eine solche Klinik hier in der Nähe?«

Bremer lächelte breit. »Da haben Sie verdammtes Glück«, antwortete er und tätschelte dem Toten die Schulter. »Die Klinik, in der unser Freund gearbeitet hat. Dort forscht man auch an der Würfelqualle.«

»Die Imhotep-Klinik?«

Bremer nickte. »Ja. Soviel ich weiß, wollen sie ein Gegengift entwickeln.«

Barrus strich sich übers Kinn. Damit hatte er heute also zwei Termine. Einen beim Abt im Paulikloster und einen bei Eva Mahler, der Oberärztin jener Klinik, an der man sich mit dem Gift der Würfelqualle beschäftigte. Das konnte kein Zufall sein.

»Und was mache ich mit den grünen Dingern hier?«, fragte er Bremer, während seine Augen auf die Plastiküberzieher an seinen Füßen gerichtet waren.

»Können Sie mitnehmen«, antwortete Bremer. »Ist ein Geschenk des Hauses.«

11

Nach den aufregenden Ereignissen der Nacht hatte Willi einfach nicht in den Schlaf gefunden. Er lehnte mit dem Rücken gegen die Wand, die Beine steckten bis zu den Knien im Schlafsack.

»Kannst du auch nicht pennen?« Hubert kam aus seiner Nische gekrochen, in eine dicke Wolldecke gehüllt, und ließ sich neben Willi nieder.

»Nö«, sagte Willi und lächelte. »Bin zwar hundemüde, aber der janze Kram heute Nacht, dett mit die Polente und den Toten, dett jeht mir noch janz schön durch 'n Kopp.«

»Willste?«, fragte Hubert und reichte Willi eine braune Papiertüte.

Willi griff zu und sah Hubert fragend an. »Wo is 'n der Abt?«

»Pennt wie 'n Murmeltier.«

»Der Abt hattet jut. Kann abschalten, kann der. Würde mir wünschen, dett it bei mir och jinge.« Dann öffnete er die Tüte. »Watt is 'n drin in deine Zauberbox?«

Hubert zuckte die Achseln. »Na wie immer. Een alter Appel, zwee Stück von een Brötchen und …«, Hubert blies einen Tusch durch die gelichteten Zahnreihen, »… zur Feier des Tages Schnittkäse.«

Willi teilte den Apfel und nahm sich eine Hälfte. »Wir müssen für den Abt och watt über lassen.«

»Hab ick schon abjeteilt. Den Abt seine Tüte liecht am Koppende von seine Matratze. Vielleicht wird er ja wach von den Essensjeruch.«

»Sach mal Hubert, wie hast 'n dett jemeint mit die Mönche?«, fragte Willi, als er den ersten Bissen vom Apfel heruntergeschluckt hatte.

»Mit die Mönche?«

»Na jestern Abend. Du hast jesagt, dass die vielleicht komm und uns dett Kloster wegnehm.«

Hubert winkte ab. »Dett hatt sich ja nu Jott sei Dank erledicht. Wie der Polizist jesagt hat, haben die beeden Mönche, die wir jesehn haben, doch den Doten hier abjelegt. Die sind nur Verbrecher, keine Jeistesmänner. Die nehm uns nischt weg.«

Damit wollte sich Willi nicht zufriedengeben. »Aber wie hast 'n dett nu jemeint. Du hast jesagt, dass man dir och allet wegjenommen hat.«

Hubert bis von dem Käse ab, steckte ihn in die Tüte zurück und spülte den Bissen mit einem Schluck kaltes Sternburgbier hinunter. »Ja, so war dett. Mein Haus, in dett ick vor dreißig Jahre einjezogen war, dett hat vorher andere Leute jehört. Un die sind einundsechzig, kurz nach den Mauerbau, noch rüber nach 'n Westen. Ick habe dett Haus ordnungsjemäß jekooft und über meine janze Kohle rinjesteckt. Und uff een Mal standen die kurz nach de Wende wieder vor de Tür und wollten dett Häuschen zurück. Jekricht habe ick dafür nischt, musste aber sofort raus. Und ick Idiot habe och noch een Kredit bei 'ne Bank uffjenommen.«

»Und dett hat dich denn ruiniert.«

»Na klar. Und als ick raus war und keene Taler mehr hatte, da hat sich och meine Marie aus 'n Staub jemacht.«

»Und du meinst, dass dett och mit unser Kloster passieren kann?«, fragte Willi rein rhetorisch, denn die Antwort hatte er ja bereits von der Polizei bekommen.

Hubert starrte ins Nichts. Willi wartete geduldig. Dann atmete Hubert lange aus. Der Atem war eine Mischung aus altem Käse und kaltem Bier. »Ja«, sagte er schließlich. »Und man wird uns nich fragen.«

Genau das war Willis Befürchtung. Man würde sie nicht fragen. Man würde über ihre Köpfe hinweg entscheiden, wie es überall passierte, seit die neuen Heilsbringer über die Elbe gekommen waren. Und alles, was vor 1989 gebaut, getan und gedacht worden war, wurde für Blödsinn erklärt. Dieser Gedanke war nicht mehr aus Willis Kopf herauszubekommen. Er saß fest wie ein rostiger Nagel. Denn was hatte der Polizist gesagt? Dass sie, also Willi, Hubert und der Abt, vorerst hierbleiben können. Vorerst. Wenn aber die Baumaßnahmen begännen, müssten sie sich ein neues Domizil suchen.

Willi sah sich um. Musste er dann all das aufgeben, was er sich hier geschaffen hatte? Sein Bett, eine Konstruktion aus Gemüsekisten; sein Regal, in dem seine Bibel stand und die Marienfigur; seinen Kochtopf mit dem Campingkocher, den der alte Kommissar ihm geschenkt hatte. Der ihn mit einem komischen Namen anredete. *Willi, du bist mein Lieblingskloscha.* Konnte man ihn wirklich dazu zwingen? Im Grunde wusste Willi die Antworten selbst, stellte diese Fragen trotzdem immer wieder. Die ganze Nacht hindurch, den gesamten Morgen. Sie zermarterten langsam, aber sicher sein Gehirn. Da half es auch nicht, dass er seine Finger fest um die kleine Messingkobra geschlossen hielt, seinem neuen Talisman, von dem nur Willi und die Sterne wussten.

12

Um kurz vor sieben war Barrus wieder zu Hause. Sein Gesicht sah müde aus im Spiegel. Die Augen hatten dunkle Ränder, und sein Blutdruck war mit Sicherheit zu hoch. Das sollte er jetzt besser nicht überprüfen. War es das Grau des beginnenden Herbstes, das sich mit dem Dunkelgrau der alten Stadt mischte, oder war es der Fall, der Auftrag von Eva, der an seinem Gemüt nagte? Egal, irgendwer war schuld daran, dass es ihm so ging, wie er gerade aussah. Beschissen.

Trotzdem versuchte Barrus zu lächeln, schwach wenigstens, und an die heiße Dusche zu denken, unter der er mindestens eine Viertelstunde zu stehen vorhatte. Doch daraus wurde nichts. Es klingelte an der Tür. Wahrscheinlich hatte er nicht aufgepasst und war dieses Mal den Adleraugen von Frau Kamischke nicht entkommen.

»Guten Morgen, Jo.« Eva Mahler stand im trüben Licht des Treppenhauses. In ihren Augen lag der Ausdruck, dem Barrus erst vor ein paar Minuten im Spiegel begegnet war. »Auch wenn es noch sehr früh ist, kann ich reinkommen?«

Barrus trat zur Seite und ließ Eva eintreten. »Den Flur entlang und dann links«, sagte er und schloss die Augen. Der Duft, den Eva hinter sich herzog, war Barrus fremd, und er war betörend. Er sog literweise Luft durch die Nase, als müsse er jedes Molekül des Parfüms aus dem Äther zerren.

»Eva, ich …« Barrus setzte sich neben die Oberärztin der Imhotep-Klinik auf das Sofa.

»Du musst mir nichts erklären, Jo. Ich weiß es schon. Die Polizei war bereits bei mir.«

»Warum bei dir?«, fragte Barrus.

»Zum einen, weil Markus auf meiner Station gearbeitet hat, und zum anderen, weil ich ihn ja bei der Polizei als vermisst melden wollte.«

»Verstehe«, sagte Barrus. »Da hatten sie bestimmt einige Fragen.«

»Nein. Sie haben mir nur mitgeteilt, dass er ermordet worden ist. Weiter nichts. Aber sie würden wiederkommen, haben sie gesagt.«

Jetzt drehte Eva sich zu Barrus hin. »Jo … wie hat man es getan?«

Barrus hatte es nicht beabsichtigt, aber seine Hand suchte wie von allein Evas und hielt sie fest. »Bestialisch. Leider.«

Eva neigte den Kopf, legte ihn auf die weiche Schulter von Barrus und ließ ihm ihre Hand. »Erzähl es mir trotzdem«, bat sie und schloss die Augen. Auch wenn der heutige Jo Barrus längst nicht mehr der Mann war, der in ihren Träumen vorkam, hatte sie Verlangen nach seiner Nähe. Vielleicht sogar nach mehr, nach Wärme, nach Geborgenheit.

»Ich habe nicht geduscht«, sagte Barrus.

»Was hat deine Dusche mit dem Mord an Markus zu tun?«

»Du hast mir geraten, ein neues Hemd zu kaufen. Es ist noch das alte, und geduscht habe ich gestern Abend nicht, und auch nicht heute früh.«

Eva musste lächeln. Sie dachte an den Zwölftklässler Jo Barrus. Es war schön hier neben ihm. »Das ist mir im Moment völlig egal«, sagte sie, rutschte so weit von Barrus weg, dass sie neben ihm hinuntersinken und ihren Kopf in Barrus' Schoß fallen lassen konnte. »Halt mich fest, Jo, und erzähl mir, was sie mit ihm gemacht haben.«

Barrus erfüllte ihr diesen Wunsch nur ungern, versuchte aber, Eva all das wiederzugeben, was ihm Bremer im Anblick der Leiche von Markus Weiß erklärt hatte.

»Forscht ihr bei Imhotep an diesem Gift?«

»Ja«, antwortete Eva. »Professor Frank leitet die Forschungen. Es geht um die Entwicklung von Gegengiften und darum, herauszufinden, ob die lähmende Wirkung des Giftes der Würfelqualle auch in der Medizin eingesetzt werden kann.«

»Und, kann sie es?«

»So weit sind wir noch nicht. Aber denkbar ist es schon.«

»Das werden sie dich fragen wollen, Eva. Die Polizisten.«

»Warum?«

»Sie suchen nach einem Motiv. Vielleicht Erpressung oder Spionage.«

»Spionage?«

»Warum nicht? Wenn ihr ein Medikament entwickelt, dass Millionen von Menschen hilft, dann ist es doch ein Vermögen wert, oder?«

»Schon.«

»Und deshalb werden sie auch in diese Richtung ermitteln. Jedenfalls würde ich das tun, wäre ich noch in der Mordkommission.«

»Bist du aber nicht mehr«, stellte Eva fest. »Du bist jetzt Privatdetektiv.«

»Ich weiß. Und da der junge Mann nun gefunden ist, endet mein Auftrag hier und heute. Ich gebe dir das Geld natürlich zurück.«

Evas Finger begannen über den Stoff von Barrus' Hemd zu kriechen. Ganz leicht nur, kaum zu spüren. »Könntest du nicht für mich weitermachen?«

»Womit denn? Vermisst du noch jemanden?«

»Nein. Recherchiere zum Tod von Markus. Ich möchte wissen, wer dahintersteckt.«

»Das ist Aufgabe der Polizei. Die werden fuchsteufelswild, wenn sie mitkriegen, dass ich ihnen ins Handwerk pfusche.«

Die Kreise, die Evas Finger beschrieben, wurden größer, der Druck stärker. »Aber du pfuschst ja gar nicht. Du bist Privatdetektiv, und noch dazu der Beste seines Standes, wie ich gehört habe.«

»Von wem hast du das denn gehört?«

»Von deinem ehemaligen Kollegen Feller. Er hat mir deine Karte gegeben und gesagt, dass du der Beste seist.«

»Ein Blick ins Brandenburger Telefonbuch hätte dich ernüchtert. Unter Privatdetektiv steht nur mein Name. Da ist es nicht sonderlich schwer, der Beste zu sein.«

»Finde trotzdem heraus, wer Markus umgebracht hat und warum. Ich will es von dir wissen und nicht von der Polizei.« Evas Finger hatten bereits einen Knopf von Barrus' Hemd geöffnet, und verschwanden unter dem Stoff. »Bitte.«

»Wenn du darauf bestehst«, sagte Barrus. »Aber zu niemandem ein Wort.«

»Ich schweige wie ein Grab«, schwor Eva und schloss die Augen. »Eine Bitte habe ich noch.«

»Und die wäre?«

»Zeig mir dein Schlafzimmer!«

13

Barrus stapfte über den Flur der Mordkommission. Dieses Mal war er von hinten gekommen, hatte den Haupteingang gemieden, den Ort, an dem Kerberus Wache hielt. In der griechischen Mythologie bewacht der Höllenhund den Eingang zur Unterwelt, damit kein Toter heraus- und kein Lebender hineinkommt. Hier in Brandenburg hatte er die Gestalt von Polizeiobermeister Meier angenommen.

Im Büro von Manfred Feller ließ Barrus sich auf einen Stuhl fallen. Er stieß die Luft aus der Lunge, als würde er seinen letzten Atemzug tun.

»Du siehst scheiße aus, Jo. Früher hätte ich das einem weinseligen Abend zugeschrieben, aber heute kann es andere Ursachen haben.« Feller blickte auf seine Armbanduhr. »Es ist schon elf Uhr dreißig, da müsste man den Restalkohol verdaut haben.«

»Scheiße?«, wiederholte Barrus. »Wie sieht man denn aus, wenn man scheiße aussieht?«

Feller sah Barrus weiter an. »So wie du.«

»Und wie sehe ich aus?«

»Brecht. Du erinnerst mich an Brecht. In einem seiner Gedichte heißt es: Ihre Augen sind schrecklich leer, kleine saugende Strudel.«

»Sex, Manfred. Ich hatte Sex, und das bekommt meinem alten Körper nicht mehr. Saugende Strudel. Du verstehst?«

»Sex mit einer Frau?«

65

Barrus richtete sich in seinem Stuhl auf, wollte protestieren. Dann sank er wieder in sich zusammen. »Mit wem denn sonst?«

»Mit zwei oder drei Frauen vielleicht.«

»Manfred, ich bin einundsechzig. Da spielen zwei oder drei Frauen nur noch in Träumen eine Rolle. Und selbst die sind von dichtem Nebel getrübt, wie ein Schleier, unter dem das Alter zu deinem Schutz alles zu verbergen versucht, was früher mal Spaß gemacht hat.«

Feller, nur zwei Jahre jünger als Barrus, nickte, als wüsste er genau, was Barrus damit meinte. »Aber du bist doch nicht gekommen, um mir von deinen Schäferstündchen zu erzählen, oder?«

»Nein. Es geht um Markus Weiß.«

Feller grinste. »Ist nicht dein Ernst, Jo.«

»Leck mich, Manfred. Sei doch nicht so spießig.«

»Jo. Als du noch auf diesem Stuhl gesessen hast, hättest du jedem von uns die Eier abgerissen, wäre man nur auf die Idee gekommen, Ermittlungsergebnisse nach außen zu geben.«

»Aber ich sitze nicht mehr auf dem Stuhl.«

»Eben«, lautete die so einfache wie eindeutige Antwort Fellers. »Du sitzt nicht mehr auf diesem Stuhl.«

»Ich will doch nur ein paar Details.«

Feller schüttelte den Kopf.

»Bin ich wirklich schon so weit draußen?«

»Ganz weit, Jo. Für Mordermittlungen bist du schon ganz weit draußen.«

Das war Manfred Feller, wie Barrus ihn kannte. Prinzipienfest, ein Fels in der Brandung des Informationsflusses. Aus ihm würde Barrus nicht mal etwas herausbekommen, wenn er ihn zu bestechen versuchte. Manfred hatte nein gesagt, und das hieß in aller Regel auch nein.

Plötzlich stand Feller auf, ging zur Tür, blickte zu beiden Seiten den Gang entlang, schloss die Tür wieder und setzte sich zurück auf seinen Platz. »Hast du sie getröstet?«, flüsterte er.

»Wen?« Auch Barrus hauchte seine Frage nur. Flüstern war ansteckend.

»Die Oberärztin. Die ich gestern zu dir geschickt habe. Hast du sie getröstet, nachdem ihr junger Gigolo nun umgebracht wurde?«

»Was meinst du mit trösten?«

Feller machte eine eindeutige Handbewegung. »Hast du sie gevögelt?«

Barrus musste kurz überlegen. Sollte er es Manfred sagen? Er hatte es ja vor ein paar Minuten schon angedeutet. Zudem fiel ihm Fellers Gang zur Tür ein, der vorsichtige Blick den Flur entlang. Es war Sonntag. Bis auf die Mordkommission, die nach dem Zepter von Feller tanzte, war die Direktion leer. War Manfreds Absicherung der Vorbote für einen Deal?

»Ja«, sagte Barrus. »Ich war mit ihr im Bett. Aber es ist nicht so, wie du denkst.«

Feller nickte, als hätte er von Barrus' Schlafzimmertür aus zugesehen. »Du kennst sie nicht erst seit gestern, stimmt's?«

Barrus antwortete mit den Augen.

»Also kein seelenloses Gepimper. Deshalb bist du so durch den Wind. Jo, solche Nummern enden für Männer in unserem Alter, wie sie trauriger nicht enden können. Es ist nicht der Schweiß, der uns durch die Poren schießt, auch nicht das Herz, das rast, oder die Luft, die knapp wird. Es ist der Rücken, der uns nach dem Akt verbietet, das Bett zu verlassen, weil wir uns ohne fremde Hilfe nicht mal mehr aufrichten können.«

Was war denn mit dem los, fragte sich Barrus. Das waren Worte, die er von Manfred Feller noch nie vernommen hatte. »Manfred, was ist los? Kann ich dir helfen?«

Feller drehte sich mit seinem Bürostuhl zum Fenster. »Zuerst waren es nur Kopfschmerzen. Insbesondere nachts und in den frühen Morgenstunden. Dann kamen Sehstörungen hinzu,

unwillkürliche Zuckungen des linken Beins. Später Lähmungs-
erscheinungen, Sprach- und Koordinationsstörungen, Einbu-
ßen der Auffassungsgabe.«

»Du bist überarbeitet«, schlussfolgerte Barrus milde.

»Nein«, antwortete Feller und drehte sich mit dem Stuhl
wieder zu Barrus. In Fellers Augen standen Tränen, einige waren die Wange hinabgelaufen. Er wischte sie ab. »Jo, wir schlafen schon seit Wochen nicht mehr. Wir …« Feller schluckte ein
Schluchzen hinunter. »Cornelia hat Krebs. Ein Gehirntumor.«

Cornelia – sofort hatte Barrus ein Bild vor Augen. Die glück-
lichste Ehefrau der Welt. Der ganze Stolz seines Kollegen Manfred Feller.

»Aber sie ist doch erst …«

»Fünfzig. Sie ist erst fünfzig. Und der Arzt sagt, dass sie
nicht mehr einundfünfzig wird, wenn sie nicht operiert wird.«

»Dann tut das! Wo ist das Problem?«

Feller senkte den Blick, schüttelte ganz schwach den Kopf.

Das wollte Barrus nicht akzeptieren. »Manfred, sie ist deine
Frau, und du liebst sie mehr als dich selbst. Was also ist los?«

»Geld! Profanes Geld. Wir haben alles unternommen, was
man in so einem Fall tun kann. Wirklich alles«, sagte Feller und
sah wieder zum Fenster hinaus. »Aber wir können uns die
Operation in den USA nicht leisten.«

»Wie viel brauchst du?«, fragte Barrus, ohne zu überlegen.

Feller schüttelte nur den Kopf. »Zu viel, Jo. Die Summe
kannst auch du nicht auftreiben. Mit Flug und Begleitung
durch einen Erwachsenen sind es einhundertfünfzigtausend
Dollar. Und da ist noch nicht einmal die Nachsorge enthal-
ten.«

»Und ein Kredit?«

»Vergiss es.« Feller winkte ab. Offenbar hatte er resigniert.
»Ich habe nicht genügend Sicherheiten und gehe nächstes Jahr
in Pension. Du weißt selbst, wie viel uns dann noch bleibt. Davon kann ich keinen Kredit zurückzahlen«, sagte er. Doch ganz

plötzlich sah Feller Barrus an, komplett verändert, als wäre er zu einem anderen Menschen geworden, als hätte er irgendeine Grenze überschritten, irgendeinen Rubikon. »Jo, ich biete dir ein Geschäft an. Du musst es nicht tun, aber du würdest mir sehr helfen. Entscheide selbst.«

»Sprich!«, forderte Barrus.

Feller zog wie am Tag zuvor eine Schublade seines Schreibtisches auf und entnahm ihr eine gelbe Umlaufmappe. Er legte sie vor Barrus hin.

»Darin sind Kopien von allen Papieren, die wir bislang zum Ableben von Markus Weiß beschrieben haben. Ich gebe dir weitere, zwar nicht hier, aber an einem Ort, den wir beide vereinbaren. Und im Gegenzug sprichst du mit deiner Oberärztin, mit der du das Bett teilst. Sie und ihr Klinikchef sind zwei große Nummern in der Neurochirurgie. Sie können Cornelia helfen.«

»Aber nicht als Kassenpatient.«

»Nein, nicht als Kassenpatient. Sie haben eine Privatklinik, wie du weißt, und sie operieren in den USA … Bitte, Jo. Du bist meine letzte Hoffnung.«

14

Die Sonntagsrunde war vollzählig versammelt. Niemand fehlte, was auch darauf zurückzuführen war, dass die Detektei Barrus wieder einen Fall hatte, der Abwechslung im grauen Alltag des ein oder anderen Mitglieds dieser illustren Runde an Hildis Stammtisch versprach. Barrus hatte bei dem obligatorischen Grauburgunder alle ins Bild gesetzt, ohne aber seinen alten Weggefährten Manfred Feller zu kompromittieren.

»Woher hast du in dieser Kürze der Zeit all die Informationen?«, fragte Nikolaus Hebele mit hochgezogenen Augenbrauen.

»Wahrscheinlich ist harte Arbeit und Mengä Erfahrung«, übernahm Imre die Antwort, denn der alte Ungar ahnte die Wahrheit. Eine gelbe Umlaufmappe mit fein säuberlich geordnetem Schriftgut – das roch nach deutscher Behörde.

»So ist es«, sagte Barrus und klappte die Mappe zu.

Berit, die neben Barrus saß, zog sie ihm weg und blätterte durch die nummerierten Seiten, auf der Suche nach einem bestimmten Blatt. Als sie das aber nicht fand, schob sie die Mappe wieder zu Barrus hinüber. Die Polizei wusste noch nicht sehr viel, ging es Berit nach dieser kurzen Studie der Unterlagen durch den Kopf. Und damit wusste auch Jo wahrscheinlich nicht mehr, was Berit an dieser Stelle etwas beruhigte. Sie hatte also einen knappen, aber eindeutigen Vorsprung.

Sie blickte zu Barrus, betrachtete nachdenklich sein Profil. Sollte sie ihn einweihen? Sollte sie ihm gestehen, dass sie der Sonntagsrunde gestern nicht alle Dokumente übergeben hatte? Sollte sie ihren kleinen Vorsprung aufgeben? Besser nicht, denn so wie Jo gerade aussah, wirkte er gleichzeitig angespannt und ausgelaugt. Er würde auf der Stelle explodieren. Also schwieg Berit und hörte der Diskussion der Runde weiter zu.

»Und was machen wir jetzt?«, wollte Heiner Wassertor wissen.

Prompt waren alle Augen auf Barrus gerichtet. Der zog zwei Kopien aus seiner Mappe. »Hier habe ich zwei Listen mit Namen und Adressen von Leuten, denen Markus Weiß seine heimlichen Besuche abgestattet hat. Insgesamt hat er dreizehn Wohnungen ausgeräumt. Ich würde sagen, wir bilden zwei Teams. Eines bestehend aus Heiner und Berit und eines aus Nikolaus und Imre. Heiner, kannst du Nikolaus einen Presseausweis besorgen?«

»Wofür?«, fragte Wassertor.

»Ich habe mir gedacht, dass ihr als Reporter des Kuriers unterwegs sein werdet. Ihr seid an einer Story über Wohnungseinbrüche dran, bei denen die Opfer im Krankenhaus lagen. So erwecken wir weder bei den Befragten noch bei der Polizei Verdacht.«

»Geht klar«, sagte Wassertor. »Den Ausweis bekommst du heute Nachmittag, Nikolaus. Ich brauche bloß ein Passfoto von dir.«

Berit reckte den Hals etwas zu Barrus hinüber. Sie überflog die Liste, auf der oben mit Kugelschreiber der Name Heiner geschrieben stand. »Können wir tauschen?«, wandte sie sich plötzlich an ihren Onkel.

»Tauschen? Was willst du denn tauschen?« Barrus hatte große, verwunderte Augen.

»Die Besetzung der Teams. Ich würde lieber mit Nikolaus unterwegs sein«, antwortete Berit. Sie lächelte Heiner Wassertor in der Hoffnung an, dass ihre jahrelange Erfahrung als kleine Gaunerin ihr jetzt half, auch in dieser Runde überzeugend zu lügen. »Nicht, dass ich nicht mit Heiner gehen möchte, aber ich plane ein Theaterprojekt in meinem Café. Und da könnte ich von Nikolaus doch ein paar Tipps bekommen, während wir von Wohnung zu Wohnung marschieren.«

Barrus blickte in die Runde. »Gegenstimmen?«, fragte er, und da niemand reagierte, war die Sache beschlossen. »Gut, dann gehen also Heiner und Imre zusammen sowie Nikolaus und Berit.«

»Und was sollen wir bei den Leuten tun?« Hebele hob die Hände, denn in kriminalistischen Dingen war er trotz seiner Dramaturgenrolle am Theater ein blutiger Laie.

»Umgarnt sie, seid neugierig, fragt ihnen Löcher in den Bauch, bis sie glauben, dass jemand Anteil an ihrem Schicksal nimmt. Die Hauptsache ist aber, dass ihr eine lückenlose Auflistung der Sachen bringt, die ihnen abhandengekommen sind, sprich, die ihnen Markus Weiß gestohlen hat.«

»Gut«, sagte Hebele und erhob sich.

»Wo willst du hin?«, fragte Barrus. »Warte noch einen Augenblick. Meines Erachtens reicht es, wenn ihr morgen mit den Hausbesuchen beginnt.«

Hebele winkte ab. »Der Burgunder, Jo. Ich will nur zur Toilette.« Dann verschwand er im Inneren des Belmondo.

Heiner Wassertor faltete die ihm zugeteilte Liste und verstaute sie in der Innentasche seines Sakkos. Er setzte die Miene eines wissenden Professors auf. »Aber was soll uns das bringen? Aus den Papieren von Weiß' Ehefrau wissen wir doch, dass es eigentlich nicht um diese Einbrüche geht. Brisant ist das, was Alfred Bach herausgefunden hat, nämlich etwaige Pharmaversuche in DDR-Kliniken. Was interessieren uns da noch die kleinen Diebstahlshandlungen?«

»Eine ganze Menge, Heiner«, sagte Barrus. »Diese Pharmaspur ist nur eine Möglichkeit. Es kann durchaus sein, dass dem Mord an Markus Weiß andere Motive zugrunde liegen, die also gar nichts mit diesen Pharmaversuchen zu tun haben.«

Imre räusperte sich und rutschte auf seinem Stuhl nach vorn bis an die Kante. »Ich kann verstehän Heiner. Er wittert große Geschichte hinter Pharmaindustrie. Ist auch unglaublich das, Jo«, sagte der alte Ungar und sah Barrus mit den Augen eines treuen Dackels an. »Dann lass machen Heiner und Nikolaus die Story um Imhotep-Klinik, und Berit mit mir geht auf Suche nach Aufzählung von gestohlene Sachen.«

»Also gut«, gab sich Barrus geschlagen. »Heiner, du schnappst dir Nikolaus, und Imre ist im Team mit Berit. Alfred Bach aber lasst ihr alle vorerst in Ruhe. Den will ich selbst aufsuchen.«

Mit drei Flaschen Grauburgunder unter dem Arm, die Barrus trotz des Protestes von Hildi im Belmondo aus dem Regal genommen hatte, machte sich der Kopf der einzigen Detektei Brandenburgs auf den Weg zum Paulikloster. Es war erst gegen Mittag, und so hoffte Barrus, dass der Abt und seine Mannen noch in ihrem Quartier saßen. Ansonsten war es schwer, die drei zu finden, auch wenn sie aufgrund ihres Äußeren und des süßlichen Geruchs, der sie wie eine Wolke umhüllte, jedermann im Gedächtnis blieben.

Als er von der Sankt-Annen in die Neustädtische Heidestraße bog, fiel sein Blick auf einen Teil der Klosterruine. Das Reich des Abtes, wie Barrus das Paulikloster getauft hatte. Als sich Barrus bis auf etwa fünfzig Meter der Ruine genähert hatte, erkannte er drei Gestalten, die ihre ungelenken Körper gerade unter rot-weißem Absperrband durchquetschten.

»Wo wollt ihr hin?«, fragte Barrus, als er neben den Männern ankam.

»Der Herr Kommissar«, strahlte Willi mit breit gezogenen Lippen und lückenhaften Zähnen. »Wie mir dett freuen tut, Herr Kommissar. Ham wa uns schon jedacht, datt Sie nich weit weg sein könn, wenn eene Leiche irjendwo inne Stadt herumliecht, wa.«

Jetzt richteten sich auch der Abt und Hubert wieder auf, nachdem sie unter dem Absperrband der Polizei hindurchgekrochen waren. »Herr Kommissar erlauben eine Frage?«, wandte sich der Abt an Barrus. »Wie lange gedenkt die Staatsmacht denn, unser Kloster mit diesem Bändchen einzuzäunen?«

Barrus hob die Schultern. »Ich weiß es nicht. Aber wenn die Kriminaltechniker bereits weg sind und man euch den Zutritt zur Klosterruine nicht weiter verboten hat, tja, dann könnt ihr das Flatterband eigentlich wegschmeißen.«

»Nee, nee, Herr Kommissar«, mischte sich Hubert ein und begann sofort, das Absperrband fein säuberlich aufzuwickeln. »Wegschmeißen is nich. Dett könn wir bestimmt noch jebrauchen, könn wir dett.«

Das erschien Barrus der geeignete Moment. »Apropos brauchen. Was haltet ihr denn hiervon?«, sagte er und zog die drei

Grauburgunder aus einem Rucksack. Den hatte er sich von Berit geborgt, um nicht am helllichten Sonntag mit drei Weinflaschen unter dem Arm durch die Stadt zu laufen. »Hier, eine für meinen Lieblingsclochard«, lächelte Barrus und drückte Willi eine Flasche in die Hand. »Und für euch beide auch eine.«

Willi hielt sich das Etikett nah vor die Augen und machte einen ganz spitzen Mund. Es hatte den Anschein, als lese er jede Zeile mit Genuss, doch Barrus wusste nur zu genau, dass sich Lesen und Willi seit jeher wie zwei gleichpolige Magnete abstießen.

»Een janz feiner Tropfen ist dett, Herr Kommissar. Da bedanken wir uns aber mit die jrößte Freude, wa Kollejen?«

»Ja, von mir ebenfalls …« Die Erregung des Abtes schwang in jedem Ton mit, der seinen Mund verließ. »Herr Kommissar, im Namen der Gruppe, also der Herren Hubert und Willi und natürlich auch von meiner Wenigkeit, wir danken Ihnen sehr für dieses Geschenk. Dürfen wir Sie derweil hereinbitten? Sie haben doch bestimmt einige Fragen zu den Ereignissen der letzten Nacht.«

»Die habe ich, Männer. Und ein Kaffee wäre nicht schlecht.«

»Dett ham wa och jedacht, Herr Kommissar«, spöttelte Willi mit erhobenen Händen. »Da wir aber keen mehr haben, wollten wir jrade welchen klau…« Blitzschnell zog Willi die freie Hand vor den Mund. Er sah aus wie ein kleiner Junge, der gerade noch das böse Wort *Sch…* verhindern konnte.

»Herr Kommissar, der Herr Willi beabsichtigte zu sagen, dass wir welchen besorgen gehen wollten«, sprang der Abt ein, und seine Augen blitzten Willi an.

Barrus erkannte die plötzliche Spannung und öffnete erneut den Rucksack, entnahm diesem ein Pfund gemahlenen Kaffee, einen Beutel mit toskanischen Keksen und drei Feigen. Alles Delikatessen aus Hildis Belmondo und Balsam für die Seelen des Klostertrios.

Nachdem jeder die zweite Tasse Kaffee getrunken hatte und Kekse und Feigen gegessen waren, machte die erste der drei Grauburgunderflaschen endlich die Runde.

»Und dett, watt wir Sie gerade erzählt haben, dett ham wa och schon heute Nacht den verehrten Herr Feller Mitteilung jemacht, ham wa dett. Mehr tun wir wirklich nich wissen, Herr Kommissar«, schwor Willi mit erhobenem Zeige- und Mittelfinger, als er die bereits halbleere Weinflasche an Barrus weitergab. »Ehrenwort.«

Der Abt und Hubert nickten zustimmend.

»Habt ihr noch irgendetwas gefunden, nachdem die Polizei wieder abgezogen war?«

Die drei blickten sich an. Und wie immer, wenn sie mit Barrus zu tun hatten, führte Willi das Wort. »Nee, Herr Kommissar. Wirklich. Watt solln wir denn finden, watt nich Ihre verehrten Kollejen schon jefunden hätten. Dett is so jut wie ausjeschlossen, is dett. Kieken Sie in die ehrlichen Augen von Ihren Lieblingskloscha. Könn die lüjen?«

Können sie hoffentlich nicht, dachte Barrus. Jedenfalls nicht, wenn er sie etwas fragte. Alles andere würde ihn nach all dem, was er für die drei in den vergangenen Jahren getan hatte, auch sehr enttäuschen.

»Na, gut«, sagte er und reichte die Flasche an den Abt weiter. »Dann mache ich mich mal wieder auf den Weg.«

»Eene Frage ist wohl noch jestattet, Herr Kommissar«, bat Willi und hielt Barrus am Sakkoärmel zurück. »Wejen die Mönche, die heute Nacht hier waren und die ja nu wahrscheinlich jar keene Jeistesvertreter sind. Watt, frage ick Sie, machen wir drei denn, wenn die richtijen Mönche komm?«

»Welche richtigen?«, hakte Barrus nach.

»Die richtijen Mönche, die dett Kloster hier jehört. Ick habe heute schon mit Hubert darüber phylesophiert. Watt is, wenn die Mönche komm, die früher in dett Kloster jelebt haben?«

»Die kommen nicht«, wusste Barrus, der durch die Sonntagsrunde gut in die Belange der Stadt eingeweiht war. »Aber raus müsst ihr trotzdem irgendwann. Das Land hat die alte Ruine gekauft und will ein Museum daraus machen.«

»Een Museum?«, protestierte Hubert.

»Ich befürchte, ja. Soviel ich weiß, soll es ein Museum für Früh- und Altersgeschichte werden.«

Hubert nickte ein paar Mal, als wüsste er, was Barrus meinte. »Een arschologischet habe ick jehört. Denn stimmt dett doch.«

»Aber macht euch keine Sorgen. Ich finde eine neue Bleibe für euch. Versprochen. Und jetzt muss ich wirklich los.«

Allein Willi begleitete Barrus zum Ausgang. Kurz bevor die beiden diesen erreichten, hielt Willi Barrus erneut am Sakkoärmel zurück. »Een feiner Stoff. Ick hätt och jerne so 'ne Jacke. Aber die is nischt für eenen wie ick dett bin.«

»Willi, was ist?«, fragte Barrus. »Du hast doch was auf dem Herzen.«

Mit gesenktem Kopf trat Willi von einem Bein auf das andere. Dann sah er Barrus an. »Ick finde dett großartig von Ihnen. Sie sind der Einzije, der sich wirklich um uns kümmern tut. Dett wissen wir woll zu schätzen, wissen wir dett, och wenn der Abt dett nich so zeijen kann.«

»Alles gut, Willi. Ich weiß, dass der Abt Probleme mit der neuen alten Staatsmacht hat. Ich nehme das auch gar nicht persönlich. Aber jetzt muss ich wirklich los. Mach's gut, mein Bester und lass dich nicht unterkriegen.«

Als Barrus schon im Freien stand, holte Willi tief Luft. »Herr Kommissar.«

»Ja«, sagte Barrus und drehte sich noch einmal um.

»Weil Sie so eene richtig jute Person sind ...« Willi zog seine rechte Hand aus der Hosentasche und hielt sie Barrus als Faust entgegen. »Dett ham die falschen Mönche heute Nacht hier verjessen.«

Dann ließ er Barrus den Inhalt sehen. Eine streichholz-schachtelgroße Messingkobra. Die obere Hälfte aufgerichtet, die untere zu einer Spirale gewunden.

Barrus steckte die Kobra ein und tippte als Gruß stumm den Zeigefinger an die Krempe seines Panamahutes. *Willi*, sollte das heißen, *du bist und bleibst ein feiner Kerl.*

Und auch Willi tippte gegen die Krempe seines Hutes. *Ich weiß, Herr Kommissar.*

Dann zog Barrus sein weißes Leinensakko aus, drückte es Willi in die Hand und machte sich im Hemd auf den Weg.

15

Als man Barrus vor vierzig Jahren zum Leutnant der Volkspolizei geschlagen hatte, ging das einher mit dem Wunsch des jungen Polizisten, die weite Welt zu entdecken. Wenigstens den Teil davon, den die DDR-Oberen zuließen. Die Ostsee oder der Thüringer Wald hätten ihm vorerst gereicht. Aber in Barrus' Abkommandierung hatte der Kaderleiter der Polizeischule mit fein säuberlichen Druckbuchstaben geschrieben: Brandenburg an der Havel.

Ein Schock für den angehenden Polizeioffizier. War Brandenburg doch die einzige Stadt der damals noch jungen Republik, in der Barrus jeden Winkel kannte. Seine Geburtsstadt. Aber alle Proteste trugen wenig Früchte, und so war ihm nichts anderes übrig geblieben, als sich in sein Schicksal zu ergeben. Er verrichtete also seine Arbeit zwischen den vertrauten Häuserzeilen, die zur Stadtmitte hin immer bürgerlicher, immer mondäner wurden. Wenigstens ein Gutes hatte seine erste Anstellung aber dennoch gehabt. Jo Barrus konnte an warmen Ta-

77

gen weiterhin in einem der zahlreichen Seen baden, die Brandenburg wie eine dichte Perlenkette umschlossen.

Und Seen gab es wirklich viele. Und er mochte sie alle. Den Breitlingsee, den berühmten Beetzsee, den Möserschen See, den Plauer See, den Quenzsee, den Wendsee und den Gördensee oder Zummel, wie er liebevoll von den älteren Brandenburgern genannt wurde. Das etwa vierzig Hektar große und nur zwei Meter tiefe Gewässer am nordwestlichen Stadtrand war zwar nicht das Naherholungszentrum der Stadt, wie es der Beetzsee oder der Breitling darstellten, war aber sehr beliebt. Und so verwunderte es auch niemanden, dass sich nach dem Niedergang der DDR Menschen mit Geld dort einkauften. Den See vor Augen und ein ausgedehntes Waldgebiet im Rücken. Was wollte die Ruhe suchende Seele mehr?

Und hierhin war Barrus nun unterwegs. Gebügelt und gestriegelt, wie er das während seiner einjährigen Militärzeit immer genannt hatte, wenn der Hauptfeldwebel ihn wegen des bevorstehenden Ausganges musterte. Der Geruch entscheidet über Sympathie oder Antipathie. Das wusste auch Barrus. Und deshalb hatte er alle Register gezogen, bevor er sich hierher auf den Weg gemacht hatte. Ein Weg, der ihn zu Eva Mahler führen sollte. In die Klinik, in der sie als Oberärztin tätig war.

Die Vorstellungen von dem bevorstehenden Besuch einer Privatklinik gingen bei Barrus einher mit kiloweise eingeweichten Taschentüchern. Und tiefen Schluchzern seiner Gisela, die das Wohnzimmer erfüllten, wenn sie die Schwarzwaldklinik schaute. Keine Fortsetzung von diesem Hort ausschließlich schöner Menschen durfte sie verpassen. Barrus erwartete, auch in der Imhotep-Klinik auf sie zu treffen.

Aber das, was ihn hinter der großen Glastür in Empfang nahm, war keine Schwarzwaldidylle, sondern eine ganz andere, eine märkische Realität. Die Empfangsdame, die im Schutze ihres breiten Schreibtisches auf Barrus zu lauern schien, hätte in der süddeutschen Klinik von Professor Brinkmann nicht einmal für die Nachtbesetzung getaugt. Das einzig normale an ihr war das schmucklose schwarze Kostüm, hochgeknöpft und von einer Schlichtheit, dass man es übersehen konnte. Und der Rest? Ihr zu einer Grimasse verzogenes Gesicht glich eher der wilden Skizze eines drogenabhängigen Kunststudenten als dem wohlüberlegten Werk der Natur. Und als die Dame ihn fragte, wohin er wolle, erfasste ein auffallendes Zittern Barrus' gesamten Leib.

»Ich sehe schon, gefährlicher Schüttelfrost«, pfiff die Empfangsdame mehr, als dass sie durch die schiefen Frontzähne sprach, während sie mittels eines plötzlichen Zugriffs versuchte, Barrus Halt zu geben.

»Nicht notwendig«, sagte er und befreite sich mit einer heftigen Bewegung aus der Umklammerung dieses Wesens. »Ich bin kerngesund. Das war nur so ein Schauer, der mir über den Rücken lief.« Das Attribut *eiskalt* verschluckte Barrus an dieser Stelle vorsichtshalber.

»Man kann nie wissen«, entgegnete die Dame und zog sich wieder hinter ihren Schreibtisch zurück. Eines ihrer Beine war kürzer als das andere, was zu einem schaukelnden Gang führte. »Und zu wem möchten Sie nun?«

Barrus ordnete das Sakko, das er aus den Tiefen seines Kleiderschranks geholt hatte, denn das andere diente ja nun Willi, strich es umständlich glatt. »Zu Frau Doktor Mahler. Sie erwartet mich«, antwortete er, angenehm berührt von dem Gedanken, in wenigen Augenblicken aus den Fängen dieser Wölfin befreit zu werden.

Die Empfangsdame fixierte Barrus kurz, griff dann aber doch zum Telefon und tippte wenige Zahlen ein.

Auch wenn Barrus die Empfangsdame nicht aus den Augen ließ, entspannte er sich langsam wieder. Es gelang ihm sogar ein behutsames Lächeln, als ihm vom Schreibtisch her verkündet wurde, dass Frau Doktor auf dem Weg sei. Er solle sich einen Augenblick gedulden.

Die Dame aber, die ihn nach kaum drei Minuten am Empfang abholte, war nicht Eva Mahler, sondern das Pendant zur Wölfin, nur in Weiß. Schwester Ursel, wie sie sich Barrus vorstellte, konnte nur die eineiige Zwillingsschwester der Empfangsdame sein. Mit welcher Gattung Klinikmitarbeiter hatte Barrus es hier zu tun? Würde sich Eva auch in ein solches Monster verwandeln, wenn die Schmetterlinge, die sich noch immer in seinem Bauch tummelten, in die Lüfte entschwunden sein würden?

Als Schwester Ursel die Tür zum Dienstzimmer der Oberärztin öffnete und Eva Mahler in voller Größe und Schönheit vor Barrus stand, dankte er Gott. Mit einem Blick zur Zimmerdecke versprach er, künftig nicht nur sporadisch Stoßgebete in den Himmel zu schicken.

»Was ist mit dir?«, empfing ihn Eva, als sich hinter Barrus die Tür schloss.

»Nichts«, sagte er. »Es ist alles in Ordnung.«

»Aber du siehst aus, als wärst du gerade dem Werwolf begegnet.«

Barrus nickte. Ihm saß der erste Schreck noch immer tief in den Gliedern. Vielleicht auch deshalb schilderte er Eva bis in das kleinste Detail, was er am Körper der Empfangsdame und an dem von Schwester Ursel beobachtet hatte. Getreu dem Motto: Geteiltes Leid ist halbes Leid. »Aber für einen Werwolf haben sie zu kurze Zähne«, hielt er abschließend fest.

»Du meinst Waltraud und ihre Schwester Ursel.«

Barrus zog die Stirn kraus. »Sind sie wirklich Schwestern? Ich meine, so leiblich … dieselbe Mutter, derselbe Vater.«

Eva Mahler bestätigte das und präzisierte, dass Waltraud die ältere sei. Beide waren in der frühen DDR in einem Kinderheim aufgewachsen, nachdem die Eltern den Behörden erklärt hatten, dass sie mit den verunstalteten Kindern überfordert seien. »Aber deshalb bist du nicht hier, nehme ich an?«, wechselte Eva das Thema.

»Nein«, antwortete Barrus, der geistig noch immer nicht hundertprozentig auf dem Posten war. Waltraud und Ursel blieben wie eine klebrige Masse an jedem seiner Gedanken haften. »Die beiden ... Ich meine, sie sind aus welchem Grund hier? Der Empfang einer Privatklinik – ist das nicht so etwas wie ein Aushängeschild?«

Eva verharrte einen Augenblick in ihrer Position, lächelte dann und trat hinter Barrus, der mittlerweile auf einem Sessel Platz genommen hatte. Sie legte ihm die Hände auf die Schultern und begann, diese ganz behutsam zu massieren. »Ihr Männer seid doch alle gleich. Ist die Tagesschausprecherin zu alt, wird sie ausgetauscht, ist die Bundestagskandidatin nicht gleichzeitig Topmodel, wird sie nicht gewählt, und taugt die Krankenschwester nicht für feuchte Männerfantasien, fehlt es ihr an der nötigen Kompetenz für den Job. Ich dachte, wir hätten das längst überwunden.«

Barrus spürte ein neues flaues Gefühl im Magen aufsteigen. Was sollte er antworten? Eva hatte ja Recht und ihn gleichzeitig als einen Mann *gleich allen anderen* entlarvt, der darauf nichts zu seiner Entschuldigung erwidern konnte. Und da er stumm blieb, setzte Eva ihre kurze Belehrung ungehindert fort.

»Außerdem haben Krankenschwestern, die nicht wie Cindy Crawford aussehen, einen medizinischen Vorteil.«

»Welchen?«, fragte Barrus, dessen Sprachhemmung langsam zu schwinden begann.

»Welchen?«, wiederholte Eva, immer noch die Schultern von Barrus massierend. »Männer sind Weicheier. Wenn sie durch diese Tür treten, brechen sie in aller Regel zusammen, als gehe die Welt unter. Selbst ein harmloser Pickel mutiert in ihren Schilderungen zu einem ausgewachsenen Karzinom. Steht aber eine bildhübsche Krankenschwester neben der Liege, ziehen sie den Bauch ein, als könnten sie die nächsten zwei Stunden auf das Atmen verzichten, und erklären ihr mit der verbleibenden Luft, dass sie sich schon als kleiner Junge die rostigen Nägel, die sie sich in der Scheune eingetreten hatten, selbst aus den Fußsohlen gezogen haben.«

»Hm«, brummte Barrus und überlegte kurz, wie sein letzter Arztbesuch abgelaufen war. Er hatte weiche Knie gehabt, und hätte der Zahnarzt den Behandlungsstuhl nicht in die Waagerechte gekippt, er wäre wohl umgefallen. »Eva?«

»Ja.«

»Ich habe das Gefühl, dass unser Gespräch sich gerade in eine Richtung bewegt, die mir nicht nur unangenehm ist, sondern auch wenig hilfreich für unseren Fall zu sein scheint.«

»Unangenehm?«, fragte Eva nach. Sie tauchte wieder in Barrus' Blickfeld auf und setzte sich ihm gegenüber in einen Sessel. »Wie früher«, behauptete sie. »Immer wenn euch Zwölftklässlern ein Mädchen zu dicht kam, dann habt ihr gekniffen. Sich umgarnen lassen, das war ja ganz nett, doch etwas Ernstes anfangen, das war euch zu kompliziert.«

»Eva! Jetzt ist es aber genug. Das ist über vierzig Jahre her.« Barrus baute sich nach diesen Worten in seinem Sessel ein wenig auf, hatte aber immer noch das Gefühl, als säße er wie ein ausgesetzter Mischlingshund auf den Hinterpfoten und belle einen Passanten an, damit der ein paar Krümel fallen lasse. Das war nicht das, was Barrus erwartet hatte. Und wenn er sich insgeheim schon auf die Stufe eines streunenden Hundes stellte, so nahm er wenigstens dessen Wachsamkeit an. Und deshalb entging ihm nicht, dass sich Evas Mundwinkel ganz leicht und kaum sichtbar hoben.

»Nach deinem Besuch in meinem Schlafzimmer habe ich gedacht, wir hätten die Schulzeit längst hinter uns gelassen«, sagte er.

Eva hatte es nicht gern, wenn man sie dabei ertappte, dass Wort und Tat nicht die von ihr gewünschte Einheit bildeten. Sie sollte ihn nicht verspotten und sich ihm zugänglicher zeigen, mahnte sie sich. »Mir ist der gegenwärtige Zustand etwas ungewohnt«, sagte sie. »Bis auf die kleine Liaison mit Markus spielen Männer in meinem Leben seit vielen Jahren nur noch als Patienten eine Rolle. Das mit dir ist eine Ausnahme. Verzeih mir.«

Barrus, der sich plötzlich fühlte wie ein Wildwasserkanute, der nach erfolgter Eskimorolle wieder obenauf schwamm, packte die Situation sofort beim Schopfe. »Ich bin gekommen, um mit dir das zu besprechen, was ich bisher herausgefunden habe und was wir – respektive ich – jetzt zu tun haben.«

»Bitte. Ich höre dir aufmerksam zu.«

Umständlich kramte Barrus in seiner Sakkotasche und stellte dann die messingfarbene Kobra auf den Tisch. »Kennst du diese Figur?«, fragte er.

Eva nahm die Schlange und wog sie in der rechten Hand. »Eine schöne Arbeit. Indien, nehme ich an«, sagte sie und strich der Schlangenfigur über den Kopf.

»Kennst du sie?«, wiederholte Barrus seine Frage.

»Wie kommst du darauf?«, antwortete Eva und stellte die Kobra auf den Tisch zurück.

Irgendetwas an Evas Haltung steigerte die Wachsamkeit in Barrus. Doch was es war, konnte er im Moment nicht sagen. »Mein Freund Willi, ein Obdachloser, hat sie im Paulikloster gefunden, da, wo man die Leiche von Markus Weiß abgelegt hat. Es kann Zufall sein, aber mir kam gleich der Gedanke, dass ...«

»Dass was?«, fragte Eva mit veränderter Stimmlage.

»Dass ich vor Kurzem schon einmal Kobras gesehen habe.«

»Und wo?«

»Bei dir. Eva, die Glasplatte deines Couchtisches ruht auf vier gewaltigen Kobras. Ist das Zufall?«

Eva Mahler erhob sich und bewegte sich langsam auf ihren Schreibtisch zu. »Es ist meine Kobra«, sagte sie in sehr ruhigem Ton. »Ich habe sie von einem indischen Professor geschenkt bekommen. Einem wunderbaren Anästhesisten, bei dem ich ein Praktikum durchführen durfte. Er forscht an Giften, wie dem der Kobra. Aber er arbeitete auch in Australien, wo er sich mit dem Gift des Inlandtaipans beschäftigt hat, der giftigsten Schlange der Erde. Ihr Biss ist verheerend, denn das Giftgemisch des Inlandtaipans ist fünfzig Mal stärker als das der indischen Kobra.«

»Forscht dein Professor vielleicht auch an dem Gift der Würfelqualle?«

Eva drehte sich wieder zu Barrus und sah ihn aus kalten Augen an. »Nein. Meerestiere sind nicht sein Forschungsfeld. Mit der Würfelqualle beschäftigen wir uns, falls das deine nächste Frage ist.«

»Eva«, sagte Barrus, und es kam ihm vor, als wirke seine Stimme nicht so sicher, wie er sich das im Moment wünschte. »Du kannst mir alles erzählen, wenn du willst. Da ich nicht mehr im Polizeidienst bin, gilt für mich das Legalitätsprinzip nicht. Ich muss dich also nicht darüber belehren, dass alles, was du mir sagst, gegen dich verwendet werden kann. Aber wenn ich für dich arbeiten soll, setzt das ein uneingeschränktes Vertrauen voraus. Auf beiden Seiten.«

»Einverstanden. Stell deine Fragen. Ich werde dir wahrheitsgemäß antworten.«

»Gut. Dann erkläre mir bitte, wie deine Kobra ins Paulikloster kommt. War sie dein Geschenk an Markus Weiß?«

Eva schüttelte den Kopf. »Nein«, sagte sie und wechselte plötzlich in den Blick eines jungen Dienstmädchens, das einen Fuß bereits über die Schwelle des Beichtstuhles gesetzt hatte. »Jo, was heute Morgen in deinem Schlafzimmer passiert ist, das war kein gefühlloser Akt. Ich hatte mir nicht vorgenommen, mit dir ins Bett zu gehen. Aber die Frau in mir spürte plötzlich ein großes Verlangen nach Jo Barrus.«

»Und weshalb warst du dann bei mir?«

»Ich habe gestern Abend einen Anruf bekommen. Jemand hat mich aufgefordert, ins Paulikloster zu fahren. Dort würde ich Markus treffen. Dass er bereits tot war, ahnte ich nicht. Ich habe die Einstichstelle an seinem Hals sofort erkannt und auch gesehen, dass man ihm höchstwahrscheinlich das Gift der Würfelqualle injiziert hat. Die Kobra ist mein Talisman. Sie muss mir aus der Handtasche gefallen sein, als ich nach meinem Kugelschreiber gesucht habe.«

Barrus zog die Augenbrauen zusammen. »Wieso suchst du neben der Leiche deines Liebhabers nach einem Kugelschreiber?«

Eva griff an die Brusttasche ihres Arztkittels und zog einen Kugelschreiber heraus. »Darin sitzt eine Taschenlampe, wie man sie als Arzt benutzt, um den Patienten in die Pupille zu leuchten. Jo?«

»Ja.«

»Hilf mir. Ich habe Angst.«

16

In der Uferstraße im Stadtteil Kirchmöser, einer lang geschwungenen, von Eigenheimen gesäumten Straße, die zwischen dem Heiligen und dem Möserschen See verläuft, stiegen Berit und Imre am Montagnachmittag aus dem VW-Käfer. Das knallrote Gefährt, der ganze Stolz von Hildi, hatten sie bekommen, um die Adressen derjenigen aufzusuchen, die zuvor auch schon unangemeldeten Besuch von Markus Weiß erhalten hatten. Sie waren über das gesamte Stadtgebiet verstreut.

Während Imre noch immer versuchte, den Käfer abzuschließen, widmete sich Berit dem lauthalsen Treiben in einer riesigen Pappel. Als Kind hatte sie den krächzenden Vögeln mit ihrer selbstgebauten Zwille aufgelauert. Emotionslos. Dann aber, als Onkel Jo ihr erklärt hatte, dass Krähen vorsichtig, klug und listig sind, hatte sie die Jagd eingestellt. Von da an empfand sie eine so große Seelenverwandtschaft zu den Vögeln, dass sie nicht mehr in der Lage gewesen wäre, sie einfach so abzuknallen. Für klug und listig hatte sich auch schon die kleine Berit gehalten.

»Magst du Krähen?«, fragte sie, als Imre endlich neben ihr stand.

»Nein«, antwortete Imre und richtete seinen Blick ebenfalls in die Krone der mächtigen Pappel. »Sind zu raubgierig mir und zu listig.«

»Und genau deshalb mag ich sie. Sie sind wie ich. Nicht sehr schön, können nicht singen oder tanzen, sind allerdings immens klug und willensstark. Sie lassen sich nicht austricksen, wie all die anderen Vögel, diese bunten und singenden Selbstdarsteller. Ich habe noch nie gesehen, dass eine Katze eine Krähe im Maul hatte. Aber Rotkehlchen und Eichelhäher fallen ihnen sehr leicht zum Opfer.«

Imre trat einen halben Schritt zur Seite und betrachtete zuerst Berits schwarzes, kurz geschnittenes Haar. Dann konzentrierte er sich auf ihre scharf gezeichneten Gesichtszüge und entließ einen tiefen Seufzer. »Was du hast vor, Berit?«

Berit ließ die Krähen Krähen sein, und sah Imre regungslos an. »Warum? Warum fragst du das? Wir haben von Jo einen Auftrag erhalten. Was soll ich weiter vorhaben?«

»Was du hast vor, Berit? Sag es mir. Bitte.«

Berit richtete ihren Blick wieder in die Baumkrone. Imres knorrige Finger bohrten sich derweil in ihre Schultern und drehten den schmalen Körper zu ihm um.

»Berit, das kann sein ganz gefährlich, ein Alleingang. Wir haben zu tun nicht mit Kleinkriminellä. Hier geht um Millionen, und die andere Seite keinen Spaß versteht.«

»Ich mache nur das, was Jo uns aufgibt«, sagte Berit mit geschlossenen Lidern und ohne sich aus Imres Griff zu winden.

»Du lügst. Und ich habe nicht verdient, dass du lügst mich an. Ich kennä dich, Berit. Immer wenn du fängst an zu philosophieren, dann du bist mit deine Gedankä schon in andere Welt.«

Berit öffnete die Augen. »Ich philosophiere nicht, Imre. Ich denke nur nach.«

»Und was ist mit Krähen? Du erzählst mir nicht von diese Vögel, um mich zu machen zu Umweltaktivist. Du brauchtest Krähen als Metapher, um anzukündigen etwas Listiges, und du wolltest nicht mit Nikolaus arbeiten, weil er dir geben kann Tipps für Theaterstück, wie du hast behauptet. Du wolltest arbeiten mit Nikolaus, weil du weißt, dass du kannst abladen ihn in Theaterklause, während du machst dein eigene Ding. Berit, ich bin nicht blöd.«

Als hätte Berit auf dieses Stichwort gewartet, erwachte sie wieder zum Leben und spannte jeden Muskel an. »Hilfst du mir, Imre?«

»Kommt drauf an, was du verlangst von mir«, sagte er.

»Als wir vor zwei Jahren diese Nazibande gejagt haben, hattest du eine ganz eigene Motivation. Du hast uns erzählt, dass du gar kein richtiger Ungar bist, sondern Israeli mit ungarischen Wurzeln. Und dass du deine Großmutter rächen wolltest, die vor den Nazis aus Budapest nach Israel flüchten musste.«

»Ich habe Arbeit von Großmutter fortsetzen wollen, die verfolgt hat Naziverbrecher«, korrigierte Imre.

»Ja. Und du hast uns erzählt, dass du Mossad-Offizier warst. Und ich brauche jetzt nicht den Ungarn Imre, sondern den mit israelischem Pass«, sagte Berit und wand sich mit einer einzigen Bewegung aus dem Griff von Imre. »Hilfst du mir nun?«

Das Herz von Imre nahm Fahrt auf. Es schlug schnell und freudig. »Ich dir helfen, ja. Aber dann du musst mir alles sagen. Wirklich alles.«

Berit kniff noch einmal die Augen zu. In Sekundenschnelle überflog sie im Geiste die Blätter, die sie von Zecke bekommen und nicht an Jo weitergegeben hatte: den Kern von Alfred Bachs Aufzeichnungen.

»Das mache ich, aber nicht jetzt«, versprach sie, Imre fest im Visier. »Ich habe auch eine eigene Motivation, wie du damals. Es geht um den Tod meiner Mutter. Und mit dem hat dieser Professor, der heute die Imhotep-Klinik leitet, offensichtlich eine ganze Menge zu tun, was er natürlich nie zugeben würde. Ich will öffentlich machen, woran meine Mutter wirklich gestorben ist, und dafür brauche ich Beweise. Lass uns zurück in die Stadt fahren und Alfred Bach einen Besuch abstatten. Er weiß mehr, als er aufgeschrieben hat.«

Imre zeigte auf das Haus, vor dem sie in der Uferstraße geparkt hatten. »Und diese Dame hier?«

»Besuchen wir später«, entschied Berit.

»Wir müssen aber sein vorsichtig. Jo wird fuchsteufelswild, wenn merkt er, dass wir werden abtrünnig. Und er hat gesagt ausdrücklich, dass er geht zu Alfred Bach«, mahnte Imre, obwohl er wusste, dass seine Worte bei Berit keinen fruchtbaren Boden finden würden.

»Hilfst du mir nun?«

»Ja«, gab Imre schließlich nach. »Aber Jo wird auffressen uns, mit Haut und Haar.«

»Ich weiß«, sagte Berit und nahm Imre den Autoschlüssel ab. »Und deshalb müssen wir vor ihm an Alfred Bachs Wohnung sein. Komm, beeil dich.«

Einige Stunden saß Imre still in einer Ecke des Belmondo. Er wartete geduldig darauf, dass er mit Hildi allein sein würde, aber wie es der Teufel wollte, gab ein Kunde dem nächsten die Klinke in die Hand. Und so verharrte Imre in einem Zustand tiefer Trübseligkeit, was bei den Stammkunden zu der ein und anderen Nachfrage bei Hildi führte.

Aber der Trübsinn war nur Legende. Hinter Imres Stirn arbeitete jede Zelle mit hoher Effizienz. Es ratterte förmlich in seinem Gehirn. Sie waren in die Klingenbergstraße gefahren, einer alten Arbeitersiedlung, in der Alfred Bach allein in einer Wohnung lebte. Aber Bach war nicht zu Hause, jedenfalls öffnete niemand die Tür. Schon fast wieder auf der Straße, wurden sie von der Nachbarin abgefangen, die einiges zu berichten wusste. Eigentlich wollte die Dame ja mehr von den fremden Besuchern wissen. Doch als sie begriff, dass Berit und Imre vollkommen ahnungslos waren, schilderte sie schließlich das, was sie eine Stunde zuvor beobachtet hatte. Und das passte in das Bild, das Imre mittlerweile von der Imhotep-Klinik und ihrem Professor hatte. Um exakt fünfzehn Uhr war in der Klingenbergstraße ein Krankenwagen vorgefahren. Zwei Männer waren ausgestiegen und hatten die Wohnung von Alfred Bach betreten. Kaum fünf Minuten später waren sie wieder herausgekommen und hatten Bach auf einer Trage zum Krankenwagen befördert, mit dem sie dann Richtung Friedrich-Engels-Straße davongerast waren.

Vier Anrufe hatten Imre genügt, um herauszufinden, dass in keines der Brandenburger Krankenhäuser ein Mann mit dem Namen Bach eingeliefert worden war. Weder ins Städtische Klinikum noch ins Katholische Krankenhaus in der Bergstraße und auch nicht in die Landes- oder die Imhotep-Klinik.

Und der Umstand, dass Berit ihn von der Klingenbergsiedlung allein zurück ins Belmondo geschickt hatte, stellte ihn vor weitere Fragen. Bohrende Fragen, denn kaum, dass Imre in der Klingenbergstraße um die Ecke gebogen war, hatte er aus dem Schutz einer Hecke beobachtet, wie Berit wieder das Haus betrat, in dem Bach lebte. Und wenig später war ihre Silhouette an einem der Fenster aufgetaucht, die zu Alfred Bachs Wohnung gehörten.

Und nun saß Imre im Belmondo, wo ihm zwei Fragen keine Ruhe mehr ließen: Wie ist Berits Mutter gestorben, und wo ist Jo?

»Wann du schließt ab, Hildi?«

Hildi polierte Weingläser, sah nicht auf, hob nur die Schultern.

»Eigentlich hast du Recht. Es ist schon sieben durch. Für heute haben wir genug verkauft. Ich schließe ab, und dann sagst du mir endlich, was dich so beschäftigt.«

»Mich?«

»Siehst du hier noch jemanden? Warum glaubt ihr Männer eigentlich immer, dass eure dünne Stirn irgendeinen Schutz vor weiblicher Intuition bietet? Aus mehreren Hundert Metern Entfernung erkenne ich, wann dein oder Jos Gehirn auf Hochtouren arbeitet. Und in der Regel muss ich dann nur geduldig warten, bis ihr mir endlich euer Herz ausschüttet. Also«, sagte Hildi und baute sich wie eine Matrone hinter ihrem Tresen auf. »Was zermartet dein Hirn?«

Imre erhob sich aus seiner Ecke, schloss die Tür ab, schaltete das Licht ein und ließ dann sogar die Rollläden herunter. »Wie lange du kennst Berit und Jo eigentlich schon?«, fragte er, als er sich wieder setzte.

»Lange«, antwortete Hildi. »Jo war Stammgast im Ratskeller, wo ich fast zwanzig Jahre als Kellnerin gearbeitet habe, und Berit …« Hildi überlegte kurz. »Berit kenne ich bestimmt auch schon fünfzehn Jahre. Sie war noch ein kleines Kind, als Jo sie das erste Mal mitbrachte und ich ihr Pommes vor die leuchtenden Augen gestellt habe.«

Imre nickte stumm. »Dann du weißt vielleicht etwas über Leben von Berit und ihrer Mutter.«

»Weiß ich«, sagte Hildi. »Uta, Berits Mutter, war die Schwester von Gisela.«

»Gisela war Frau von Jo«, warf Imre ein.

»Genau. Uta war ein paar Jahre jünger als Gisela und ein anderer Typ Frau. Sie war das, was man landläufig ein leichtes Mädchen nennt. Letztlich wohl auch der Grund dafür, dass Berit noch heute nicht weiß, wer ihr Vater ist.«

»Und deshalb Berit war oft bei Onkel Jo und Tante Gisela.«

»Ja. Gisela kümmerte sich immer häufiger um die kleine Nichte, und Jo wurde so etwas wie der Ersatzvater, bis … ja, bis die beiden derart aneinandergerieten, dass kein Kleber dieser Welt das hätte kitten können.«

»Aneinandergerieten?«

»Berit kam auf die schiefe Bahn. Wir alle wussten, dass es passieren würde, denn sie war mehr als nur aufgeweckt. Berit war schon als kleines Kind ein Vulkan. Sie explodierte beim geringsten Anlass. Und als ihre Mutter starb …« Hildi richtete den Blick zur Decke, »… das muss jetzt sieben oder acht Jahre her sein, da geriet sie vollends aus dem Ruder. Sie konnte ihren Tod einfach nicht verarbeiten. Und sie machte ihrer Tante Gisela und auch Jo große Vorwürfe, weil die beiden ihn nicht hatten verhindern können.«

»Und woran ist gestorben Mutter von Berit?«

»Sie war schon länger sehr krank, hielt sich öfter in Kliniken auf als zu Hause. Was genau sie hatte, weiß ich gar nicht, nur dass die Heilungschancen gering waren, für die Verhältnisse in der DDR schlichtweg nicht vorhanden. Aber dann half Jo. Er war ja ein leitender Kriminalist und kannte einige Stasigrößen. Die hat er um Hilfe gebeten.«

»Und die haben geholfen?«

»Sie haben es wenigstens versucht. Es gab ein streng geheimes Programm, bei dem westlichen Pharmakonzernen angeboten wurde, in der DDR massenhaft Pillen testen zu dürfen. Natürlich ohne das Wissen und die Einwilligung der Testpersonen. Man verwies Jo an einen Arzt, der auch kranke Straftäter behandelte und der auf Seiten der DDR diese Tests betreute.«

»Aber Hildi, das waren Menschenversuche.«

»Du sagst es. Und einer dieser Häftlinge, die damals von dem Arzt behandelt worden waren, tauchte vor einem Jahr hier im Belmondo auf und verlangte von Jo, die heutige Wohnanschrift des Arztes herauszufinden, der ihn in dieses Testprogramm gebracht hatte.«

»Und?«

»Jo hat zuerst abgelehnt. Als sich Berit aber plötzlich dafür interessierte, wollte Jo den Mann aufsuchen, um den Auftrag anzunehmen.«

»Wollte – du sagst. Ich raten will: Jo nicht mehr gefunden hat diese Mann.« Auch wenn Imre nicht gut Deutsch sprach, war er doch in der Lage, Feinheiten in dem zu erspüren, was seine Gesprächspartner darlegten.

»Genau. Der Mann ist noch am selben Tag, als er hier im Belmondo gewesen war, im Beetzsee ertrunken.«

Imre hob die Hände. »Würde gehen mir auch so. Kann ja nicht schwimmän.«

»Du nicht«, bestätigte Hildi mit wissendem Augenzwinkern. »Der Mann war aber vor seiner kriminellen Karriere Silbermedaillengewinner bei der Jugendspartakiade über zweihundert Meter Freistil. Der schwamm wie ein Fisch.«

»Also er ist ermordet?«

»Vielleicht«, sagte Hildi. »Jo war ja schon nicht mehr bei der Polizei. Und da Berit sich nicht weiter um den Fall kümmerte, sie hatte mit der Einrichtung ihres Schach-Cafés zu tun, ließ auch Jos Interesse nach.«

»Nun wir kommen wieder zurück zu Mutter von Berit.«

»Ja. Uta kam also dank der Verbindungen von Jo in ein solches Programm. Man testete an ihr Medikamente, die eigentlich noch nicht freigegeben waren. Das aber war den Verantwortlichen in der DDR egal. Sie hatten ja die Stasi, und die war ausgesprochen effizient, wenn es darum ging, etwas zu vertuschen, die Tests, die bleibenden Schäden und die Toten. Und das mussten sie, denn die westlichen Pharmafirmen finanzierten alles sehr großzügig. Es flossen Millionen an D-Mark, was natürlich nicht jeder zu wissen brauchte.«

»Das heißt, dass besteht Möglichkeit, Mutter von Berit ist sogar gestorben an Versuchen.«

»Die Möglichkeit besteht wohl, ja«, sagte Hildi, und ihr Gesichtsausdruck verriet, dass ihr dieser Gedanke gerade erst gekommen war.

»Weiß Jo davon?«

Hildi nickte.

»Und wo er ist jetzt?«

»Er wollte zu diesem Alfred Bach und dann zu einem Professor.«

»Valentin von Weilberg«, sagte Imre, und es klang, als bräuchte er dafür keine Bestätigung. Hildi gab sie ihm aber trotzdem.

»So heißt er, ja. Kennst du ihn?«

»Nein, ich weiß nur, dass er ist der Leiter der Imhotep-Klinik, und dass wir beide jetzt haben ein Riesenproblem.«

»Warum?«

»Weil Berit hat ein Blatt Papier. Steht darauf, dass Weilberg war beteiligt an Versuchen, die führten zum Tod von Mutter. Und weil Jo hat sich gerade verliebt in eine Frau, die arbeitet für diese Professor. Der muss nur zusammenzählen eins und eins, dann er weiß, dass Jo nicht ist zufällig bei ihm.«

17

Eine so schöne Suppe, dachten die Kindlein, und der Mann will sie nicht essen. Was sollten sie davon halten? Enttäuschung machte sich in ihnen breit. Ihr letzter Besucher, der junge Mann, der Pfleger in einem Krankenhaus gewesen war, hatte es auch schon abgelehnt, von der Suppe zu essen. Warum nur?

Die Kindlein wussten sich wieder keinen Rat. Sie setzten die Masken auf und traten an die Tür. Der alte Mann saß friedlich auf dem Steinfußboden und blickte sie aus müden Augen an. Mit dem Rücken lehnte er gegen die Wand, um Hände und Füße lagen schwere Ketten.

»Warum willst du unsere Suppe nicht essen?«, fragte das eine Kindlein durch die Gitterstäbe. »Sie schmeckt ganz fein. Wir haben uns große Mühe gegeben.«

Der Mann aber antwortete nicht. Er schloss die Augen und ließ den Kopf auf die Brust sinken.

»Iss doch die Suppe«, bat das Kindlein wieder. »Man muss essen, sagt die Oma immer, sonst fällt man tot um.«

Alfred Bach hatte keinen Hunger. Er grübelte, dachte hochkonzentriert nach, auch wenn es auf den ersten Blick nicht danach aussah. Viele Dinge gingen ihm im Kopf umher, Dinge, die mit den Recherchen zur Aufklärung eines unerklärlichen Todes verbunden waren, dem seiner Enkelin Franzi. Dadurch war er einigen Menschen auf den Fuß getreten. *Franzi, meine geliebte Franzi*, flüsterte er über die trockenen Lippen. Dann begann er zu weinen.

Doch nur Sekundenbruchteile später kämpfte sein gesamter Körper gegen die Tränen an. Diesen Erfolg wollte er den beiden Gestalten, die ihn pausenlos durch das Gitter beobachteten, nicht gönnen. Er war überzeugt, dass sie nicht nur ihn töten würden, sondern dass sie auch seine Enkelin auf dem Gewissen hatten und wer wusste schon, wen noch alles.

Alfred Bach hob den Kopf und drückte die fleischigen Hände gegen das Gesicht. Sie trugen breite Narben, in seinem Fall das untrügliche Zeichen für den Kontakt mit einem giftigen Tier, mit einer Würfelqualle. Es war gewesen, als habe ihm jemand eine Mistforke in die Hände gerammt, ein unbändiger Schmerz, der sofort mit brachialer Gewalt eingetreten, nicht langsam angestiegen war wie nach einem Wespenstich, sondern gewirkt hatte wie ein Hammerschlag. Ein Badeunfall, die Rettungsschwimmer hatten ihn aus dem Wasser gefischt. An dieser Stelle des Meeres und zu dieser Jahreszeit immer wieder auftretend, hatten sie gesagt. Nur die Handrücken waren betroffen, was sich als großes Glück erwies und Alfred Bach schließlich am Leben gelassen hatte.

Bach nahm die Hände von den Augen und starrte zum Gitter. Das konnte doch nicht wahr sein. Er blickte auf seine Handrücken, dann wieder zum Gitter, und wieder auf seine Handrücken. Die Medusa. So der lateinische Name der Quallen, von denen eine ihm die Narben verpasst hatte, und so nannte die griechische Mythologie das weibliche Ungeheuer mit den Haaren aus Schlangen und den Schweinshauern. Und die beiden Gestalten, die ihn hier gefangen hielten, trugen beide eine Maske, welche die griechische Medusa darstellte. Nicht gerade ein gängiges Motiv. Also war das wohl kein zufälliges Zusammentreffen. Aber warum trugen die zwei gerade diese Maske?

»Die Medusa«, sagte er in verhaltenem Ton. »Werde ich auch zu Stein erstarren, wenn ich euch in die Augen blicke, oder wird mich das Gift töten, das in der kleinen Qualle wohnt?«

Die Kindlein hielten sich bei den Händen. »Es sind die Augen«, sagte eines, »weshalb wir die Masken tragen. Wenn du in sie hineinsiehst, wirst du hart wie ein Stein.«

»Was wollt ihr von mir? Warum habt ihr mich hierhergebracht? Reicht es nicht, dass ihr meine Enkelin getötet habt?«

»Das waren wir nicht«, antwortete das Kindlein. »Wir haben deine Enkelin nicht angerührt. Das war Nasri, und Nasri ist ein böser Mensch. Wir würden so etwas nicht tun. Niemals.«

»Und was wollt ihr nun von mir?«

»Die Papiere. Gib uns die Papiere«, forderte das Kindlein.

»Ich weiß nicht, was ihr von mir wollt. Ich habe keine Papiere. Was erzählt ihr da?«

»Gib sie uns, bitte«, flehte das Kindlein.

Die Papiere. Alfred Bach wusste, worum es ging. Er hatte alles aufgeschrieben, hatte sich in Indonesien unzählige Notizen gemacht. Und in denen tauchte auch der Name Nasri auf.

Nasri Kelewang, der Schlächter von Medan. Bach war Kelewang auf die Spur gekommen, als er nach seiner Enkelin gesucht hatte. Franzi, im Rucksackurlaub in Indonesien, war dort an Tuberkulose erkrankt und über Nacht aus dem Krankenhaus verschwunden. Spurlos, als hätte es nie eine Franziska Bach gegeben. Als blonde Europäerin in einem Teil Indonesiens, in den sich Urlauber nur selten verirren, war Franzi dort aufgefallen wie hierzulande ein rosa Elefant. Aus diesem Grund und dank seiner Beharrlichkeit, hatte Alfred Bach schließlich ihre Spur aufnehmen können sowie die von Nasri Kelewang und dessen Gönner, ein deutscher Arzt mit dem Namen Valentin von Weilberg.

»Gib sie uns, bitte«, flehte das Kindlein noch einmal und schon mit schärferem Ton.

»Die Papiere sind in Sicherheit«, sagte Bach. »Ich möchte erst mit dem Professor reden. Bringt mich zu ihm.«

Die Kindlein waren ratlos. Was nur sollten sie mit dem Mann machen? Er war zwar nicht so aggressiv wie der andere, doch er rückte ebenfalls nicht das heraus, was die Kindlein unbedingt haben wollten. Er war also auch störrisch, er war böse, und bestimmt würde es nicht mehr lange dauern, bis er sie beschimpfen würde, bis er Sachen sagte, welche die Mutter manchmal gesagt hatte, böse Sachen. Der Mann war ein böser Mann, ein ganz böser. Und deshalb musste der Mann ihnen nun in die Augen blicken. Er wollte es schließlich so.

Die Kindlein umarmten sich, streichelten einander den Rücken und sahen sich lange an, ohne zu Stein zu werden. Aber mit ihm, dem bösen Mann, würde genau das geschehen. Er würde erstarren, sollte er ihnen in die Augen blicken.

Das größere Kindlein, jenes, das erst seit wenigen Wochen die Sprache wiedergefunden hatte, nahm die Medusa-Maske ab. Es schloss die Gittertür auf und ging bis zu dem Mann. Dann hob es stumm die Eisenstange über den Kopf und schlug zu. Einmal, zweimal, dreimal. Immer wieder holte es aus und drosch auf die Beine des bösen Mannes ein.

Nach dem zehnten Hieb hielt das Kindlein an, warf die Brechstange in die Ecke und kniete sich auf den Boden, wo der Mann sich krümmte. Dann zog das Kindlein eine Spritze aus dem Umhang und stieß dem bösen Mann die Kanüle in den Hals.

Kindlein mein, schlaf nur ein, weil die Sternlein kommen ...

18

In der Havelstraße schlich ein dunkelhäutiger Zwerg über das bucklige Pflaster des Gehweges. Schnelles Laufen war für Nasri schon wegen seines angeborenen Klumpfußes keine Option, zudem lehnte seine indonesische Herkunft die Hektik rundum ab, die Deutsche aus seiner Sicht an den Tag legten. Für ihn war es normal, das Herz nicht ständig zum Galopp zu treiben. In der Ruhe lag die Kraft, auch wenn man das in Mitteleuropa offensichtlich anders sah.

Wie ein Dieb huschte er in die Gründerzeitvilla, trotz seiner Behinderung. Im Flur blieb er wie angewurzelt stehen. Keine Geräusche. Die Haushälterin war also nicht da. Erleichtert stieg Nasri die Treppe zum Obergeschoss empor. Seine tiefliegenden roten Augen leuchteten in dem dunklen Gesicht wie die des Teufels. Und so fühlte Nasri sich auch. Wie ein böser Geist, der sein Werk getan hatte. Gott wird es mir trotzdem danken, sagte er sich, denn Gott hatte es ihm befohlen. Siebzig Frauen musst du töten und ihren Speichel trinken. Dann musst du die toten Körper entkleiden und so vergraben, dass die Köpfe in Richtung deines Hauses zeigen, damit ihre Energie zu dir überströmt. Siebzig, dachte Nasri. Es fehlte also nur noch eine Einzige.

Im Obergeschoss wandte Nasri sich nach rechts und öffnete vorsichtig eine Tür.

»Bist du verrückt geworden?«, empfing ihn der Professor, als er erkannte, wer ihm da gerade einen Besuch abstattete. »Ich habe dir hundert Mal gesagt, dass du nicht hier auftauchen darfst.«

»Es hat mich niemand gesehen. Keine Angst«, erwiderte Nasri.

»Keine Angst?« Der Professor stellte sein Whiskyglas ab, erhob sich und schoss wie eine wild gewordene Tarantel auf Nasri zu. »Du fällst auf wie ein roter Ball auf einer grünen Wiese.«

Nasri wich zurück und hob beide Hände. »Es gibt noch mehr dunkelhäutige Menschen in dieser Stadt.«

»Ja«, knurrte der Professor und schlug Nasri gegen die Stirn. »Aber die kommen nicht in diese Gegend und schon gar nicht in meine Villa.«

»Es war niemand auf der Straße. Ich bin kein Anfänger. Das müsstest du wissen.« Nasri humpelte an Valentin von Weilberg vorbei zu einem Ledersessel, in den er sich fallen ließ wie ein bockiges Kind. »Du trinkst zu viel Alkohol«, sagte er mit Blick auf das Kristallglas, das auf dem Tisch vor ihm stand. »Das vernebelt die Sinne.«

»Das lass meine Sorge sein. Was willst du?«, zischte von Weilberg.

»Ich habe sie. Was soll mit ihr geschehen?«

Professor von Weilberg war auf diese Mitteilung nicht vorbereitet. Es entstand eine kurze Pause. »Wen hast du?«

»Katharina Weiß. Sie war auf dem Weg zu diesem Privatdetektiv.«

»Und? Hast du die Unterlagen?«

Nasri schüttelte den Kopf und stieß gut hörbar Luft durch die Nase. »Nein.«

»Was heißt nein? Hast du ihre Wohnung durchsucht?«

»Natürlich. Aber da war nichts. Ich habe sie sogar ein bisschen gekitzelt. Das hat nichts genutzt, sie hat die Unterlagen nicht mehr.«

»Was? Sie hat die Unterlagen nicht mehr? Ihr Mann hat sie doch bei Bach gestohlen und versucht, mich damit zu erpressen. Sie muss sie noch haben.«

Wieder schüttelte Nasri den Kopf. »Nein. Als die Schmerzen zu groß wurden, hat sie gestanden, dass sie die Blätter bereits am Samstag an diesen Privatschnüffler übergeben hat. Und ich glaube ihr. Niemand hält meine Spezialbehandlung aus.«

Daran hatte von Weilberg nicht den geringsten Zweifel. Zwei Mal war er in Indonesien Zeuge dieser Behandlungen geworden. Zwei Mal hatte er mit eigenen Augen und mit aufgestellten Nackenhaaren zusehen müssen, wie Nasri seinen Opfern erst die Beine brach, sie dann mit einem Elektrokabel erdrosselte, und schließlich, nachdem er ihren Speichel getrunken hatte, jedes einzeln und feinsäuberlich im Boden verscharrte. Mit dem Kopf in Richtung seines Hauses. Widerlich. Wenigstens aber hatte sich Nasri irgendwann dazu überreden lassen, statt zum Kabel zum Gift der Würfelqualle zu greifen.

Der Professor dachte nach. Wie kam er jetzt an diesen Barrus heran? Der Mann war unberechenbar und er war, auch wenn das bereits fast zwei Jahre her war, Polizeibeamter gewesen. Nicht ganz ungefährlich, denn es war anzunehmen, dass dieser Barrus weiter Kontakt zur Polizei hielt, und anders als in Indonesien war es in Deutschland ausgeschlossen, einen Polizisten mit einhundert Dollar bestechen zu können. Die Vorzüge von Korruption hatten sich noch nicht bis hierher rumgesprochen.

»Gut«, sagte von Weilberg, »Um die Unterlagen und diesen Schnüffler kümmere ich mich. Du wartest derweil auf neue Befehle. Und ich will dich hier nie wieder sehen. Ist das klar?«

»Ja«, sagte Nasri. »Und die Kleine?«

»Was für eine Kleine?«

»Na, die Frau deines Pflegers. Katharina Weiß.«

Der Professor griff nach seinem Glas und leerte es in einem Zug. »Sie gehört dir. Mach mit ihr, was du willst. Aber lass sie nicht wieder irgendwo liegen.«

Liegen lassen? Das käme Nasri nicht in den Sinn. Er brauchte die Kleine doch, brauchte ihren Speichel und ihre Energie. Mit ihr stieg die Zahl der Frauen auf die ersehnte Zahl siebzig. Und das bedeutete, er war endlich am Ziel.

19

Die frische Septemberluft pfiff durch die Kleine Gartenstraße. Barrus fühlte sich wie in einem Windkanal. Der Herbst machte vehement auf sich aufmerksam. Er kroch unter das leichte Leinensakko und gestaltete Barrus' Haut zu einer Gänsepelle um. Immer wieder strich er sich über die Ärmel seiner Jacke, während er wartete, an die Hauswand gelehnt wie einst Eckensteher Nante in der Berliner Friedrichstraße. Das Bahnhofsviertel hatte sich zum Abend hin fast vollständig geleert, die erste Katze überquerte nur zehn Meter von Barrus entfernt die verwaiste Straße.

Während also die kühle Abendluft mehr und mehr Besitz von ihm ergriff, versuchte Barrus, seine Gedanken zu ordnen. Markus Weiß. Was wusste er bislang von dem jungen Mann, der mittlerweile bei Bremer in der Kühlzelle lag? Nicht viel, musste er zugeben. Eigentlich nur das, was Feller ihm in dem Dossier zusammengetragen hatte. Doch das konnte höchstens die Oberfläche sein, die ersten zwanzig Zentimeter unter Wasser. Interessanter waren die nächsten Meter, die noch immer in tiefer Dunkelheit lagen. Und die hoffte Barrus hier in der Kleinen Gartenstraße erhellen zu können, wo Reinhold Weidner wohnte, der Leiter des Diebstahlsdezernates.

Wieder blickte Barrus an der Fassade nach oben, wo er Weidners Wohnung wusste. Aber noch immer lagen die Fenster in Finsternis. Weidner, so hatte man es ihm am Telefon gesagt, war wie an jedem Wochentag nach dem Dienst sofort in ein Fitnessstudio gegangen. Barrus hatte nur den Kopf geschüttelt. Er konnte nicht verstehen, dass Menschen bereit waren, Geld in die neuen Zivilisationstempel zu tragen, nur um ihre Körper zu quälen. Er würde dort keinen Pfennig investieren, denn er stand auf der anderen Seite des Lebens. Auf der des Genusses.

Endlich hörte Barrus Schritte. Er wandte den Blick in die Richtung, woher das Klacken von Ledersohlen kam, und erkannte schon an der Silhouette des Mannes, dass sein Warten ein Ende haben würde.

Unmittelbar vor ihm blieb Weidner stehen, eingehüllt in eine Wolke teuren Parfüms. Der Bulle, wie Weidner wegen seiner prallen Muskelpakete selbst unter Kollegen genannt wurde, hatte sich nicht verändert. Er war noch immer der Frauenschwarm schlechthin, und seine Kleidung stammte wie eh und je aus den neuesten Katalogen bekannter Designer.

»Jo?«

Als Barrus in die durch die Straßenlaterne beleuchteten stahlblauen Augen blickte, hätte er am liebsten umgedreht. Schönlinge waren nichts für ihn, und Reinhold Weidner war geradezu ihr Sinnbild. Aber er brauchte genau diesen Dezernatsleiter jetzt, auch wenn er ihn nicht ausstehen konnte. Ein stummes Lächeln überflog das Gesicht von Barrus allerdings, als er sich der Vorstellung hingab, Weidner müsse eine Nacht mit der Empfangsdame der Imhotep-Klinik verbringen. Grandios. Gehässigkeit war eine ausgezeichnete Erfindung.

»Ja, ich bin es«, antwortete Barrus und gab Weidner die Hand, was er sofort bereute. Es fühlte sich nämlich an, als würden seine Finger durch eine Wäschemangel gedreht.

»Willst du zu mir?«, fragte Weidner und ließ Barrus aufatmen, als er den Griff lockerte.

»Ja, auch das ist richtig. Du hättest es nicht besser formulieren können.«

Weidner schloss die Haustür auf und schritt in den Flur, als wäre der eine Art Laufsteg.

»Ich geh mal voraus«, sagte er zu Barrus.

In dem schlecht beleuchteten Treppenhaus versuchte Barrus alles, um auf dem Weg in die vierte Etage nicht von Weidner abgehängt zu werden. Diesen Triumph wollte er ihm nicht gönnen, aber schon nach drei Treppen verlangte seine Lunge nach mehr Luft.

»Ja, das Alter«, dröhnte Weidner von oben. »Da kommen wir alle mal hin. Der eine früher, der andere später.«

In der Wohnung, die wie ihr Besitzer roch, legte Weidner sein hellblaues Miami-Vice-Sakko ab. Mit dem ausgestreckten Arm, über dem das T-Shirt spannte, als wäre es zwei Nummern zu klein, deutete er zu einer offenstehenden Tür. »Wir setzen uns da rein. Kann ich dir etwas anbieten?«, fragte Weidner. »Vielleicht einen Shake aus Eiweiß und Orangensaft?«

Barrus folgte Weidner in das Wohnzimmer. »Ein Weißwein wäre mir lieber«, sagte er.

»Tut mir leid. Aber Alkohol habe ich nur im Haus, wenn ich Damenbesuch erwarte.«

»Gut. Ein Wasser geht auch.«

Weidner holte ein Glas Mineralwasser und setzte sich dann Barrus gegenüber. »Was kann ich für dich tun?«

Barrus seufzte. Wieder kam ihm der Gedanke, doch lieber zu verschwinden. Aber er beherrschte sich. »Markus Weiß«, sagte er. »Ich interessiere mich für ihn.«

»Da kommst du zu spät. Der ist jetzt ein Fall für Feller und seine Truppe. Die haben alles übernommen, was mit Weiß zusammenhängt oder -hing.«

Barrus nickte. »Ich habe davon gehört.«

»Dann ruf doch Feller mal an. Du warst schließlich sein Chef.«

»Ich war schon bei ihm«, sagte Barrus. »Aber mich interessiert nicht der Tod von Markus Weiß, sondern sein Nebenjob.«

»Du meinst die Diebeszüge«, sagte Weidner und trank dann so genüsslich seinen Eiweißshake, wie Nikolaus Hebele bei Hildi Rotwein verzehrte.

»Ja. Ich habe gehofft, du kannst mir etwas über die Hintermänner sagen. Weiß muss doch Hehler für sein Diebesgut gehabt haben.«

»Die hatte er bestimmt«, bestätigte Weidner. »Aber auch dazu solltest du besser mit Feller sprechen.«

Barrus sah Weidner skeptisch an. So reserviert kannte er den Dezernatsleiter gar nicht. Um auf sich aufmerksam zu machen, hatte Weidner früher keine Gelegenheit ausgelassen, sein Wissen über die von ihm bearbeiteten Fälle gewinnbringend einzusetzen. Woher kam diese plötzliche Zurückhaltung? »Und du kannst mir wirklich nichts zu seinen Hintermännern sagen?«

»Nein. Und ich darf es auch gar nicht. Jo, du bist kein Polizist mehr.«

»Hast du wenigstens eine Vermutung, wer dahinterstecken könnte?«

»Jo!« Weidner beugte sich leicht nach vorn. »Die Zeiten, in denen du mich zwingen konntest, mein Wissen preiszugeben, sind vorbei. Ich kann dir nicht helfen. Wirklich nicht.«

Barrus zögerte. Er wusste im Moment nicht, wie er Weidner beikommen sollte. Dann kam ihm doch eine Idee. »Deine Karriere«, sagte er, »wenn du darum Angst haben solltest, kann ich dich beruhigen. Niemand ...« an dieser Stelle hob Barrus zwei Finger zum Schwur, »… wirklich niemand erfährt auch nur ein Sterbenswörtchen von mir. Ehrenwort.«

Trotzdem schüttelte Weidner den Kopf. »Nein, Jo. Ich muss dich enttäuschen. Ich darf und ich kann es nicht tun. Der Faden führt bis ins Gesundheitsministerium und von da in die Staatskanzlei. Das ist mindestens eine Nummer zu groß für dich.«

Barrus konnte ein Schmunzeln nicht unterdrücken, und wollte es auch gar nicht. Da war er endlich, der Fehler. Da war die Stelle, an der Weidner zu Weidner wurde. Selbst wenn der Dezernatsleiter nicht gewillt war, Details zu nennen, hatte er aber darauf hinweisen müssen, wie hoch angesiedelt die Ermittlungen waren, mit denen er zu tun gehabt hatte. *Ich, Reinhold Weidner, verkehre in höchsten Kreisen. Bis ins Ministerium. Ich.* Auch wenn dies nur im Rahmen seiner Polizeiarbeit passierte.

Aber ganz so blöd war Weidner nun doch nicht. Er las an Barrus' Schmunzeln das ab, was dem gerade durch den Kopf ging. »Nein«, sagte Weidner mit energischem Ton. »Nein, Jo, das wirst du nicht tun. Nicht auf diese Tour.«

»Doch«, entgegnete Barrus und lehnte sich genüsslich zurück. »Doch, das werde ich. Vernehmungstaktik, ganz alte Schule. Und du bist reingefallen, Reinhold. Ich musste nicht einmal sehr lange warten, bis sich dein Ego gemeldet hat. Habe ich schon anders erlebt in all meinen Jahren als Ermittler.«

»Jo, das kannst du nicht tun.«

»Doch das kann ich.« Mit der rechten Hand fuhr Barrus in Höhe des Kopfes durch die Luft, als würde er dort eine Schlagzeile kreieren. »*Kriminalkommissar Reinhold Weidner vermutet hinter den Verbrechen in Brandenburg höchste Regierungskreise.*« Er nahm die Hand wieder herunter und beugte sich nach vorn. »Die Zeitung kannst du dir aussuchen. Die anderen Fragen stellen dir dann der Direktionsleiter und die Disziplinarermittler. Wenn du Glück hast, darfst du noch den Verkehr am Grillendamm regeln. Wenn nicht …« Barrus hob überdeutlich die Schultern.

»Jo, tu das nicht! Dazu hast du kein Recht. Außerdem steht Aussage gegen Aussage. Ich werde alles abstreiten.«

Als hätte Barrus nur auf diesen Satz gewartet, zog er ein kleines schwarzes Diktiergerät aus der Innentasche seines Sakkos und legte es auf den Tisch. »Ich lass dir eine Kopie zukommen. Oder ...«

»Oder?«, wiederholte Weidner, dem die komplette Solariumfarbe aus dem Gesicht gewichen war.

»Oder du nennst mir endlich Namen. Dann lasse ich das Gerät da liegen, wo es liegt, und verschwinde.«

»Habe ich eine Wahl?«

Barrus schüttelte den Kopf.

»Der Mann heißt Nasri Kelewang. Er stammt aus Indonesien, wo er als Viehzüchter und Wunderheiler bekannt war. Außerdem hat er dort für die Klinik eines deutschen Arztes gearbeitet, der ihn dann vor ein paar Jahren nach Deutschland geholt hat.«

»Lass mich raten«, unterbrach Barrus. »Der Arzt ist Professor, heißt Valentin von Weilberg und leitet die Imhotep-Klinik.«

Weidner nickte. »Ja, und sein Busenfreund ist der Gesundheitsminister.«

20

Mehr wollte Barrus nicht von Weidner wissen. Vieles wusste er selbst bereits, und den Rest konnte er bei Eva erfragen. Deshalb bog er am Ende der Kleinen Gartenstraße nach rechts ab und umging auf seinem Weg zu Eva das Belmondo über das Deutsche Dorf.

Am Mühlentorturm blieb er plötzlich stehen. Die Fenster zu Evas Wohnung waren schon zu erkennen. Aber Barrus' Blick ging in die andere Richtung, vorbei an den schwarzen Hütten des Fischers, hinaus auf die Havel. Und mit jeder Sekunde, die verstrich, breitete sich mehr Unwohlsein in ihm aus. Nicht, dass Barrus etwas sah, was ihn beunruhigte. Die Havel war noch da, und auch der Schilfgürtel am gegenüberliegenden Ufer zeichnete sich trotz der Dunkelheit deutlich gegen den Sternenhimmel ab. Doch etwas war anders heute. Aber was?

Erst als Barrus den nächsten Schritt tat, wusste er, was ihm so auf den Magen schlug. Es war nicht das, was er sah, sondern das, was er nicht sah. Bewegung. Es gab keine Bewegung um ihn herum. Alles ruhte in vollkommener Stille. Die Wasservögel, die Menschen, sogar die Havel schien in Schockstarre gefangen, ganz so, als verharrte die gesamte Stadt in der sprichwörtlichen Ruhe vor dem Sturm. Gespenstisch.

Barrus schloss für einen kurzen Moment die Augen, während er behutsam einen Fuß vor den nächsten setzte. Dann öffnete er sie wieder und nahm Schritte wahr. »Eva«, rief er freudig. »Zu dir wollte ich gerade.«

Aber Eva blieb stumm. Sie starrte Barrus aus Augen an, die den Leibhaftigen gesehen haben mussten. Ihre Wangen waren weiß und kalt wie das Licht der Straßenlaternen. Ihre Haut war spröde, ihre Hände, die an den Seiten der Oberschenkel herabhingen, sie zitterten wie Espenlaub.

Barrus umfasste Evas Kopf, schüttelte ihn. »Was ist mit dir? Eva, was ist passiert?«

Eva blieb weiter stumm. Reglos hing sie wie eine Stoffpuppe in Barrus' Armen.

»Eva, was ist? Sag mir, was passiert ist.«

»Sie ... sie«, stotterte Eva Mahler, »... sie waren da.«

»Wer?«

»Da. Sie waren da oben.«

Nachdem Barrus die traumatisierte Eva bei Hildi untergebracht hatte, wartete er mit dem Schlüssel zum Loft unten auf
dem Mühlendamm auf die Polizei. Mit den beiden Beamten im
Schlepptau fuhr er dann mit dem Aufzug nach oben und
schloss die Tür auf.

»So wohnst du jetzt?«, fragte der Beamte noch mit einem
Bein im Fahrstuhl. »Alle Achtung. Muss ja ordentlich was ab-
werfen, der Detektivjob.«

Dazu fiel Barrus nicht viel ein. »Red nicht so einen Stuss«,
stieß er giftig zwischen den Zähnen hervor und schloss die Tür
zu Evas Wohnung auf.

Dann folgte sein Blick dem langen Strahl der Taschenlampe.
Der strich über den Parkettboden und blieb schon nach wenigen
Zentimetern an einem Gegenstand hängen. Ein Stuhl. An sich
nicht erwähnenswert, aber wenn man bedenkt, dass ein Stuhl
eigentlich nicht mitten im Weg liegt, ließ dieses erste Detail
erahnen, worauf Barrus hier treffen würde und weshalb Eva in
einem Schock gefangen war. In ihrem Loft hatte irgendjemand
ganze Arbeit geleistet. Nachdem Barrus den Lichtschalter gefunden hatte, breitete sich das gesamte Ausmaß vor ihm aus.

Nichts, aber auch gar nichts war mehr an der Stelle, an der
er es seit seinem letzten Besuch in Erinnerung hatte. Hunderte
Bücher verdeckten das Fischgrätenmuster des Parketts, Glas-
splitter waren in die kleinsten Zwischenräume gerutscht, die
die Bücher übrig gelassen hatten, und die Schrankteile des Re-
galsystems hatten all ihre Schubladen ausgespuckt, als wären
sie bittere Medizin.

»O, Mann«, staunte der junge Streifenpolizist, dessen Schul-
terstück verriet, dass er noch in der Ausbildung steckte. »Können Sie schon sagen, ob etwas fehlt?«

Barrus nickte, ohne den Beamten anzusehen. »Ja, die rosa
Giraffe und das grüne Nashorn.«

Der Beamte, der Barrus im Flur auf den gestiegenen Luxus
angesprochen hatte, zog seinen Kollegen zur Seite und schickte

ihn mit einem eindeutigen Blick zur Tür. »Du passt jetzt mal schön auf, dass keiner kommt. Und beweg dich nicht weg vom Flur. Verstehst du?«

»Aber ...«

»Mach, was ich dir sage!« Und zu Barrus gewandt. »Entschuldige. Die gucken alle zu viele schlechte Filme.«

Wieder nickte Barrus. »Ich weiß. Was sollen sie denn sonst machen? Es kommen ja keine anderen mehr.«

»Jo, kennst du den Besitzer der Wohnung?«

»Ja, es ist eine Besitzerin. Frau Doktor Eva Mahler. Sie ist die Oberärztin in der Imhotep-Klinik und meine Klientin.«

»Deshalb hast du den Schlüssel, oder?«

»Ja.«

»Weshalb ist sie denn deine Klientin?«

Barrus schüttelte den Kopf. »Das ist vertraulich. Aber es hat mit dem Einbruch nichts zu tun.«

Das war zwar glatt gelogen, doch es reichte, um der Fragerei des Beamten erst einmal Einhalt zu gebieten. Ansonsten war Barrus hundertprozentig davon überzeugt, dass hier dieselben Leute gewütet hatten, die auch die Wohnung von Markus Weiß auf den Kopf gestellt hatten. Und die hatten den Pfleger wahrscheinlich auf dem Gewissen.

»Hat aber einer einen richtigen Zug getan heute«, sagte der Beamte, nachdem er sein gelbes Notizbuch geöffnet hatte.

»Was meinst du damit?«

»Das ist der zweite Einbruch in wenigen Stunden. Wir kommen gerade vom Klingenberg. Da haben sie die Wohnung eines ehemaligen Lehrers auf den Kopf gestellt. Sah ganz genauso aus wie hier.«

Barrus blickte den Beamten düster an. »Weißt du noch wie der Lehrer heißt?«

»Hieß. Der gute Mann hieß Bach, Alfred Bach. Sie haben ihn vor einer halben Stunde tot im Paulikloster gefunden.«

»Im Paulikloster?«

»Ja. Genau wie den Pfleger vorgestern. Was meinst du denn, was bei uns auf der Wache gerade los ist? Die drehen alle durch, beim Alten angefangen.« Dann legte der Polizist Barrus eine Hand auf die Schulter. »Hoffentlich lebt sie noch, deine Klientin. Ich habe kein gutes Gefühl, Jo.«

»Warum?«, fragte Barrus, obwohl er die Antwort selbst wusste.

»Da ist einer unterwegs, der 'ne Scheibe hat. Erst bricht er irgendwo ein, und als reiche das nicht, bringt er die Leute dann auch noch um. Ist doch pervers, oder?«

21

Barrus hatte keine zehn Minuten vom Mühlendamm bis zu Berits Schach-Café gebraucht. Für ihn eine Höchstleistung, fast olympiaverdächtig. Aber rekapitulieren hätte er den Weg nicht können. Er war ihn ohne jede Achtsamkeit gegangen. Denn der Zustand, in dem Evas Loft sich ihm vor Kurzem präsentiert hatte, im Verein mit den Erkenntnissen, die Barrus bislang gesammelt hatte, verdichteten sich zu der Gewissheit, dass Eva in Lebensgefahr schwebte. Und nur darauf waren seine Gedanken gerichtet.

Markus Weiß war ermordet worden, ebenso wie Alfred Bach, und beide hatten offensichtlich einiges über Pharmaversuche gewusst, die für Teile der Imhotep-Klinik unangenehm werden konnten. Man musste kein Prophet sein, um zu dem Schluss zu kommen, dass Eva auf der Liste der zu beseitigenden Personen wohl ganz oben angekommen war. Auch wenn man bei ihr bislang *nur* eingebrochen hatte. Für Barrus war es eine Prophezeiung. Vorerst war Eva bei Hildi aber in Sicherheit, allerdings eben nur vorerst.

Im Schach-Matt suchten Barrus' Augen jeden Tisch ab. Für gewöhnlich saß Berit irgendwo mit einem ihrer Stammgäste vor einem Schachbrett. Immer waren hohe Einsätze im Spiel, und immer versuchten die Verlierer, mit einer Revanchepartie wieder in den Besitz der verlorenen Scheine zu kommen. Und immer lag der Erfolg des Unternehmens in weiter Ferne. Berit war einfach zu gut, sie war sogar gerissen. Barrus nannte ihr Spiel gelegentlich brutal.

Doch heute stand Berit nur hinter einem Spieler und nickte oder schüttelte den Kopf, wenn dessen Gegner eine Figur zu berühren gedachte. Darauf angesprochen, hatte sie Barrus unlängst erklärt: Das sei der Deal. Sie verlieren gegen mich, erwarten aber hin und wieder einen Tipp, um untereinander zu bestehen. Und genau das tat Berit, weshalb die Kundschaft immer wiederkam.

»Berit!« Barrus packte hart ihren Arm und zog sie hinter sich her in ihr Büro.

»Was ist?«, fragte sie, als Barrus die Tür geschlossen hatte. »Bist du sauer auf mich?«

»Sauer?«, fragte er zurück.

»Ja. Weil ich gegen deine Weisung in Bachs Wohnung war.«

Barrus zog die Augenbrauen nach oben. »Du warst da?«

»Ja. Und ich habe meine …«

Weiter kam Berit nicht, denn Barrus hielt ihr mit fünf Fingern den Mund zu. »Darüber reden wir später. Jetzt habe ich einen anderen Plan.«

»Und der wäre?«, fragte Berit, als sich Barrus' Hand wieder zurückgezogen hatte.

»Ich brauche deine Fähigkeiten«, sagte er.

»Willst du Schach spielen?«

»Nein. Ich brauche deine anderen Fähigkeiten.«

Berit schaute ihn ungläubig an. »Du willst, dass ich …«

»Es ist die einzige Möglichkeit. Nach Markus Weiß haben sie auch Alfred Bach umgebracht, und danach haben sie Eva Mahlers Wohnung auf den Kopf gestellt. Wenn wir ihnen nicht zuvorkommen, ist Eva die Nächste, die sie aus dem Weg räumen.«

Berit musste sich setzen. »Verstehe ich dich jetzt richtig? Du willst, dass ich irgendwo einbreche?«

Barrus nickte.

»Aber Jo. Du hast mir dafür schlimme Prügel angedroht. Und ich will es auch gar nicht mehr tun. Ich habe deswegen schon viel zu viel Zeit im Gefängnis vergeudet.«

»Es ist Notwehr, Berit. Sie haben ihre ganze Wohnung auf den Kopf gestellt, und sie werden sie töten. Wie sie Markus Weiß und Alfred Bach getötet haben.« Nun musste sich auch Barrus setzen. Die Anspannung, die er bis eben in seinem Körper gespürt hatte, war so gut wie verflogen. Er bekam langsam aber sicher weiche Knie.

»Du liebst sie, oder?«

Wieder nickte Barrus und heftete den Blick auf seine Schuhspitzen. »Es war nicht geplant, trotzdem, ja, irgendetwas ist da. Ich glaube, dass ich sie liebe.« Dann wechselte seine Stimmung erneut in Angriff. Er sah Berit herausfordernd an. »Außerdem bist du heute schon einmal eingebrochen, oder?«

»Ich?«

»Wer denn sonst? Ich kann mir nicht vorstellen, dass Alfred Bach dir die Tür freiwillig geöffnet hat. Der war wahrscheinlich bereits tot, als du in seine Wohnung gestiegen bist.«

»Okay«, gab sich Berit geschlagen. »Du hast gewonnen. Aber Imre war nicht dabei. Er hat keine Ahnung von meiner Aktion. Und bevor du hier irgendwelche wirre Gedanken spinnst: Wo müssen wir hin und was für Schlösser haben sie da?«

»Es sind Lagerhallen in der Nähe der Upstallstraße. Über die Schlösser kann ich dir nichts sagen. Pack einfach ein, was du hast, und dann lass uns gehen.«

In der Upstallstraße stellten sie Hildis Käfer in die Einfahrt eines Firmengeländes und schlichen sich im Schutze der Dunkelheit bis zu einem Zaun. Barrus hielt ihn für die Umfriedung des Geländes, das Nasri Kelewang gemietet hatte. Die Angaben, die er dazu von Weidner bekommen hatte, waren ungenau, aber ein anderes Areal kam in der näheren Umgebung nicht in Frage.

Barrus legte beide Hände auf den Bauch. Er hatte für einen kurzen Moment das Gefühl, sein Magen würde sich umdrehen, als stünde er gerade bei Bremer an einem der Tische. Noch nie hatte er auf dieser Seite des Lebens gestanden, auf der Seite der Gesetzesbrecher. Noch nie zuvor war er irgendwo eingebrochen. Aber er hatte keine Wahl. Es war die einzige Chance, die ihm blieb, um Eva zu helfen.

»Was suchen wir eigentlich?«, wollte Berit wissen, als sie ihre Sachen ordnete, die in einem Rucksack verstaut waren.

»Wenn ich das wüsste«, musste Barrus zugeben. »Vielleicht ist das der Ort, an dem sie ihre Leichen produzieren. Vielleicht finden wir hinter diesem Zaun auch die Frau von Markus Weiß, die seit Tagen verschwunden ist. Und hoffentlich lebt sie dann noch, ihre Leiche ist bisher jedenfalls nicht aufgetaucht.«

»Ist das nicht eher der Job der Polizei, den wir hier tun?«

»Eigentlich schon«, gab Barrus zu. »Aber bis die so weit sind, kann es zu spät sein. Also los, lass uns mal nachsehen, wie wir in die Hallen kommen.«

Berit zog den Reißverschluss ihres Rucksackes wieder zu und berührte Barrus ziemlich heftig an der Schulter. »Das hier läuft nach meinen Regeln, klar? Du machst ausschließlich das, was ich dir sage und gehst keine eigenen Wege!«

Barrus nickte.

»Du hast das wirklich verstanden?«

»Ja«, knurrte er. »Wie oft soll ich das denn noch sagen?«

»Einmal reicht mir. Ich nehme dich beim Wort.«

Sie wählten den Weg entlang einer baumbestandenen kleinen Straße. Barrus immer einen knappen Meter hinter Berit. Dann hockte sich Berit hin und bedeutete Barrus mit der Hand, es ihr nachzutun. Sie legte den Rucksack ab und setzte ein Fernglas vor die Augen. Und schon die erste Nachschau bestätigte ihre Vermutung. Die graue Wellblechhalle war sicher keine gewöhnliche Lagerhalle. Von außen sah sie sehr schlicht aus, so wie eine Halle aussieht, in der nichts weiter als einlagiges Toilettenpapier lagert. Aber die Tür, die Kameras und die kurz gemähte Rasenfläche knapp hinter dem Zaun ließen auf andere Waren schließen.

»Das hier ist Fort Knox«, sagte Berit und reichte Barrus das Fernglas.

»Wie kommst du da drauf?«, fragte er.

»Siehst du den kurzen Rasen?«

»Ja. Was ist damit?«

»Nichts. Aber wenn du dir das übrige Grundstück ansiehst, dann wirst du feststellen, dass man hier für Garten- und Landschaftspflege nicht unbedingt einen Preis gewinnen will.«

Barrus nahm das Fernglas herunter und sah wieder zu seiner Nichte. »Und?«

»Wenn sie entlang des Zauns einen Streifen von knapp zwei Meter mähen, kannst du todsicher davon ausgehen, dass unter dem Rasen Induktionsschleifen laufen. Sollten wir darauf treten, geht irgendwo eine Warnleuchte an und jemand richtet diese Kameras auf uns.« Während sie erzählte, zeigte Berits ausgestreckter Arm auf die größte der drei Hallen. »Sie haben insgesamt vier installiert. An jeder Ecke eine und alle schwenkbar. Das Schloss an der Tür ist auch keines von der Sorte, die du bei einem Schlüsseldienst in der Stadt kaufen kannst.«

Wieder schaute Barrus durch das Fernglas. »Und das siehst du alles mit bloßen Augen?«

»Du nicht?«, fragte Berit. »Was hast du überhaupt gelernt bei der Polizei? Diese kleine Leiste neben der Tür da drüben, dahinter steckt hochsensible Elektronik. Und auf dem Display gleich daneben steht – Insert Key. Ich gehe mal davon aus, dass damit nicht einer meiner Dietriche gemeint ist. Wahrscheinlich brauchst du einen bestimmten Schlüssel, der eine spezielle Legierung haben muss. Da kommen wir also nicht so ohne Weiteres rein.«

»Nicht?«, fragte Barrus. »Und was hast du so gelernt? Wohl auch nicht das, was dich auf dem neuesten Stand hält, oder?«, konterte Barrus Berits Anspielung auf seine Polizeiausbildung.

»Doch, habe ich. Aber ich will nicht gleich mit der ersten Bewegung alle auf uns aufmerksam machen. Hast du eine Pistole dabei?«

Barrus zog die Stirn kraus. »Nein. Habe ich vergessen.«

»Hast du vergessen? Hast du bei deiner Poli …«

»Ja, habe ich, wenn du fragen wolltest, ob ich die da auch immer vergessen habe. Pistolen sind etwas für Cowboys.«

Berit lachte leise, aber nervös auf. »Cowboys? Wir wollen hier bei Leuten einbrechen, denen du mehrere Morde unterstellst, und du kommst an wie ein Friseur?«

Darauf gedachte Barrus nicht einzugehen. Er richtete seinen Blick wieder auf die Lagerhalle. »Und wie kommen wir nun da rein?«

»Das weiß ich noch nicht«, gestand Berit. »Ich mache jetzt einen Erkundungsgang«, sagte sie und warf sich den Rucksack auf den Rücken. »Hier, nimm die Pfeife. Sie lässt den Gesang einer Amsel ertönen.«

»Und wie funktioniert die?«

»Luft einziehen, Pfeife an den Mund setzen und drei Mal ko, ko, ko sagen. Das ist schon alles.«

»So einfach?«

»Ja. Und das Ganze machst du drei Mal, sobald du jemanden kommen siehst. Klar?«

»Und wenn nun wirklich eine Amsel ruft?«

»Amseln schlafen um diese Zeit. Aber ich gehe lieber einmal mehr in Deckung, als einmal zu wenig.«

»Und dann?«

»Und dann nichts. Jo, du bleibst hier unter den Bäumen sitzen, bis ich wiederkomme. Verstanden? Du rührst dich nicht von der Stelle.«

»Verstanden. Und was machst du?«

»Ich suche uns einen Weg in diese Festung da«, sagte Berit und war im nächsten Augenblick auch schon von der Dunkelheit der umstehenden Bäume verschluckt.

Nach etwa fünf Minuten wurde Barrus nervös. Seit er Berit aus den Augen verloren hatte, war sie an keiner anderen Stelle entlang des Zaunes wieder aufgetaucht. Seine Berit, die er liebte wie ein eigenes Kind. Hatte er überhaupt das Recht, sie einer solchen Gefahr auszusetzen? Was, wenn Berit irgendeinem Wachmann in die Arme lief? Nicht auszudenken.

Er erhob sich aus seinem Schneidersitz und verließ die sichere Deckung. Auf der kleinen Straße würde er nicht auffallen, jedenfalls nicht mehr, als er das unter Bäumen sitzend am Zaun tat. Hier auf dem Asphalt konnte er wenigstens sagen, dass er auf Vogelbeobachtung war, als Beweis sogar die Amselpfeife vorweisen. Das war allemal unverdächtiger, als wie ein Dieb im Gestrüpp zu hocken.

Immer wieder schielte er möglichst unauffällig zu dem Lagergelände hinüber, aber Berit blieb weiter wie vom Erdboden verschluckt. Als er sich der Einfahrt zum Gelände näherte, beschloss Barrus, doch lieber umzudrehen, denn dieser Bereich war durch zwei Laternen sehr hell ausgeleuchtet. Man musste es ja nicht provozieren.

Als er sich umdrehte, um den Rückmarsch in seine Deckung anzutreten, blieb ihm fast das Herz stehen. Vor ihm stand ein Riese. Ein Mann von wenigstens einem Meter neunzig, und jener Mann hatte beide Hände hoch über seinen Kopf erhoben.

»Guten Abend, Herr Barrus«, sagte der Mann in akzentfreiem Deutsch. »Wollen Sie eine feine Suppe essen?«

Noch bevor Barrus antworten konnte, rasten die riesigen Hände auf seinen Kopf zu, und mit ihnen die Eisenstange, die der Mann fest umschlossen hielt.

Kindlein mein, schlaf nur ein, weil die Sternlein kommen ...

22

Hildi wohnte in dem Stadtteil, in dem auch das Belmondo lag, und so brauchte sie mit Eva Mahler im Schlepptau nur wenige Minuten, bis sie nach Berits Hilferuf die Weinhandlung erreichte. Und da Imre ebenfalls einen Schlüssel hatte, saß hinter den heruntergelassenen Rollläden bereits ein Teil der Sonntagsrunde. Heiner Wassertor in ungewohnten Jeans und mit einem weinroten T-Shirt, Imre, der die Einliegerwohnung über dem Belmondo gemietet hatte, in Pyjama und Morgenmantel sowie Nikolaus Hebele, wie immer mit Cordhose und Tweet-Jackett. Sie hatten an dem runden Tisch Platz genommen. Alle bis auf Berit, die mit dem Rücken an ein Weinregal gelehnt neben dem Tresen stand. Man war für diesen Abend also vollzählig. Jeder wirkte müde, nur Berit nicht. Sie kaute unaufhörlich an den Fingernägeln.

»Was will die hier?«, fragte sie und ließ Eva Mahler nicht aus den Augen.

»Berit!« Hildis Blick war eindeutig. Sie schob Eva zum Tisch und zog einen Stuhl so heran, dass die Ärztin sich setzen konnte. Dann nahm sie wieder Berit ins Visier. »Ich dulde in meinem Geschäft keine abfälligen Worte. Schließlich sitzen wir alle in einem Boot. Auch Eva!«

Berit verschränkte provokativ die Arme vor der Brust. »Aber seit sie hier aufgetaucht ist, haben wir nur Probleme.«

Und wie Ernst Berit dieser Satz war, ließ sich an ihren Augen ablesen, die in den winzigen Schlitzen, zu denen sie die Lider zusammengezogen hatte, kaum zu erkennen waren. »Erst lässt sich Jo auf ihre windige Geschichte ein, dann sterben nacheinander zwei Männer, die darin offensichtlich eine Rolle spielen, und jetzt ist Jo auch noch spurlos verschwunden. Das kann doch kein Zufall sein.«

Nikolaus Hebele erhob sich, ging zum Tresen, nahm Berit in den Arm und führte sie zum Tisch, wo er ihr seinen Platz anbot. Sich selbst zog er einen an der Wand stehenden Stuhl heran und setzte sich. »Du hast ja Recht, Berit. Aber Frau Mahler ist nicht Täterin, sondern Opfer, wie wir das im weiteren Sinne ja auch sind. Beruhig dich also und schildere uns ganz in Ruhe, was sich zugetragen hat, bevor Jo verschwunden ist.«

»Nein!«, rief Berit empört. »Nicht in ihrer Gegenwart.«

Plötzlich knallte eine Faust auf den Tisch. »Berit, jetzt ist es aber genug«, schrie Heiner Wassertor. »Bei Frau Mahler ist eingebrochen worden. Wahrscheinlich dieselben Leute, die bereits die Wohnungen von Markus Weiß und Alfred Bach auf den Kopf gestellt haben, waren nun auch bei ihr. Sie werden nach denselben Sachen gesucht haben wie schon bei Weiß und Bach. Reiß dich zusammen und erzähl, was vorgefallen ist.«

»Vielleicht fange ja ich an«, mischte sich Eva Mahler in den Streit. »Dann kann Berit selbst entscheiden, ob sie mir vertraut oder nicht.«

»Berit«, fragte Hildi und sah Jos Nichte mit derselben Schärfe an, wie sie das bereits vor zwei Minuten getan hatte. Aber Berit reagierte nicht. Sie saß auf dem Stuhl, als wäre sie zur Salzsäule erstarrt.

»Lassen sie mich einfach beginnen«, sagte Eva und holte tief Luft. »Als Vierzehnjährige schickte man mich auf eine Oberschule, um dort nach der zwölften Klasse das Abitur abzulegen. Die Schule, die am Rand einer brandenburgischen Kleinstadt gelegen war, hatte auch ein Internat, das idyllisch in einer alten Burg untergebracht war. Idyllisch aber nur von außen, von innen … na ja. Für uns Schüler war das Internat Pflicht. Wir lebten dort parallel zum Schulbesuch über die gesamte Woche. Ausnahmen waren nicht zugelassen. Und da der Alltag in dem Internat sehr streng, fast militärisch organisiert war, entwickelten sich quasi als Gegenpol enge Kontakte zwischen den Schülern. Man solidarisierte sich, um die Hartherzigkeit der Erzieher und Lehrer heil zu überstehen. Es gab auch ein anderes Leben, als das von eisernen Regeln bestimmte. In dem Zwischenmenschliches wichtiger war. Funken sprühten ab und an, bis hin zum Aufblühen einer großen Liebe.«

An dieser Stelle legte Eva eine Pause ein und drohte in Träume zu verschwinden, die sie Jahrzehnte zurücktrugen, hin zu dieser alten Burg. Aber dann war sie plötzlich wieder da. Ganz nüchtern berichtete sie weiter. »Nicht wenige Schülerinnen haben dort den Mann fürs Leben gefunden oder Schüler die passende Frau, und viele von denen sind heute noch verheiratet. Auch ich hatte mich in einen Schüler verguckt, eigentlich waren es vier, allesamt in der zwölften Klasse. Sie standen also kurz vor dem Abitur, weshalb sie schon deswegen von uns jungen Küken angehimmelt wurden. Man nannte sie die vier Musketiere, weil sie fast ausschließlich gemeinsam auftraten; auf dem Burggelände, in der Sporthalle oder in ihrer Stammkneipe. Und einer dieser Jungen war Jo.«

Eva blickte in die Runde, und als sie sich sogar der Aufmerksamkeit von Berit versichert hatte, setzte sie mit einem schweren Seufzer fort. »Aber mehr, als dass die vier mit uns jungen Hühnern herumschäkerten, passierte leider nicht. Sie hatten wohl andere Eisen im Feuer. Als ich nun vor ein paar Tagen Hilfe brauchte, erinnerte ich mich an einen der vier Musketiere, nämlich an Jo. Ich hoffte, dass er seinen damaligen Wunsch wahr gemacht hatte und zur Polizei gegangen war. Doch dort musste ich erfahren, dass Jo bereits in Pension war.«

118

»Und deshalb kamen Sie am Freitag hier ins Belmondo«, unterbrach Hildi. »Weil man Ihnen die Weinhandlung als das Büro von Jos Detektei genannt hatte.«

»Ja«, sagte Eva und nickte. »Und Jo nahm den Auftrag an, um den ich ihn bat.«

»Die Suche nach Markus Weiß«, warf Wassertor ein.

»Ja. Ich hatte eine kurze Affäre mit Markus, der bei uns in der Klinik arbeitete. Und ich wollte nicht, dass er sich etwas antut, sich vielleicht sogar in einer unüberlegten Sekunde das Leben nimmt, weil ich vor Kurzem diese Affäre beendet hatte.«

»Ganz schön eingebildet«, kommentierte Berit den letzten Satz von Eva Mahler finster.

»Kann sein. Aber ich wollte an nichts schuld sein, denn ich hatte ihn ja in die missliche Lage gebracht.«

»Missliche Lage?«, wiederholte Wassertor. »Was meinen Sie damit?«

Eva lehnte sich in ihrem Stuhl zurück, atmete tief durch und versuchte, sich zu entspannen. »Er stand wohl auf der Todesliste von Nasri Kelewang. Er arbeitet für die Imhotep-Klinik, eine fürchterliche Allianz.« In ihre Augen trat ein wässriger Schimmer. »Ich glaube, dieser Mann ist ein Serienmörder.«

»Was?« Hildi erschrak.

»Ja, ich glaube, dass Nasri Kelewang in Indonesien mehrere Frauen getötet hat und dies hier fortsetzt, wobei er sich nicht mehr allein auf Frauen festlegt.«

»Woher wissen Sie das? Haben Sie Beweise?«, hakte Wassertor umgehend nach.

»Beweise nicht gerade. Aber ich habe Kenntnisse von Dingen, die diese Vermutung zulassen. Damit Sie das nachvollziehen können, muss ich etwas ausholen. Professor von Weilberg kam vor ein paar Jahren, gleich nach dem Fall der Mauer, nach Brandenburg, weil seine Vorfahren vor dem Krieg auf einem märkischen Gut die Herrschaften waren. Er hatte aber kein Interesse an den alten Besitzungen, sondern wollte hier in der Nähe von Berlin eine weitere Klinik aufbauen, in der auch geforscht wird.«

»Und um die Ergebnisse dann an Menschen in Indonesien zu erproben. In illegalen Versuchsreihen und in Zusammenarbeit mit der Pharma-Industrie.« Berit spuckte diesen Satz eher aus, als dass sie ihn sprach.

»Das kann ich nicht ausschließen«, antwortete Eva Mahler. »Jedenfalls nicht mehr, nachdem ich all diese Sachen erfahren habe.«

»Und was sind das für Sachen?«, fragte Heiner Wassertor.

»Der Imhotep-Konzern betreibt mehrere Kliniken in der ganzen Welt. Nach dem Zusammenbruch des Ostblocks witterte man eine riesige Chance und wollte unbedingt expandieren. Der neu entstehende Markt schien grenzenlos. Und deshalb suchte man jede Menge Ärzte und Pharmazeuten. Ich habe die Gunst der Stunde genutzt und mich beworben.«

»Und sind genommen worden Sie.« Damit war auch Imre ins Gespräch eingetaucht.

»Ja. Es war ganz einfach. Schon eine Woche nach meiner Bewerbung unterschrieb ich einen unbefristeten Vertrag. Meine erste Anstellung fand ich jedoch nicht in Brandenburg, sondern in Indonesien, genauer gesagt in Palopo, einer Stadt in der Provinz West-Sulawesi. Für einen gelernten DDR-Bürger ein reizvolles Angebot.«

»Das kann man wohl sagen«, stellte Nikolaus Hebele mit süffisantem Blinzeln fest.

»Was weißt denn du schon?«, fuhr ihn daraufhin Wassertor sofort an. »Du bist am Starnberger See groß geworden. Da gab es ja keine Reisebeschränkungen, oder?«

»Das nicht«, erklärte Hebele. »Aber wir Bayern hatten es auch nicht leicht außerhalb unseres Hoheitsgebietes.«

»Schluss jetzt!«, fuhr Hildi entschieden dazwischen. »Lass die Frau erzählen, sonst finden wir Jo nie.«

»Danke Hildi«, sagte Eva. »Und in Palopo traf ich auf Nasri Kelewang. Er war so etwas wie der Mann für alles. Er kümmerte sich um den Kontakt zu den einheimischen Behörden, er besorgte Sachen, die nur schwer zu bekommen waren, und er entsorgte auch die Leichen der Patienten, die in der Klinik verstorben waren.«

Imre hob den rechten Zeigefinger. »Aber Serienmörder sich auszeichnet nicht damit, dass er entsorgt Leichen, sondern dass er produziert welche.«

»Ja, natürlich. Da haben Sie vollkommen Recht. Eines Tages bekamen wir Besuch von einem Deutschen. Zuerst nahm ich an, dass es sich bei dem älteren Herrn um einen Touristen handelte, der medizinische Hilfe in Anspruch nehmen wollte. Aber Alfred Bach war auf der Suche nach seiner Enkelin.«

»Der Alfred Bach?«, fragte Heiner Wassertor, der sich unaufhörlich Notizen machte.

»Ja. Er kam eines Vormittags in die Klinik, und da Professor von Weilberg nicht im Hause war, wandte er sich an mich.«

»Und was wollte Bach?«

»Wie gesagt, er suchte seine Enkelin. Sie war ein halbes Jahr zuvor nach Indonesien eingereist, als Rucksacktouristin. Aber sie war nicht mehr ausgereist, jedenfalls nicht offiziell. Das hatte er bei den Behörden bereits in Erfahrung gebracht.«

Während Wassertor intensiv seinen Notizblock betrachtete, hob er, wie vorher schon Imre, den Zeigefinger. »Mir ist immer noch nicht klar, warum er zu Ihnen kommt, wenn er seine Enkeltochter sucht. Glaubte er vielleicht, dass sie in der Klinik lag?«

»Er glaubte es nicht nur – er wusste es. Alfred Bach hatte herausgefunden, dass sich seine Enkelin mit Tuberkulose angesteckt hatte und bei uns in der Klinik stationär aufgenommen worden war. Die Imhotep-Klinik in Palopo ist auf TBC spezialisiert. Doch auch dort hat die Behandlung Grenzen. Es stehen zur Therapie zwei verschiedene, speziell gegen Mykobakterien wirksame Antibiotika zur Verfügung, doch es gibt keine Garantie für eine Heilung. Und einen prophylaktischen Impfstoff, der verhindert, dass jemand an TBC erkrankt, gibt es übrigens auch nicht. Bisher.«

»Und daran Sie haben geforscht in Indonesien?«, schlussfolgerte Imre.

»Ja. Bislang müssen Antituberkulotika zur Vermeidung von Resistenzentwicklungen und Rückfällen unbedingt über mindestens sechs Monate eingenommen werden, also auch dann noch, wenn die Beschwerden abgeklungen sind. Und diese Medikamenteneinnahme gleicht eher einer Rosskur mit zum Teil erheblichen Nebenwirkungen. Deshalb forscht die Imhotep-Klinik seit Jahren an einer effizienten Primärprophylaxe mit einem antituberkulös wirksamen Medikament.«

»So weit, so gut«, kommentierte Wassertor, »aber für Bachs Enkeltochter wäre es ja ohnehin zu spät gewesen. Offensichtlich hat die Behandlung bei ihr ja nicht angeschlagen, dafür kann man aber nicht die Klinik verantwortlich machen, nehme ich an. Wo also ist Bachs Problem?«

»Ganz einfach«, antwortete Eva Mahler. »Als die Enkeltochter verschwand, war sie noch nicht tot. Sie lag eines Tages nicht mehr in ihrem Bett. Sie war weg, spurlos verschwunden.«

»Vielleicht wollte das Mädchen nach Hause«, warf Hildi ein.

»Nein. Dafür war sie zu schwach. Sie war viel zu spät zu uns gekommen, wie Sie schon vermutet haben, schlugen die Medikamente nicht richtig an. Sie war kurz vor ihrem Verschwinden mehr tot als lebendig.«

»Verstehe«, sagte Wassertor. »Und an dieser Stelle kommt Nasri Kelewang ins Spiel. Der gute Mann entsorgte nicht nur die Leichen, sondern auch solche Patientinnen, die noch auf dem Weg ins Totenreich waren.«

»Ja. Und Kelewang hatte dazu eine perverse Aufführung ersonnen. Er vergrub die halbtoten Körper bis zur Brust, ließ sie einige Tage in der Sonne schmoren, tötete sie irgendwann mit dem Gift der Würfelqualle und …« Eva drehte sich angewidert zur Seite.

»Erzählen Sie ruhig«, ermunterte Hildi. »Lassen Sie es raus. Dann wird es besser.«

Eva Mahler holte tief Luft. »Und nachdem die Frauen und Mädchen tot waren, trank er ihren Speichel.«

Dieses Mal war die Pause länger. Jeder am Tisch hatte das Bedürfnis, die Schilderungen von Eva Mahler auf seine eigene Art und Weise zu verarbeiten. Wie fast immer war Heiner Wassertor der Erste, der sich wieder fing.

»Und ich nehme an, dass Alfred Bach das alles herausgefunden hat.«

»Ja. Er ließ bei der Suche nach seiner Enkelin nichts unversucht. Vertrauen zu staatlichen Organen in Indonesien hatte er nicht, weshalb er die Sache lieber in die eigene Hand nahm.«

»Und wie sah das aus?«

»Er meldete sich in einer abgelegenen Abteilung des Imhotep-Ablegers als Freiwilliger und arbeitete dort ein paar Wochen als Pfleger. Durch seine offene und hilfsbereite Art gewann er schnell das Vertrauen der anderen Mitarbeiter und konnte ohne Behinderung seine Nachforschungen anstellen. Mit Erfolg, wie er mir später erzählte. Und damit hatte er die Klinik in der Hand. Wir sollten ihm sagen, wo seine Enkeltochter ist. Andernfalls, drohte er, würde er mit den Ergebnissen seiner Nachforschungen nach Deutschland zurückkehren und an die Öffentlichkeit gehen. Und damit meinte er auch die Medikamentenversuche, hinter die er in Palopo gekommen war.«

»Aber warum ist er nicht zur Polizei gegangen?«

Eva Mahler schüttelte den Kopf. »In Indonesien? Wissen Sie welches Ausmaß Korruption annehmen kann? Das hatte Bach wohl erkannt.«

»Und wie ist gegangen weiter?«, fragte Imre.

»Man zeigte ihm einen Totenschein seiner Enkelin und führte ihn an ein Grab.«

»Das aber nicht war das von Enkelin.«

»Nein, das war nicht das Grab der Enkelin und auch der Totenschein war eine Fälschung. Bach blieb misstrauisch, fuhr zurück nach Deutschland und ließ hier den Totenschein auf seine Echtheit prüfen. Bevor er etwas gegen uns unternehmen konnte, brach aber bei ihm TBC aus, er hatte sich angesteckt und musste in die Klinik am Gördensee.«

»In die Imhotep?«

»Ja. Man hatte ihn bewusstlos eingeliefert. Freiwillig wäre er nie gekommen.«

»Und wie kommt ins Spiel dieser Markus Weiß?«

»Ich wusste, dass Markus kleinere Diebstähle beging. Deshalb habe ich auch mit ihm eine Affäre begonnen, um ihn leichter zu einem Einbruch bei Alfred Bach überreden zu können, solange der in der Klinik lag. Und das ist mir ja auch geglückt.«

»Und was haben Sie aus der Wohnung stehlen lassen?«

»Die Unterlagen, die Alfred Bach in Palopo angefertigt hatte. Wäre er verstorben, hätten seine Nachfahren ihren Wert vielleicht nicht erkannt und hätten sie vernichtet. Ich suchte nach Beweisen, um dem ungeheuerlichen Treiben von Professor von Weilberg und seinen Leuten Einhalt zu gebieten. Ich wollte sie zur Vernunft bringen, an ihren Eid appellieren. Aber ich ahnte nicht, dass ich damit den Tod dieser Menschen verursache, den Tod derer, die mir geholfen haben. Einschließlich der Frau von Markus, die seit Tagen verschwunden ist, und vielleicht sogar von Jo, den ich ja nun auch in diese Sache hineingezogen habe.«

Berit stand auf, ging zum Tresen hinüber und öffnete eine Flasche Mineralwasser, mit der sie wieder an den Tisch kam.

»Und, haben Sie die Unterlagen?«, fragte sie, wobei ihre Augen noch immer nicht gewillt waren, einen Funken Freundlichkeit auszustrahlen.

»Das Meiste ist ja nun aufgetaucht, wie mir Jo erzählt hat. Aber ausgerechnet die Blätter, die die Beweise liefern, die fehlen.«

23

Mit aller Kraft versuchte Barrus, die Ketten aus der Wand zu reißen. Vergebens natürlich und Blödsinn dazu. Zum einen waren sie zu fest im Mauerwerk verankert, um sie mit bloßen Händen zu lösen, und zum anderen, was hätte ihm das gebracht? Nur knapp zwei Meter von ihm entfernt wartete bereits das nächste Hindernis. Eine Gittertür, die den Angriffen eines ausgewachsenen Gorillas standgehalten hätte.

Mühsam richtete Barrus sich auf. Wenigstens auf die Knie wollte er kommen, und es gelang ihm sogar. Die Ketten ließen es großzügig zu. Die Ketten ja, aber sein Körper hatte etwas dagegen. Kaum, dass er seinen Oberkörper aufgerichtet hatte, raubte ihm eine unsichtbare Macht das Gleichgewicht. Wie ein nasser, kraftloser Sack sank Barrus wieder in sich zusammen.

Dann knallte es wie aus heiterem Himmel plötzlich in dem Dunkel hinter der Gittertür. Für Barrus hörte es sich an, als sei eine Tür von einem Orkan getrieben gegen die Wand gedonnert worden. Dann trat wieder Stille ein, und zu sehen war auch nichts. Erst eine gute halbe Minute später zeigte sich jemand von einem absonderlichem Äußeren, wie Barrus noch nie eines gesehen hatte. Der schwarze Umhang erinnerte an einen Franziskanermönch, die Maske jedoch, die das Gesicht verhüllte, wies eher auf ein dusteres Fabelwesen hin. Dazu ein Frauenkopf mit schuppiger Haut und einer strähnigen Frisur nicht aus Haaren, sondern aus sich windenden Schlangen. Die

Gestalt bückte sich und schob wortlos einen Teller Suppe und einen Löffel unter der Gittertür hindurch, um gleich darauf wieder im Dunkeln zu verschwinden.

Barrus zog den Teller zu sich, roch daran und stellte ihn schnell wieder auf den Boden. Wenn er etwas überhaupt nicht mochte, dann war es Kürbissuppe. Schon als Kind hatte man ihn damit jagen können.

»Warum willst du unsere Suppe nicht essen?«, fragte jemand aus dem Dunkel heraus. »Sie schmeckt ganz fein. Wir haben uns große Mühe gegeben.«

Barrus antwortete nicht. Er schloss die Augen und konzentrierte sich auf die Stimme.

»Iss doch die Suppe«, bat die Gestalt erneut. »Du musst etwas essen, sagt die Oma immer, sonst fällst du tot um.« Dann trat die Gestalt aus dem Dunkeln, neben sich seinen Zwilling, gleiche Kutte, gleiche Maske, nur kleiner im Wuchs. Die beiden sahen sich an, hoben die Schultern.

Was war das, ging es Barrus durch den Kopf. Erwachsene Menschen, die in einem frühkindlichen Stadium stecken geblieben waren oder einfach nur billiges Theater. Wenn er hätte wählen können, er würde sich für die zweite Variante entscheiden, denn die erste hielt er für viel gefährlicher.

»He, ihr da«, rief er den beiden zu. »Ich mag keine Kürbissuppe. Kann ich etwas anderes haben?«

Die kleinere Gestalt trat bis an die Gittertür. »Und was?«

»Ich würde gern an einem Kurs teilnehmen. Kreativität und Entspannung. Malen von Kopfweiden im Wind. Ist ein Kurs in der Natur. Wenn ihr das im Programm hättet?« Barrus beobachtete die beiden Figuren scharf. Wie würden sie auf seine Provokation reagieren?

Sie hielten sich bei den Händen. »Ja«, sagte eine. »Malen ist schön. Das mache ich auch gerne. Hast du Farben? Ich habe leider keine. Nur zu Hause, da habe ich welche. Ich kann sie holen.«

In diesem Moment riss sich die andere Gestalt von seinem Zwilling los und streckte den rechten Arm drohend durch das Gitter. »Schluss jetzt! Du isst die Suppe, oder ich mache dich ohne deine Henkersmalzeit kalt.«

Na gut, dachte Barrus. Einer war also nicht ganz dicht in der Rübe und einer bloß ein Verbrecher. Zudem verriet der ausländische Akzent den, der Barrus unverhohlen gedroht hatte.

»Nasri Kelewang, nehme ich an. Sie können Ihre Maske abnehmen«, sagte er.

»Einen Teufel werde ich tun. Iss oder stirb!«

»Nicht schimpfen«, sagte die kindlich wirkende Gestalt zu seinem kleineren Zwilling. Dann wandte sie sich wieder an Barrus. »Wenn du unsere Augen siehst, wirst du hart wie ein Stein. Deshalb können wir unsere Masken nicht abnehmen, weißt du. Du musst die Suppe essen, sonst fällst du tot um, sagt die Oma.«

Barrus entschied sich, noch einen Schritt weiter zu gehen. Er musste die beiden, die offensichtlich in völlig andere Richtungen agierten, noch mehr provozieren. Er wollte seine Möglichkeiten austesten. Er streckte sein rechtes Bein aus und schlug den Fuß gegen den Teller. Die Suppe ergoss sich gelblich über den Steinboden.

»Das tut man nicht, sagt die Oma«, erklärte wieder die größere Gestalt. »Man kippt kein Essen weg, denn es ist wertvoll, und im Krieg haben viele Menschen hungern müssen. Und man bestiehlt auch keine armen Leute. Wer so etwas tut, ist böse. Und du bist böse. Du bist ein böser Mann.«

»Warum bin ich böse? Weil ich die Suppe verschüttet habe?«

»Nein, weil du die Papiere gestohlen hast. Gib sie uns.«

»Ich weiß nicht, was ihr von mir wollt. Ich habe keine Papiere.«

»Gib sie uns, bitte«, flehte die kindliche Gestalt. »Dann bringen wir dir auch eine neue Suppe.«

»Welche Papiere meint ihr denn?«

Jetzt schaltete sich wieder die andere Gestalt ein, schob den Zwilling nach hinten. »Du weißt, was wir haben wollen. Die Papiere, die Markus Weiß einem gewissen Alfred Bach gestohlen hat und die die Schlampe von Weiß euch gegeben hat. Wo sind sie?«

»Die Papiere sind in Sicherheit. Ich habe sie an einem sicheren Ort versteckt.«

»Scheiße, Mann«, keifte die Gestalt. »Du hast es so gewollt. Dann holen wir sie uns eben von deinen Leuten. Sie werden sie schon herausrücken, wenn sie sehen, wie wir mit dir verfahren.« Im nächsten Moment schloss die Gestalt die Gittertür auf und kam auf Barrus zu.

»Ich warne dich Kelewang. Wenn du mich tötest, hast du nicht nur meine Leute am Hals, sondern auch die Brandenburger Polizei.«

»Ich bring dich um, du Arsch«, keifte die Gestalt. »Los«, rief sie nach hinten, »hol die Spritze.«

Die kindliche Gestalt verließ den Raum, kam aber nach wenigen Sekunden zurück. Dann kniete sie sich auf Barrus' Brust, zog eine Spritze aus der Tasche der Kutte und setzte sie Barrus an den Hals.

Kindlein mein, schlaf nur ein, weil die Sternlein kommen …

24

Hildi hatte nicht eine Minute geschlafen. In ihrem Wohnzimmer war sie die ganze Nacht von Wand zu Wand getigert, dann immer wieder den Flur entlanggelaufen und als sie sich schließlich ins Bett gelegt hatte, drehte sie sich pausenlos hin und her. Gegen vier Uhr war sie endlich ins Belmondo gefahren, wo sie seither Gläser polierte. Manche bereits das siebte Mal.

Wo mochte Jo sein, war die zentrale Frage. Es fehlte noch immer jede Spur, und so hatte Hildi der Sonntagsrunde eine Frist gesetzt. Wenn Jo nicht bis um acht Uhr auftauchte, würde sie die Polizei einschalten, auch gegen den Willen der übrigen Mitglieder der Runde. Hildi schaute auf die Uhr, noch fünf Minuten. Ihr Herz tuckerte wie eine Nähmaschine, während sie das Glas absetzte, das sie bis eben poliert hatte, und ihre rechte Hand schon einmal zum Telefon vorstreckte.

Dann aber erwachte erneut der dunkle Zweifel, der Hildi und auch den ein oder anderen der Sonntagsrunde über die gesamte Nacht hinweg gequält hatte. *Jo, schoss es Hildi in den Kopf, wenn du bloß wieder besoffen in irgendeinem fremden Bett liegst und deinen Rausch ausschläfst, bringe ich dich dieses Mal eigenhändig um, so wahr ich Hildegard heiße.*

Aber so verständlich der Zweifel bei Barrus' Lebenswandel auch war, er zerstäubte in dem Moment, als Heiner Wassertor am Loch des Neustädtischen Marktes vorbei auf das Belmondo zugestürmt kam und fast wie ein Bulldozer durch die Tür brach. »Hildi, schnell. Ruf die Sonntagsrunde zusammen, insbesondere Imre und Berit sollten in den nächsten Sekunden hier erscheinen.«

Hildi nahm die rechte Hand zurück, deren Finger fast das Telefon erreicht hatten. »Was ist los? Ist Jo wieder da?«

Wassertor war jetzt an Hildis Tresen angekommen und japste wie ein gehetzter Hund. »Ich fürchte, ja. Meine Leute hören den Polizeifunk mit, und da ging gerade die Meldung ein, dass die Besatzung eines Schubverbandes im Silokanal eine männliche Leiche aus dem Wasser gezogen hat.«

»Und?«, hakte Hildi aufgebracht nach.

»Die Personenbeschreibung des Mannes lautet: Etwa sechzig Jahre alt, trägt ein weißes Leinensakko.«

Hildis Hände schnellten vor den Mund, waren aber dennoch zu langsam, um den spitzen Schrei zu verhindern.

»Das Gleiche«, sagte Wassertor unterdessen, »habe ich auch gedacht. Der einzige Mensch in Brandenburg, der ein weißes Leinensakko trägt, ist Jo.«

25

»Imre ... mach auf!« Berit wummerte mit beiden Fäusten gegen Imres Wohnungstür. »Hörst du nicht? Mach auf!« Dann endlich drehte sich der Schlüssel im Schloss. Berit stürmte an dem völlig erschrockenen Imre vorbei.

»Los«, forderte sie, »zieh dir was an! Wir müssen unbedingt handeln.«

Imre, der sich aufgrund seines auf die siebzig zulaufenden Alters wie jeden Morgen etwas benommen und nicht hundertprozentig bei Kräften fühlte, schloss die Tür wieder und schüttelte sich ein wenig. Vielleicht kam er dadurch schneller zur Besinnung.

»Langsam, langsam, junge Frau«, mahnte er. »Alte Mann ist nicht D-Zug.«

»Imre, komm! Zieh dir endlich was an und dann lass uns losziehen.«

Imre knotete den Gürtel über seinem Morgenmantel zu und schob sie ins Wohnzimmer. »Berit, hast du geguckt mal auf Uhr? Wohin wir wollen losziehen denn?«

Berit kramte in ihrem Rucksack und förderte mehrere Blatt Papier zu Tage. »Das sind die Unterlagen, die ich von Zecke bekommen habe«, sagte sie. »Die sind hoch brisant und würden diese Scheißklinik endlich vernichten.«

»Langsam, junges Fräulein, langsam. Ein alter Kopf am frühen Morgen ist nicht Kettenkarussell. Wer ist Zecke?«

»Die Frau von Markus Weiß. Katharina Weiß.«

»Aha. Und was hat Scheißklinik, wie du nennst sie, zu tun mit diese Zecke?«

»Eigentlich nichts ... oder doch«, antwortete Berit. »Es könnte sein, dass der Herr Professor und dieser Nasri Zecke gefangen halten.«

»Aber warum sie sollten tun das?«

Berit hob verzweifelt die Hände. »Imre, jetzt stell dich nicht so an. Du bist doch sonst nicht so schwer von Begriff. Sie halten sie gefangen, weil dieser Nasri zum einen ein richtiges Schwein ist, und zum anderen suchen sie überall nach genau diesen Papieren. Erinnere dich mal, was diese Doktor Eva gestern erzählt hat.« Sie klaubte die Zettel wieder vom Tisch und hielt sie Imre direkt vor das Gesicht. »Das ist Dynamit für die Klinik. Hier hat Alfred Bach detailliert alles über die Pharmaversuche dieser Klinik aufgelistet. Angefangen neunzehnhundertdreiundachtzig. Da begannen westliche Firmen in der DDR massenhaft Pillen zu testen. Ein Doktor Schäfer wird darin genannt, der auch kranke Straftäter behandelte. Er und einige andere Ärzte beteiligten sich an diesen Tests. Später, nach dem Zusammenbruch der DDR, taucht einer dieser in die Experimente hineingezogenen Häftlinge wieder auf und will diesen Doktor Schäfer ausfindig machen. Er will ihn zur Rede stellen oder sogar erpressen. Jedenfalls wendet dieser Mann sich an einen Privatdetektiv, nämlich an Jo.«

»An unsere Jo?«, fragte Imre, obwohl er das längst von Hildi erfahren hatte, doch er wollte Berits Redefluss mit dieser motivierenden Nachfrage noch etwas anfeuern.

»Natürlich. Und als Jo anfängt zu recherchieren, ertrinkt dieser Typ einfach im Beetzsee.«

»Das ist traurig, aber passiert, wenn man kann schwimmän nur wie ich.«

»Nein!«, schrie Berit mit diesem Wort auch ihren ganzen Frust heraus. »Nein, das ist nicht traurig. Das ist Horror pur. Man hat diesen Mann ermordet. Der war nämlich in seiner Jugend Olympiakader über zweihundert Meter Freistil.«

»Dann ist wohl nicht traurig, sondern Mord«, schlussfolgerte Imre und tat weiter unwissend.

»Genau. Und weißt du, wer dahintersteckt?«

»Woher ich soll wissen?«

»Von Weilberg! Der Professor war nämlich der Arzt auf der westdeutschen Seite dieser Testreihe.«

»Und da du willst jetzt hin, zu Professor?«

»Natürlich. Ich will dieses Schwein endlich an die Wand drücken.«

Nun war es an der Zeit, die Emotionen aus dem Spiel zu nehmen. Nur so, das wusste Imre aus seiner langjährigen Erfahrung aus dem israelischen Geheimdienst, war die bevorstehende Katastrophe zu verhindern, auf die Berit unter vollen Segeln zusteuerte.

»Berit, wir müssen überlegän klug. Und dazu gehört, dass wir machen uns Plan, auf dem steht, was wir tun zuerst. Und zuerst wir sollten finden Jo.«

»Du weißt es noch nicht?«, fragte Berit mit kreisrunden Augen.

»Was ich weiß noch nicht?«

»Sie haben ihn umgebracht.«

»Was?« In Imres Gesicht stand das schiere Entsetzen.

»Heiner war gerade im Belmondo. In der Redaktion haben sie den Polizeifunk mitgehört. Man hat einen etwa sechzigjährigen Mann aus dem Silokanal gefischt. Tot. Und der Mann trägt ein weißes Leinensakko.«

26

Am Anleger des Silokanals unterhalb der Brielower Brücke, zu
dem sich Heiner Wassertor mit seinem Presseausweis Zugang
verschafft hatte, genügte ein Blick, um ihn in den Zustand größ-
ter Zufriedenheit zu versetzen. So tragisch der gewaltsame Tod
für den Mann auch war, der da vor seinen Füßen lag, es war
Gott sei Dank nicht Jo Barrus.

»Weiß man schon, wer er ist?«, fragte Wassertor Manfred
Feller, der zeitgleich mit ihm angekommen war.

»So, wie mir das eben geschildert wurde, hat der Mann keine
Papiere dabei. Aber der Dienstgruppenleiter hat eine Ahnung.
Wahrscheinlich handelt es sich um einen der Obdachlosen, die
in der Ruine des Pauliklosters hausen. Wenn das zutrifft, heißt
er Willi, den vollständigen Namen kennt wohl keiner.«

»Armer Kerl«, sagte Wassertor.

»Kann man wohl sagen«, bestätigte Feller und winkte einem
Mann, der einen Arztkoffer trug. »Wenn ich vorstellen darf?
Heiner Wassertor, Chefredakteur des Märkischen Kuriers, Dok-
tor Bremer, Leiter des Gerichtsmedizinischen Institutes.«

Die beiden Männer schüttelten sich die Hand und versi-
cherten sich durch ein einstudiertes Nicken der allergrößten
Hochachtung oder wessen auch immer.

»Doktor«, sagte Feller dann, »bitte.«

Bremer kniete sich neben die Leiche und drehte den Kopf
des Toten zur Seite. »Wie ich es mir gedacht habe. Sehen sie
den roten Punkt am Hals?«

Wassertor und Feller beugten sich nach vorn. »Was ist damit?«, fragten sie gleichzeitig.

»Das ist eine Einstichstelle. Wie bei Markus Weiß und Alfred Bach. Und ich halte jede Wette, dass man auch ihn hier mit
dem Gift einer Medusa, genauer der Würfelqualle, getötet hat.
Somit wären wir also bei Nummer drei.«

Als Manfred Feller sich wieder aufgerichtet hatte, sah er Heiner Wassertor an. »Herr Wassertor, ich bitte Sie vielmals …«

Aber Wassertor ließ den Polizisten nicht ausreden. Er fiel ihm ins Wort. »Keine Angst, Herr Feller. Ich werde nichts von einer Serie schreiben. Ich werde gar nichts darüber schreiben. Das lasse ich einen meiner Leute tun. Ich war aus einem anderen Grund hier.«

»Meine Herren«, brachte sich Bremer wieder in Erinnerung. »Noch ein Detail, das Sie interessieren könnte.«

»Bitte.«

»Das weiße Leinensakko. Es passt nicht unbedingt zu einem Obdachlosen, schon gar nicht in diesem makellosen Zustand. Ich kenne nur einen Menschen in Brandenburg, der permanent so etwas trägt. Jo Barrus. Und das hier ist das Sakko von Herrn Barrus.«

Wieder beugte sich Feller nach vorn. »Woher wollen Sie das wissen?«

Bremer steckte seine Hand in eine der Außentaschen des Sakkos und beförderte einen grünen Plastikfetzen ans Tageslicht. »Das benutzt man in OP-Sälen oder der Intensivmedizin. Ein Überzieher. Ich habe ihn vor ein paar Tagen Herrn Barrus gegeben, als er bei mir war, und seine Schuhe derart mit Schlamm verdreckt waren, dass ich befürchtete, man müsste das Institut aus hygienischen Gründen schließen, ließe ich Herrn Barrus ohne diese Überzieher ein.«

Manfred Feller notierte sich dieses Detail, Heiner Wassertor dagegen grüßte in die Runde und verschwand zu seinem Auto.

27

Im Belmondo trafen Imre und Berit auf Hildi und Heiner Wassertor.

Imre ließ sich erschöpft, aber sehr erleichtert auf einen Stuhl sinken und trank den von Hildi angebotenen Grappa in einem Zug. »Das ist schönste Nachricht von Tag, auch wenn ist traurig für diese Willi.«

»Aber das heißt ja nicht«, warf Wassertor ein, »dass Jo außer Gefahr ist. Wir wissen immer noch nicht, wo er sich aufhält.«

»Und deshalb müssen wir diese Lagerhalle stürmen. Da halten sie ihn bestimmt gefangen. Und wir sollten gleich losziehen, bevor sie Jo umbringen«, forderte Berit.

»Aber du hast doch selbst gesagt, dass die Hallen wie Fort Knox gesichert sind«, setzte Wassertor dagegen.

»Ich komme da rein. Ich habe alte Kontakte aufgesucht, die haben mir einen Weg aufgezeichnet, wie wir in die Hallen kommen. Samt des nötigen Know-hows. Und anschließend suchen wir diesen Professor auf. Mal sehen, was er uns zu sagen hat.«

Imre schüttelte den Kopf. »Das geht so nicht. Wie wir sollen beweisen, dass Professor etwas hat zu tun mit diese Halle? Deshalb ich habe aufgesucht alte Kontakte. Und du hast Recht, Berit, wenn sagst du, dass von Weilberg ist verstrickt mit diese Pharmaversuche und dass viele Menschen gestorben sind daran. Und ich wissen, was ist deine Motivation. Sogar ich kann verstehen dich. Wirklich. Ich habe verloren lieben Menschen. Meine Großmutter, ist worden ermordet. Aber wenn losgestürzt ich wäre wie Ochse, was ich hätte erreicht?«

Berit sank jetzt auch auf einen Stuhl und konnte die Tränen nicht mehr zurückhalten. »Sie war doch meine Mutter.«

Auf Imres Nicken hin nahm Hildi Berit in den Arm und begleitete sie in ihr Büro, wo sich Berit an Hildis Schulter ausheulen konnte.

»Was ist mit Berits Mutter passiert?«, fragte Wassertor, als er sich und Imre einen neuen Grappa eingegossen hatte.

»Berit hat nicht gegeben uns alle Blätter von diese Alfred Bach. Und die sie hat zurückbehalten, können beweisen Verquickung von Imhotep-Klinik mit diese Arzneimitteltest. West-Pharmahersteller demnach gaben in Auftrag bei DDR-Kliniken mehr als sechshundert Arzneimittelversuche. Und diese Kliniken, die haben bekommen dafür wertvolle D-Mark, haben durchgeführt Tests ohne Skrupel. Es sogar gab zahlreiche Todesfälle. Sie zum Beispiel haben gemacht Tests an dreißig Frühchen mit Körpergewicht von nur siebenhundertfünfzig bis tausendfünfhundert Gramm. Ganz winzige Dinger. An kleine Babys wurde getestet Erythropoetin, das heute bekannt als Dopingmittel Epo. Kleine Körper bekamen Hormon zur Anregung von rote Blutkörperchen. Einwilligungserklärungen von Eltern fehlen genau wie von andere Patienten.«

»Und das steht alles auf den paar Blättern hier?«, fragte Wassertor, nachdem er die besagten Papiere zur Hand genommen hatte.

»Ja. Und auch Tod von Berits Mutter. Sie hatte geklagt über Herzbeschwerden. Und als Arzt hat festgestellt, dass sie hat Herzkrankheit, Jo hat geholfen sie zu bringen in solche Testreihe, ohne zu wissen, was passiert da. Es sollte sein letzte Rettung. Voller Hoffnung hat genommen Berits Mutter Medikament in Klinik bei Magdeburg. Doch geworden besser ist nicht. Ein Mann, der war auch Patient dort, hat berichtet, dass immer mal wieder sind verschwunden andere Patienten von Station. Heute man weiß, dass verstorben waren diese Leute. Und eine von verschwundenä Patientin war Mutter von Berit.«

»Und das weiß Berit jetzt also.«

Imre nickte.

»Deshalb will sie von Weilberg an den Kragen. Sie gibt ihm die Schuld an dem Tod ihrer Mutter.«

»Ja«, sagte Imre. »Das tut sie. Und sie sucht nach diese Doktor Schäfer, der hat behandelt erst ihre Mutter und dann Straftäter aus Gefängnis. Er ist der Weilberg des Ostens.«

»Und? Weiß sie wo dieser Doktor Schäfer ist?«

Dieses Mal schüttelte Imre den Kopf. »Nein. Sie nicht weiß, wo er ist.«

Wassertor legte die Zettel wieder weg und tippte mit dem ausgestreckten Zeigefinger gegen Imres Brust. »Aber du weißt es.«

Imre schwieg und schloss die Augen.

»Imre! Wer ist dieser Doktor Schäfer?«

Dann sah Imre Heiner Wassertor an. »Heiner, wir müssen uns wenden an Frau Mahler. Ohne sie wir nicht weiterkommen. Und es ist gefährlich das Ganze. Sehr gefährlich.«

»Wer ist Doktor Schäfer, Imre?«

»Na gut«, sagte Imre und lehnte sich in dem Stuhl zurück. »Doktor Reiner Schäfer geheiratet hat neunzehnhundertneunzig Tochter von Gründer der Imhotep-Kliniken. Damit er ist auch verwandt mit Professor Weilberg, weil der ist Neffe von diese Gründer.«

»Ja, ja. Nun sag mir endlich, wer dieser Schäfer ist.«

»Doktor Schäfer hat angenommen Name von Frau und jetzt heißt Braune.«

»Reiner Braune?« Wassertor konnte es nicht fassen.

»Ja«, sagte Imre. »Doktor Schäfer jetzt heißt Doktor Braune.«

»Und er ist der Gesundheitsminister«, ergänzte Wassertor.

War er tot? Barrus hielt die Augen geschlossen. Natürlich war er tot. Warum sonst würde man ihm Sand auf den Kopf kippen? Er war also Zeuge seiner eigenen Beerdigung geworden. Und gerade die hatte er sich immer anders vorgestellt. Nie hätte er gedacht, dass Kinderstimmen zu hören sein würden, nie hätte er gedacht, dass ihre kleinen Hände den Sand in die Grube werfen würden.

Noch mehr lockerer Sand prasselte auf sein Gesicht. Die Kinderstimmen wurden lauter überschlugen sich fast. Sie schienen sich zu amüsieren, kreischten, dann wieder wurden sie still.

Nein, das durfte so nicht weitergehen. Das war würdelos. Er musste gegen diese Form der Beisetzung protestieren. Barrus öffnete die Augen. Um ihn herum standen vier kleine Mädchen, die ihn beobachteten, und ein kleiner Junge, der gerade eine neue Schippe mit Sand belud.

»Halt!«, schrie Barrus und sah nur noch, wie die Kinder auseinanderstoben. »Halt!«

Als er sich aufrichtete, kam auch die Realität zurück. Das hier war kein Friedhof. Es gab kein anderes Grab als sein eigenes. Dagegen konnte er ein Karussell, eine Wippe und eben den Sandkasten ausmachen, in dem er saß, überladen mit hellem Spielsand. War der Friedhof ein Kindergarten?

»Was macht ihr da?« Die Stimme einer Frau drang zu ihm vor. Gebieterisch, mahnend. »Und was machen Sie hier?«

Barrus schaute die Frau aufmerksam an. Dann sank er wieder in sich zusammen. Er war doch tot, dachte er. Und verlor das Bewusstsein.

»Jo?«

Barrus öffnete die Augen. Es war Cornelia Feller. Sie hatte sich über ihn gebeugt.

»Was ist?«, fragte er. »Wo bin ich?«

»In meinem Kindergarten. Bleib ruhig liegen, ich habe einen Krankenwagen gerufen.«

Barrus griff nach der Hand von Manfred Fellers Frau. Sie war warm und feucht. »Cornelia, du?«

»Bleib ganz ruhig liegen. Der Krankenwagen muss gleich hier sein.«

»Was ist mit mir? Es tut alles weh.«

»Die Kinder haben dich im Sandkasten gefunden und sich wohl an den letzten Ostseeurlaub erinnert. Da haben sie wahrscheinlich ihren Vater am Strand verbuddelt.«

»Ach ja?«

»Und das haben sie auch mit dir versucht. Ein Spiel. Nimm es ihnen nicht übel.«

»Und wie komme ich hierher?«

Cornelia Feller hob die Schultern. »Ich habe keine Ahnung. Als wir mit den Kindern ins Freie gingen, hast du im Sandkasten gelegen. Wie du hierhergekommen bist, weiß ich nicht. Manfred ist auch auf dem Weg.«

»Manfred.« Barrus stieß einen tiefen Seufzer aus. »Er hat mir alles erzählt. Es tut mir so leid.«

»Was? Was tut dir so leid? Hattet ihr Streit miteinander?«

Barrus schüttelte den Kopf, ließ es aber auf halber Strecke wieder sein. Die Schmerzen waren übermächtig. »Streit?«, wiederholte er. »Nein, Manfred hat mir von deiner Krankheit erzählt. Es tut mir wirklich leid.«

»Krankheit?«, fragte Cornelia Feller und wischte Barrus weiter mit einem feuchten Lappen den Sand aus dem Gesicht. »Was für eine Krankheit?«

»Na, der Krebs. Manfred hat mir davon erzählt. Und ich werde versuchen, dir zu helfen. Versprochen.«

»Krebs? Jo, bleib ganz ruhig liegen. Sie müssen gleich hier sein.«

Eva Mahler schien nicht überrascht, als Berit und Imre an ihrer Wohnungstür klingelten. Es wirkte auf ihre Besucher so, als würden sie sogar erwartet. Ein wenig überrascht war sie über eines: »Sie ganz allein?«, fragte sie mit Blick auf Berit. »Wo ist denn Jo?«

»Können wir klären drinnen?«, bat Imre.

»Natürlich. Kommen Sie.«

In der Weite des Loft fühlte sich Berit unwohl. Zum einen stand sie dieser reichen Dame weiterhin skeptisch gegenüber, und zum anderen war sie immer noch als Getriebene unterwegs. Ihr saß die Zeit im Nacken. Sie wollte endlich Nägel mit Köpfen machen. Und da passte ihr dieser Besuch überhaupt nicht, doch aus Mangel an Alternativen hatte sie sich dem Wunsch Imres schließlich gebeugt. Widerwillig zwar, aber sie hatte dann doch zugestimmt.

»Was ist mit Jo?«, fragte Eva Mahler, als sie Berit und Imre einen Platz angeboten hatte.

Imre übernahm die Antwort. Er schilderte fast wörtlich das, was er im Belmondo erfahren hatte, und bat dann um Hilfe bei Eva.

»Und wie stellen Sie sich meine Unterstützung vor?«

Imre holte die Papiere hervor, um die es seiner Meinung nach ging und deren Existenz Berit bislang verschwiegen hatte. Berit quittierte das mit einem bösen Blick.

»Hier wir haben genügend Beweise für Teilnahme von Imhotep-Klinik an illegalen Tests, wie Sie haben selbst schon berichtet. Professor von Weilberg ist Schlüsselfigur demnach sowohl bei Testreihe in DDR als auch bei neue Experimente in Indonesien. Und es gibt Belege, dass ist Doktor Schäfer, der war beteiligt auf Seiten DDR, heute ist Doktor Braune, der Minister für Gesundheit.«

Eva Mahler studierte die Blätter Zeile für Zeile. Dann nahm sie den Kopf hoch und sah Berit an. »Es tut mir sehr leid, Berit, dass Ihre Mutter eines der Opfer dieser grauenhaften Versuche war. Ich kann Ihre Emotionen verstehen.«

Berit schwieg. Sie starrte auf ihre Finger, die unaufhörlich auf den Oberschenkeln trommelten.

»Imre, was kann ich für Sie und Berit tun?«

Imre räusperte sich und rutschte auf dem Sessel nach vorn, als müsse er verhindern, dass jemand Unbefugtes mithört. Er flüsterte sogar: »Ich mir gedacht, dass Sie können uns Zugang verschaffen zu weitere Unterlagen. Es muss doch geben Dokumente, darin stehen Testergebnisse oder Vertragsbedingungen. Wenn wir hätten die, könnte Polizei einschreiten. Vorher ihnen sind Hände gebunden.«

»Was weiß die Polizei denn bislang?«

Imre hob die Schultern. »Ich weiß nicht genau. Aber wenn ich verstanden habe Heiner Wassertor richtig, dann wissen Polizei nicht so viel wie wir. Deshalb sie können momentan nichts tun.«

»Und weiß die Polizei denn, wer hinter den Morden an Markus und an den anderen beiden steckt?«

Imre schüttelte den Kopf. »Wissen nicht. Deshalb wir brauchen die Beweise.«

»Nur kann ich mir nicht vorstellen, dass Professor von Weilberg diese Unterlagen offen in seinem Büro lagert. Wie könnte ich Ihnen da helfen?«

Jetzt kam Berit wieder aus ihrer Starre hervor. »Nun stellen Sie sich doch nicht so an. Sie kennen dieses Schwein schließlich in- und auswendig. Hat der nicht irgendwo hier in der Stadt ein Haus? Vielleicht finden wir da, was wir suchen.«

»Das glaube ich nicht«, sagte Eva. »Wenn er so gut organisiert ist, wie Sie es vermuten, und wenn auch noch der Gesundheitsminister mit da drinhängt, dann lässt Valentin doch so brisantes Material nicht in seiner Wohnung liegen. Nein, dafür ist er zu gerissen. Aber ich habe eine Idee«, sagte sie und suchte wieder den Blick von Berit. »Wie mir Jo erzählt hat, haben Sie über das Schachspiel noch andere herausragende Fähigkeiten.«

Berits Finger hörten auf zu trommeln und ihre Augen verschwanden hinter schmalen Schlitzen. »Die da wären?«

»Nehmen Sie es Jo nicht übel, aber er hat mir von Ihren Einbruchserien erzählt. Vielleicht kann diese Begabung uns jetzt helfen.«

»Interessant das. Was Sie haben im Auge, Frau Doktor Mahler?«

»Valentins Familie gehörte vor dem Zweiten Weltkrieg zum märkischen Adel und nannte große Ländereien ihr Eigen, mit Landhäusern und kleinen Schlössern. Eines davon hat Valentin nun übernommen. Es ist zwar in einem erbärmlichen Zustand, aber er beabsichtigt, das Landhaus zu sanieren und zu seinem privaten Wohnsitz auszubauen. Ich weiß, wo das Landhaus steht. Er hat mich einmal dorthin mitgenommen.«

»Fein«, sagte Imre und klatschte in die Hände. »Worauf wir warten noch?«

Evas Mercedes glitt wie eine schnelle Sänfte über die Landstraße. Schon beim Einsteigen, in dem Moment, als die schweren Türen sich weich und geschmeidig geschlossen hatten, glaubte sich Berit in einem Tresor. Alles blieb draußen, Geräusche, Hektik und Bewegung. Man war in einer solchen Limousine vollkommen abgeschirmt. Man konnte aber auch sagen, man war in ihr gefangen, hinter Türen wie an einem Panzerschrank.

Eva Mahler steuerte die S-Klasse ruhig und besonnen, so dass Imre, zu dessen Vorlieben das Autofahren nicht in vorderster Linie gehörte, sich tief in den Sitz drückte und die malerische Gegend genoss. Die Straße führte seit dem Stadtrand durch dichte Nadelwälder, außer ihnen war kaum ein anderes

Auto zu sehen. Hier trafen sich Fuchs und Hase, hier herrschte absolute Ruhe, hier war man ungestört, weit ab von städtischer Hektik, mit sich ganz allein.

Schon im nächsten Dorf bog Eva nach rechts ab und steuerte die schwere Limousine gekonnt über einen schmalen Plattenweg, der sich nach fünfhundert Metern in einen breiten Sandweg verwandelte. »Das Landhaus wurde bis zur Wende 1989 als Pionierferienlager genutzt. Seither beginnt es zu verfallen, und Valentin wird viel Geld in die Hand nehmen müssen, um es wieder herzurichten.«

»Aber Vorsicht, wenn er oder Kelewang sind hier, sie sehen kommen uns«, gab Imre zu bedenken.

»Ja«, bestätigte Eva. »Deshalb halte ich da vorne an dem Bauernhof. Von dort können wir das Anwesen erst einmal unter die Lupe nehmen.«

»Aber Leute von Bauernhof werden stellen Frage?«

»Nein«, wiegelte Eva ab. »Auch der ist mittlerweile verlassen.«

Eva Mahler parkte den Mercedes hinter dem Stallgebäude, so dass er von dem Sandweg aus nicht zu sehen war. Dann nahm sie aus dem Handschuhfach eine Taschenlampe und drückte sie Imre in die Hand.

»Wir müssen in den Keller des Hauses. Von dort können wir das Landhaus beobachten.«

Imre schaltete die Lampe zum Test ein. »Woher Sie kennen sich so gut aus auf Bauernhof?«, fragte er.

»Ich habe hier als Kind sehr viel Zeit verbracht. Er gehörte mal meiner Großmutter, die für das Ferienlager auch gekocht hat.«

Imre öffnete die Wagentür, aber Berit machte keine Anstalten auszusteigen. »Wollen Sie nicht mitkommen?«, fragte die Ärztin.

Berit blickte provokativ in Richtung des Waldes und schüttelte den Kopf.

»Na gut, warten Sie hier auf uns. Wir sind bestimmt gleich zurück.«

Berit verschränkte die Arme vor der Brust und sah den beiden nach, bis sie in der Ruine des alten Bauernhauses verschwanden.

30

Im Krankenhaus hatten sie Barrus erst einmal starke Beruhigungsmittel gegeben. Schlaf ist die beste Medizin, lautete das dazugehörige Credo. Und den brauchte der malträtierte Körper auch. Und so war es mittlerweile fast zwei Uhr geworden, als Barrus das erste Auge öffnete.

»Er wird wach.« Sofort waren Hildi sowie Cornelia und Manfred Feller zur Stelle. Alle drei sahen über die Schultern der Krankenschwester hinweg, suchten Barrus' Blick.

»Huhu«, winkte Hildi, als gelte es einem Kind zuzurufen, es solle sich schön festhalten auf der Schaukel.

Und etwa so fühlte sich Barrus auch. Sein Kopf brummte wie ein übersteuerter Basslautsprecher, und um ihn herum drehte sich alles wie auf dem Jahrmarkt. »Kann mal einer den Strom abschalten?«, fragte er in unbestimmte Richtung.

Die Krankenschwester drückte die drei Besucher ein Stück vom Bett weg. »Wir müssen ihm Ruhe gönnen. Herr Barrus braucht unbedingt noch mehr Schlaf. Morgen sieht die Welt schon anders aus.«

Manfred Feller holte seinen Dienstausweis hervor. »Herr Barrus muss ebenfalls unbedingt bewacht werden. Sie sehen ja, dass ihm jemand ans Leder wollte. Und es ist zu befürchten, dass der nicht aufgeben wird. Ich übernehme die erste Wache«, sagte er und nickte seiner Frau zu, als die hinter der Kranken- schwester und Hildi das Zimmer verließ.

Gegen drei Uhr erwachte Barrus das nächste Mal.

»Wie geht es dir?«

Barrus schloss die Augen sofort wieder. »Wo bin ich?«, fragte er.

»Im Krankenhaus. Hier bist du erst einmal in Sicherheit.«

»Aber was ist passiert? Warum liege ich im Krankenhaus?«

Feller rückte mit seinem Stuhl dichter an das Bett heran. Er legte seine rechte Hand auf Barrus' Unterarm.

»Jo, man hat dich ziemlich brutal zusammengeschlagen. Zwei Rippen sind dabei zu Bruch gegangen, und du hast eine leichte Gehirnerschütterung. Ansonsten sind es nur blaue Flecke, die dich im Moment schmücken.«

»Aber es tut verdammt weh.«

»Das glaub ich dir. Ich rufe die Schwester. Sie soll dir ein Schmerzmittel bringen.«

Als die Schwester mit der leeren Spritze wieder weg war, rückte Feller dichter an das Bett. »Jo, es tut mir verdammt leid.«

»Was?«, fragte Barrus.

»Das mit Cornelia. Es war gelogen.«

»Was war gelogen? Manfred, mein Schädel brummt wie ei- ne Lokomotive. Du musst mir das alles schon ein bisschen bes- ser aufbereiten. Mein Gehirn ist wohl nicht in der besten Ver- fassung.«

»Cornelia«, sagte Feller. »Ich habe dir doch erzählt, dass sie Krebs hat. Und dass wir uns eine Behandlung nicht leisten können.«

Barrus stemmte sich in seinem Lager etwas nach oben. Seine Augen schienen nun wacher als in den letzten Minuten. »Ich habe sie heute früh im Kindergarten gesehen, oder?«

Feller nickte. »Ja. Und Cornelia hat mir aufgetragen, ich sol- le dir reinen Wein einschenken.«

Barrus rutschte noch ein Stückchen höher. Jetzt saß er fast.
»Bitte. Dann schenk mal ein.«

»Es war eine Legende, Jo. Eigentlich wollte Cornelia zu unserer Tochter nach Malmö fliegen, um bei der Entbindung unseres Enkelkindes dabei zu sein. Geplant waren drei bis vier Wochen. Kurzfristig hat Steffi nun den ganzen Plan umgeworfen und beschlossen, das Kind hier in Brandenburg auf die Welt zu bringen.«

»Manfred, ich bin zwar noch ein bisschen deppert, aber irgendetwas stimmt an deiner Geschichte nicht. Was hat euer Enkelkind mit Cornelias Krebserkrankung zu tun?«

»Ich wollte ihre Abwesenheit nutzen. Als du neulich bei mir warst und so verliebt ausgesehen hast, da kam mir die Idee, deine Beziehung zu Eva Mahler zu nutzen. Ich dachte, wenn ich dir das mit dem Krebs erzähle, dann machst du mir die Tür zu ihr auf.«

Barrus nahm die linke Hand hoch und kratzte sich am Kopf. »Krebs, Eva Mahler, Legende. Manfred, ich verstehe kein Wort.«

»Cornelia geht es gut, ausgezeichnet sogar. Sie ist nicht krank. Und ich habe das alles nur erfunden, damit du mich mit Eva Mahler bekannt machst, ohne dass meine Tätigkeit in der Mordkommission dabei eine Rolle spielt.«

»Und wofür? Wofür wolltest du die Bekanntschaft mit Eva machen, wenn es nicht um Cornelias Behandlung geht?«

»Noch mal, Jo. Cornelia ist kerngesund. Es geht um Max ...«

»Euren Sohn. Max ist derjenige, der krank ist?«

Wieder schüttelte Feller den Kopf. »Nein, auch Max ist kerngesund. Es geht um Eva Mahler, einzig und allein um den Kontakt zu ihr.«

Barrus brauchte einen Augenblick, um sich zu sammeln. »Und was willst du von ihr?«

»Jo, ich habe einen Riesenmist gebaut. Ich wollte Max helfen. Er hat doch mittlerweile sein Jurastudium abgeschlossen und arbeitet im Bundesjustizministerium. Dort sitzt er in einer Fachgruppe, die einen neuen Paragraphen in der Strafprozessordnung vorbereitet. Er soll im nächsten Jahr durch den Bundestag gehen und wird dann der Paragraph 81e werden.«

»Schön und gut«, unterbrach Barrus. »Aber ich verstehe immer noch nicht, warum du auf so geheimnisvolle Weise an Eva Mahler heranwolltest. Was hat sie mit dieser Gesetzesnovelle zu tun?«

Fellers Finger fingen an, sich ineinander zu verschränken, und seine Augen hatten plötzlich mehr Interesse an seinen Schuhen als an seinem Gesprächspartner.

»Manfred, was zum Teufel kommt jetzt wieder für ein Scheiß aus deinem Mund.«

»Jo. Es war Zufall, dass sie bei mir war und nach diesem Burschen gefragt hat. Und es ist auch Zufall, dass du sie bereits aus Jugendzeiten kennst.«

»Maaanfreeed!«

»Jo, du musst mir glauben.«

»Maaanfreeed!«

»Es ist eine ganz alte Sache. Wie gut kanntest du Eva Mahler eigentlich damals?«

»Na, wie man die Mädchen in der Schule eben kannte. Aber da war nichts mit ihr.«

»Weißt du etwas über ihre Familie?«

»Nein, wir lebten im Internat wie in einem geschlossenen System, was draußen war, interessierte gar nicht. Was ist mit ihrer Familie?«

»Ihre Mutter ist im Februar 1951 gestorben.«

Trotz der Kopfschmerzen rechnete Barrus sehr zügig nach. »Da war sie dreizehn.«

»Zwölf«, berichtigte Feller, »Eva Mahler war erst zwölf, ihr Bruder war nur fünf. Und beide waren zugegen, als ihre Mutter starb.«

147

»Nicht schön für Kinder, aber das Sterben gehörte früher zum Leben und fand nicht anonym in einem Krankenhaus oder einem Hospiz statt.«

»Schon. Nur ist Evas Mutter nicht einfach so gestorben. Sie wurde ermordet, Jo. Erschlagen mit einer Brechstange. Ich habe mir die alten Fotos angesehen ... Grausam. Da hat jemand richtig gewütet.«

»Jemand?«, fragte Barrus. »Hat man den Jemand je gefasst.«

»Hat man. Jedenfalls ging man bis vor einigen Monaten davon aus. Als Täter wurde der fünfjährige Sohn des Opfers identifiziert.«

»Evas Bruder?«

»Ja.«

»Aber ein fünfjähriger Junge erschlägt doch nicht seine Mutter mit einer Brechstange. Dazu ist er rein körperlich wohl kaum in der Lage.«

»Das kann man sich nicht vorstellen, ich weiß. Dieser Knabe galt jedoch vom Wuchs her als recht gut entwickelt und außerdem als boshaft und jähzornig. Und er hatte bis zu dieser Bluttat schon einige Lebewesen erschlagen. Keine Menschen zwar, aber Tiere auf dem Bauernhof der Großmutter.«

»Und was hat man mit dem Jungen gemacht?«

»Er stand nach der Tat unter Schock, aus dem er auch nicht wieder aufgetaucht ist. Er kam auf eine geschlossene Station der Kinderpsychiatrie und wurde dort mehr weggesperrt als behandelt.«

»Und Eva?«

»Sie zog aus der mecklenburgischen Kleinstadt zu ihrer Großmutter auf ein kleines Dorf im Brandenburgischen, auf den Hof, auf dem sich diese grauenhafte Tat ereignet hat. Vielleicht nicht die günstigste Entscheidung für ein zwölfjähriges Kind, aber 1951 war man da nicht zimperlich.«

»Ich verstehe immer noch nicht, was du jetzt von ihr willst?«

»Die Brechstange, Jo. Sie wurde von einem Rechtshänder geschwungen. Das hat die Tatortuntersuchung schon damals erbracht. Und der Bruder von Eva Mahler ist Linkshänder.«

»Das heißt, dass er es womöglich gar nicht war.«

»Genau. Und als Max mich bat, für seine Gesetzesnovelle ein oder zwei ungeklärte Mordfälle herauszusuchen, an denen man für die Öffentlichkeit sehr wirksam die einzuführende DNA-Analyse erläutern und deren Vorteile belegen kann, da stieß ich auf diese Tat aus dem Jahr 1951, die nach unseren heutigen Maßstäben wohl kaum als geklärt gelten kann.«

»Und was hat Eva damit zu tun?«

»Ich nehme an, Jo, dass nicht Bernd Mahler, ihr Bruder, sondern sie selbst, also deine Eva, die eigene Mutter erschlagen hat. Da die Brechstange noch als Asservat erhalten ist, wollte ich den Kontakt zu Eva Mahler herstellen, um irgendwann in ihrer Wohnung oder ihrer Praxis an Vergleichsmaterial zu kommen, was auf legalem Weg ja nicht möglich ist, solange kein Verfahren eröffnet worden ist.«

»Und wie sollte das praktisch funktionieren?«

»Haare. Jede Frau bürstet sich mehrmals am Tag die Haare, egal ob zu Hause oder auf der Arbeit. Ich hätte einfach eine ihrer Haarbürsten mitgehen lassen, was für die DNA-Analyse genügend Material geliefert hätte.«

»Und du bist sicher, dass Eva ihre Mutter auf dem Gewissen hat?«

Feller schürzte die Lippen. »Nicht zu hundert Prozent. Aber in der Scheune, in der Evas Mutter erschlagen worden ist, waren zum Tatzeitpunkt nur sie und ihr Bruder. Einer von beiden muss es gewesen sein, und DNA-Material von ihrem Bruder befindet sich nicht an der Brechstange. Das haben wir mit anderen Gegenständen, die in der Asservatenkammer gelandet sind und von ihm benutzt worden waren, bereits abgeglichen. Es bleibt also nur Eva übrig.«

Barrus verengte seine Augen zu kleinen Schlitzen.

»Beweisen kann ich nichts«, musste Feller zugeben, »aber ich glaube, dass wir beide auf der falschen Fährte sind, was die Morde an Markus Weiß und Alfred Bach angeht. Ich habe nämlich herausgefunden, dass auch Bach von Evas Täterschaft wusste. Er hatte Kenntnis darüber, dass nicht der Bruder, sondern Eva selbst die Mutter erschlagen hat. Als ich ihn aber dazu fragen wollte, war er bereits tot.«

»Und Weiß? Was wusste der?«

Feller hob die Schultern. »Keine Ahnung, aber irgendwas müssen sie wohl herausbekommen haben, er und Willi.«

»Willi?« Jetzt setzte sich Barrus aufrecht hin. Er war hellwach. »Mein Willi? Was ist mit ihm?«

»Er ist tot. Ermordet wie die anderen beiden. Man hat ihn gestern früh aus dem Silokanal gefischt. Er trug noch dein weißes Leinensakko.«

»Ich Idiot«, schrie Barrus wie ein heulender Wolf auf. »Ich Idiot, ich Rindvieh, ich verdammtes.«

»Was ist?«, fragte Feller und rutschte mit seinem Stuhl vorsichtshalber einen Meter zurück.

»Ich«, schrie Barrus weiter und schickte einen Blick zu Feller, der dem von Luzifer in nichts nachstand. »Ich Hornochse habe Willi ans Messer geliefert.«

»Du?«

»Ja. Manfred, wenn das stimmt, was du über Eva gesagt hast, und wenn sie wirklich mit den Morden an Weiß und Bach etwas zu tun hat, dann habe ich ihr Willi ausgeliefert. Ich Rindvieh war es nämlich, der Eva mitgeteilt hat, dass Willi im Paulikloster ihre Messingkobra gefunden hat, genau an der Stelle, wo die drei die Leiche von Markus Weiß entdeckt haben. Sie hat Willi aus dem Weg geräumt.«

»Nicht auszuschließen«, sagte Feller. »Und das macht mir Sorge.«

»Was macht dir Sorge?«, fragte Barrus, als er aus dem Bett stieg und auf den Kleiderschrank zumarschierte.

»Was hast du vor, Jo?«

»Ich will mich anziehen. Was sonst. Oder meinst du, ich bleibe hier ruhig liegen, während da draußen Menschen umgebracht werden?«

»Nein, natürlich nicht. Deshalb bin ich ja auch hiergeblieben. Und um dich zu schützen, Jo. Man hat dich zusammengeschlagen. Du kannst nicht einfach gehen. Du brauchst Personenschutz.«

»Papperlapapp. Ich kann ganz gut selbst auf mich aufpassen. Aber erkläre mir das Deshalb.«

»Vorhin, als Hildi und Heiner Wassertor hier waren … Jo, da habe ich mitgekriegt, dass Berit und Imre zu Eva Mahler unterwegs sind. Sie wollen sie bitten, ihnen zu helfen.«

Barrus hielt in der Bewegung inne. »Weiß Eva davon, dass wir ihr auf der Spur sind?«

»Wahrscheinlich. Ich habe mir mal die Papiere angesehen, die Wassertor dabei hatte. Und da steht auch ein Satz drin, der sich auf 1951 bezieht. Deshalb habe ich angewiesen, dass ihre Wohnung durch ein ziviles Team überwacht wird. Aber …«

»Aber?«, hakte Barrus in scharfem Ton nach, als sei er immer noch Fellers Vorgesetzter. Auf seiner Stirn hatten sich Zornesfalten gebildet.

»Jo«, versuchte sich Feller daraufhin an einer Erklärung, »man hat mir gerade berichtet, dass es keinerlei Bewegung in oder an der Wohnung gibt. Sie ist uns wohl durch die Lappen gegangen.«

31

Imre schaltete die Taschenlampe ein und leuchtete in den Flur, in dem außer Schutt und einem kaputten Küchenstuhl nichts war.

»Wo entlang wir müssen gehen?«

»Rechts«, antwortete Eva, »rechts hinab in den Keller und dann gleich links die erste Tür. Dort ist ein Souterrainfenster, von dem aus wir das Landhaus und den dazugehörigen Hof einsehen können.«

Trotz des hellen Strahls der Lampe tastete Imre sich nur langsam vorwärts. Alte Gebäude, noch dazu in einem solchen Zustand, waren genauso wenig seine Welt wie Autofahrten. Er fühlte sich einfach unwohl, hatte Angst davor, dass über ihm die Decke einbrach.

»Jetzt links«, sagte Eva und Imre bog wie beschrieben ab.

Der Strahl der Lampe tastete sich durch den dunklen Raum. Der war leer. Nicht einmal Schutt oder kaputte Stühle ließen sich blicken. Nur eine schwere Eisenkette hing an der Wand. Auch Fenster oder eine weiterführende Tür waren Fehlanzeige.

»Hier geht nicht weiter«, sagte Imre. »Sie haben geirrt sich.«

»Nein. Habe ich nicht«, sagte Eva Mahler und schloss hinter Imre eine schwere Gittertür. »Genauso habe ich das geplant.«

»Aber … Was das soll?«, protestierte Imre und rüttelte an dem Gitter. »Was Sie haben vor?«

»Es kümmert sich gleich jemand um Sie, Herr Bartok. Doch zuerst werden wir mal nach diesem Luder da oben schauen.« Dann wandte sich Eva Mahler nach rechts, wo nichts war als tiefe Finsternis.

»Bernd komm! Wir müssen die Kleine einfangen.«

Imre wusste nicht, wen Eva Mahler mit dem Namen Bernd ansprach. Als aber diese Person aus dem Dunkeln auftauchte und stumm an der Gittertür vorbeilief, erschrak er. Die Gestalt trug einen schwarzen Umhang und vor dem Gesicht eine Maske, die aussah wie das Abbild des Grauens. Schlangen bildeten die Haare, und aus dem Maul quetschten sich die Hauer eines Ebers. *Die Medusa*, ging es Imre durch den Kopf, *dieses Geschöpf sieht tatsächlich aus wie die furchteinflößende griechische Medusa.*

32

Wer ist dieser Jo Barrus wirklich? Was weißt du über ihn? Er ist nicht dein Bruder, auch nicht im Geiste, und nicht einmal ein alter Freund. Er ist ein Sonderling, ein Schatten, der dir an jeder Ecke auflauern kann, eigensinnig, unberechenbar. In der Lage, sich dir und deiner Karriere in den Weg zu stellen. Aber vielleicht ist er krank. Du weißt es nicht genau. Und warum hat er dich neulich wirklich aufgesucht? Auch das weißt du nicht. Du weißt eigentlich nur, dass er früher mit dir auf demselben Flur gesessen hat, und dass er damals schon ein Querkopf war, ein Mann, dem du lieber aus dem Weg gegangen bist. Und wohin hat sich dieser Mann jetzt entwickelt? Zu einem Monster?

All diese Gedanken schossen Reinhold Weidner durch den Kopf, während er ein Foto in den Fingern hielt, das ihm heute mit der Post zugestellt worden war. Ein Foto, das für viel Gesprächsstoff sorgen würde, wenn es, und das musste Weidner tun, sein Zimmer wieder verließ.

Das Foto zeigte Jo Barrus auf einem Bett. Vollkommen nackt, und eine junge Frau, ebenfalls ohne den Hauch von Kleidung am Leib, lag neben ihm, nein, fast schon auf ihm. Jedenfalls war sie gerade dabei, Barrus' Körper zu erklimmen. Was beide dann zu tun gedachten – dafür brauchte man keine allzu große Fantasie.

Weidner legte das Foto weg und nahm den Brief auf, der in demselben Umschlag gesteckt hatte. Liebeserklärungen, wie sie in keinem Groschenroman hätten besser formuliert werden können.

Deine Augen leuchten mich so an,
dass ich nur noch an dich denken kann.
Träum was Süßes, träum von mir,
denn ich träume ganz bestimmt von dir.

Die zweite war noch schlimmer:

So viel Herzen sind auf Erden,
so viel Herzen lieben dich,
doch von diesen vielen Herzen,
liebt dich keines so wie ich.

Weidner schüttelte den Kopf. Dazu war Barrus fähig? Zu solch einer gequirlten Scheiße? Musste er wohl, denn die Zeilen, die *Dein Jo* an *Meine geliebte Katharina* auf die Rückseite des Briefbogens geschrieben hatte, ließen daran keinen Zweifel. Daraus ging hervor, wann und wo das Verhältnis begonnen hatte, das Jo Barrus zu Katharina Weiß unterhielt. Weidner kam ein unglaublicher Gedanke. Hatte Barrus, um allein mit seiner Geliebten zu leben, deren Ehemann umgebracht?

Weidner legte den Brief zurück auf den Schreibtisch und nahm erneut den Umschlag zur Hand, in dem er gesteckt hatte. *Zu Händen Hauptkommissar Weidner* stand da drauf, und: *Sie wissen, was Sie nun zu tun haben!*

Und Weidner wusste, was zu tun war. Er mochte Barrus zwar nicht, er hatte ihn nie gemocht, und daran hatte auch sein Besuch vor ein paar Tagen nichts geändert, aber ein Mord? Das war starker Tobak, den er nicht allein rauchen wollte. Deshalb machte er sich auf den Weg zur Mordkommission, wo er Umschlag und Inhalt loswerden würde.

»Und wie bist du an das Material gekommen?«, fragte Manfred Feller, der gerade erst von seinem Besuch bei Barrus zurückgekommen war.

154

»Per Post. Es lag heute in meinem Briefkasten.«

Feller drehte das Kuvert hin und her. »Keine Briefmarke. Kann also nicht über den regulären Postweg verschickt worden sein.«

»Habe ich auch schon bemerkt. Dann hat es wohl einer persönlich bei mir eingeworfen.«

Feller legte den Umschlag aus der Hand und sah Weidner sehr intensiv an. »Kannst du dir vorstellen, wer dir dieses Schreiben zukommen lassen hat?«

»Du meinst, wer mir den Umschlag in den Briefkasten gesteckt hat?«

Feller nickte.

»Keine Ahnung. Ich bin halt bekannt in der Stadt. Es wissen viele, dass ich Polizist bin.«

»Schon«, stimmte Feller zu. »Aber Reinhold, mal unter uns: Wenn du ein ganz normaler Bürger wärst und vermutest, dass ein Polizeibeamter eine schwere Straftat begangen hat, würdest du dann die Höhle des Löwen aufsuchen, um diese Tat anzuzeigen?«

»Aber derjenige war ja nicht in der Höhle des Löwen. Er war bei mir, das heißt, an meinem Briefkasten.«

Feller setzte ein verkrampftes Grinsen auf. »Da scheint ja jemand großes Vertrauen in dich zu haben, wenn er dir ein Schreiben zukommen lässt, das einen ehemaligen Kollegen extrem stark belastet. – Reinhold, ein bisschen mehr Denkleistung muss ich auch bei dir erwarten können, oder? Der Bürger, der viel vor dem Fernseher sitzt und viele Seiten der großen deutschen Zeitung mit den vier Buchstaben konsumiert hat, dieser Bürger denkt doch, dass die Polizisten sowieso alle unter einer Decke stecken. Vor allem diejenigen, die schon zu DDR-Zeiten bei der Polizei gewesen sind. Warum sollte er denen also irgendwelche Beweise liefern? Er wird sicher davon ausgehen, dass die Kollegen sie sofort verschwinden ließen. Bedingungsloser Korpsgeist, Reinhold, den unterstellt man uns. Oder eine skrupellose Seilschaft, wie man das heute nennt.«

Das war nicht von der Hand zu weisen, befand auch Weidner. Und so blöd, wie Feller es vom Leiter des Diebstahldezernates annahm, war er dann doch nicht. Er erkannte schon, welchen Vorwurf Feller, der Kronprinz und Nachfolger von Barrus, soeben definiert hatte. »Und du meinst also, dass der große Unbekannte ausgerechnet zu mir gekommen ist, weil er denkt, dass ich das einzige Verräterschwein in der Direktion bin.«

Feller schüttelte ganz leicht den Kopf und wählte die nächsten Worte mit Bedacht, gab ihnen gleichwohl eine durchschlagende Wucht. »Der Einzige bist du wahrscheinlich nicht, Reinhold. Aber das wollte ich auch gar nicht sagen. Ich frage mich trotzdem, warum man gerade dir diesen Brief einwirft?«

»Das habe ich mich selbst schon gefragt. Hast du eine Idee?«

»Noch nicht«, gab Feller zu. »Und du? Hast du zumindest einen vagen Verdacht? Jo war vor Kurzem bei dir. Worum ging es da?« Weidner antwortete nicht gleich, und Feller erkannte sofort, dass es hinter der Stirn des Kollegen gehörig ratterte. »Er muss dir doch irgendwelche Fragen gestellt haben.«

»Ja«, sagte Weidner. »Das hat er.«

»Und?«

»Manfred, ich …«

»Was? Was wollte Jo herausbekommen?«

»Es ging um die Diebeszüge von Weiß. Er wollte wissen, ob es Hintermänner gibt.«

»Und? Hast du es ihm gesagt?«

Wieder trat eine Pause ein.

»Also hast du es ihm gesteckt.«

»Ja, er hat mir keine Wahl gelassen. Er hat mich erpresst.«

»Davon gehe ich aus, Reinhold. Freiwillig hättest du Jo natürlich keine Auskunft gegeben.«

»Nie! Das weißt du. Aber ich …«

»Du konntest nicht anders. Ich kann mir das bildhaft vorstellen. Jo hat nichts verlernt. – Was hat er denn nun erfahren?«

»Dass der Leiter der Imhotep-Klinik zumindest von den Diebeszügen weiß, sie duldet und einen Paten hat, der über alles seine Hand hält.«

»Den Gesundheitsminister, nehme ich an.«

Weidner nickte.

»Gut«, sagte Feller. »Und du willst jetzt dieses Schreiben an mich abdrücken, richtig?«

Wieder nickte Weidner.

»Leg es dahin.« Feller deutete auf einen Stapel, der sich auf seinem Schreibtisch türmte. »Ich kümmere mich darum. Hast du schon etwas veranlasst?«

»Nein. Ich dachte, dass die Sache besser in deiner Hand liegen sollte.«

»Liegt sie ja nun auch. Danke noch mal, und jetzt kannst du gehen.«

Als Weidner sein Büro verlassen hatte, fiel Feller in schweres Grübeln. Was musste er sofort tun, und was konnte er ein Weilchen ruhen lassen? Weidner würde nicht stillhalten, wenn er merkte, dass er seine Informationen auf die leichte Schulter nahm. Und hier waren höhere Kräfte am Werk. Jo hatte also wirklich in ein hochnervöses Wespennest gestochen, und die Biester schwärmten jetzt aus. Davon, dass Barrus nichts mit dem Verschwinden von Katharina Weiß zu tun hatte, war Feller hundertprozentig überzeugt. Doch wer hatte ein Interesse daran, Barrus zu unterstellen, er wäre ein Mörder? Und worin bestand das Interesse? Wer wollte ihn aus dem Weg haben? Für wen war er zu gefährlich geworden? Steckte Eva Mahler dahinter, oder waren es von Weilberg und der Gesundheitsminister? Vielleicht bildeten die drei sogar eine unsägliche Allianz? Feller wusste es nicht, musste das aber dringend herausfinden.

33

Ein klarer blauer Morgen herrschte über die Mark Brandenburg. Sogar die Wiesen, die bereits im August vertrocknet schienen, bemühten sich um frisches Grün, das sie seit zwei Wochen dem morgendlichen Tau abrangen. Und die Pflanzen, die den Hof des Bauernhofes säumten, waren sowieso erhaben über Trockenheit und mangelnde Pflege, denn wären sie auf der Menschen Hände Arbeit angewiesen, sie hätten die letzten Jahre wohl nicht überstanden. Der Flieder wucherte also auch ohne menschliches Zutun, kämpfte am Scheunengiebel mit dem ebenfalls sehr autark lebenden Knöterich um jeden Quadratmeter, und der Efeu, der vor langer Zeit als kleines Pflänzchen gesetzt worden war, hatte längst das Dach des Bauernhauses erobert.

Eva Mahler aber hatte dafür keinen Blick. Sie verschloss das Scheunentor und kontrollierte pedantisch, ob es immer noch so aussah, als hätte hier seit Jahren niemand Hand angelegt. Verwaist sollte der Hof wirken, aufgegeben, ohne jede neuere menschliche Spur. Eine letzte Nachschau, dann fand sie alles perfekt und steuerte das alte Bauernhaus an.

»Hast du sie ordentlich angekettet?«, fragte Eva, als sie in der Küche auf ihren Bruder traf.

»Du meinst mit der schweren schwarzen Kette? Habe ich«, antwortete Bernd. »Aber sie hat mich gekratzt. Das darf man doch nicht, oder?« Dann sah er seine Schwester hilfesuchend an. »Das hat wehgetan. Ganz schön doll sogar.« Er rieb sich das Handgelenk.

»Zeig her.« Eva zog es zu sich heran und hielt es in den schwachen Schein der Kerze. »Es sind nur oberflächliche Verletzungen. Das verheilt wieder. Heul nicht rum wie ein kleiner Junge. Du bist fünfzig Jahre alt.«

Bernd Mahler erhob sich von seinem Stuhl und stampfte mit dem rechten Fuß auf wie ein kleiner bockiger Junge. »Aber sie hat mich gekraaahatzt. Es brennt wie Feuer.«

Eva verlor langsam die Geduld. »Dann spül es unter dem Wasserhahn ab und mach ein Pflaster drauf.«

»Ich habe keins.«

Eva kramte in ihrer Arzttasche und legte eine Packung Wundpflaster auf den Tisch. »Schneid dir ein Stück ab.«

»Ich will aber das andere«, bockte Bernd weiter und verschränkte aus Protest die Arme vor der Brust. »Ich will, ich will, ich will das Feuersteinpflaster!«

»Bernd!« Eva drohte mit erhobenem Zeigefinger. »Es reicht! Kleb dir jetzt ein Pflaster auf den Kratzer und nerv mich nicht.«

Aber Bernd rührte sich nicht von der Stelle. Er stand noch immer mit verschränkten Armen in der Mitte der Küche. Sein Kinn presste er an die Brust.

»Herrgott«, fluchte Eva und kramte erneut in der Arzttasche. »Hier, nimm das!« Sie legte einen Streifen Kinderpflaster auf den Tisch. Oben grüßte Fred Feuerstein, und unten grinste Barney Geröllheimer. »Zufrieden?«, fragte sie.

»Ja«, antwortete Bernd, zog mit den Lippen die obligatorische Schippe und klebte vorsichtig das Pflaster auf die leicht gerötete Hautstelle über dem Handgelenk.

»Und nun komm mit in den Keller. Wir haben zu tun«, forderte Eva, nachdem sie eine Spritze aus der Tasche genommen und diese aus einem kleinen, unbeschrifteten Gläschen aufgezogen hatte.

»Was ist denn nun schon wieder?« Ihr Blick fiel erneut auf Bernd, der abermals mit verschränkten Armen mitten in der Küche bockte, als wäre der Streit um das Pflaster nur der erste Akt des Dramas um eine Geschwisterfehde gewesen.

»Ich will mein Kleid ... und die Mütze!«

Eva legte die Spritze auf den Tisch und näherte sich ihrem Bruder.

»Bernilein. Wir brauchen den Umhang und die Maske heute nicht. Und die beiden da unten bekommen auch nichts mehr zu essen. Keine Suppe, nichts.«

»Aber ich will das Kleid, und ich will die Mütze«, knurrte Bernd, um im nächsten Augenblick wie ein frommes Lamm zu winseln: »Eva, ich bin doch die Medusa. Wenn sie mir in die Augen sehen, werden sie hart wie Stein.«

»Quatsch«, sagte Eva, »niemand wird hart wie Stein. Niemand, hörst du?«

»Ich will aber!«

Jetzt verlor Eva wirklich die Nerven. Sie tat das, was sie ansonsten tunlichst vermied. Sie schrie Bernd an: »Dann zieh die verdammte Kutte an und setz die Scheißmaske auf und dann komm endlich!«

34

Feller hatte immer noch keine Entscheidung getroffen, wie er mit dem umgehen sollte, was Weidner ihm gebracht und berichtet hatte. Auf der einen Seite stand Jo, sein ehemaliger Chef, der über die gemeinsamen Jahre in der Mordkommission auch ein wenig zum Freund geworden war. Und auf der anderen Seite? Da stand der Staat, also das Gefüge, das Feller ein monatliches Gehalt sowie für seine Krankenversicherung und seine Altersvorsorge zahlte und das dafür, ganz klar, Erwartungen erfüllt sehen wollte, die ohne jedes Wenn und Aber umzusetzen waren. Was hieß das in diesem Fall? Da Barrus durch den an Weidner gegangenen Brief zum Verdächtigen geworden war, musste Barrus' Wohnung durchsucht und er vielleicht nicht verhaftet, doch zumindest verhört werden. Alles in allem mehrere höchst unangenehme Dinge.

Feller wählte nicht den direkten Weg zum Belmondo, sondern schlenderte über den Marienberg. Er wollte nachdenken und seinen inneren Organen die nötige Erholung bieten, sich zu regenerieren. Die Geschichte, die mit jedem Tag komplizierter zu werden schien, war ihm gehörig auf den Magen geschlagen.

»Hallo Hildi«, grüßte er, als er endlich die Weinhandlung erreicht hatte. »Ist er da?«

»Hallo, Herr Feller. Wer soll denn hier sein?«

»Jo. Ist er da? Er hat sich ja vor meinen Augen im Krankenhaus aus dem Staub gemacht.«

Darüber hatte Hildi eine ganz eigene Meinung, und damit hielt sie auch nicht hinterm Berg. Schon ihr Gesicht drückte sie aus. Sie stemmte die Hände in die Hüften und knurrte los: »Das hat er, ja. Und ich habe mit ihm schon eine Menge mitgemacht, aber das schlägt dem Fass ja wohl den Boden aus. Selbst die Ärzte sind sprachlos.«

»Sie kennen ihn doch lange genug«, versuchte Feller, die Situation zu entschärfen. »Wenn er sich etwas in den Kopf gesetzt hat, kann ihn nicht einmal der Heilige Geist zur Vernunft bringen.«

»Leider ist das so, nur ist er noch nicht in der Lage, hier durch die Gegend zu rennen.«

»Nein«, bestätigte Feller und schüttelte unterstützend den Kopf. »Das wohl nicht. Aber wo ist er denn nun? Wissen Sie das?«

»War er nicht bei Ihnen?«, fragte Hildi verwundert. »Er wollte zu Berit, aber sie war nicht da. Und auch Imre ist spurlos verschwunden. Merkwürdig ist das schon.«

»Wo sind die beiden denn hin?«

»Wer? Imre und Berit?«

»Ja.«

»Das hat mich Jo auch gefragt. Und als ich ihm gesagt habe, dass sie zu Frau Mahler wollten, ist er wie von der Tarantel gestochen aus der Tür gestürmt. Er hat mir noch zugerufen, dass er in die Direktion will, das war alles. Und ich dachte deshalb, dass er bei Ihnen ist.«

Den letzten Satz bekam Feller schon nicht mehr mit. Als Hildi ihn sprach, war auch Manfred Feller bereits aus der Tür gestürmt.

In der Polizeidirektion rannte Feller die Stufen bis zur ersten Etage hoch. Dann bog er nach rechts ab, in den Flügel des Direktionsleiters, und riss die Tür zum Sekretariat in der Manier des SEK auf.

»Ist Jo Barrus hier, Frau Freitag?«

»Ja«, sagte die Büroleiterin des Chefs, »vor einer halben Stunde gekommen. Und seither hat der Leiter schon drei Mal nach Ihnen gerufen. Wo waren Sie denn?«

Feller winkte ab. »Das erzähle ich Ihnen ein anderes Mal«, sagte er mit Blick auf die gepolsterte Tür, hinter der sich das Reich des Direktionsleiters verbarg. »Kann ich rein?«

»Sie müssen sogar«, antwortete Frau Freitag. »Man wartet bereits auf Sie, und der Leiter wird langsam ungehalten.«

Feller holte noch einmal tief Luft, dann drückte er die messingfarbene Klinke herunter.

»Ah, Feller«, begrüßte ihn der Direktionsleiter, der entgegen der Ankündigung von Simone Freitag keinen ungehaltenen, sondern eher einen hoch konzentrierten Eindruck machte. »Setzen Sie sich. Die anderen beiden Herren muss ich Ihnen ja wohl nicht vorstellen.«

Feller grüßte per Kopfnicken sowohl in die Richtung von Barrus, als auch in die von Staatsanwalt Sauerbier.

»Eine missliche Lage, in der wir hier stecken«, sagte der Direktionsleiter und wies Feller mit der Hand einen Platz an dem langen Beratungstisch zu. »Herr Barrus hat uns seine Erkennt-

nisse zu den Morden und den möglichen Tätern bereits mitgeteilt und das ergänzt, worüber sie beide sich offensichtlich
schon ausgetauscht haben.«

Fellers Blick ging sofort zu Barrus. Hatte Jo hier wirklich
alle Karten aufgedeckt? Als Barrus kaum sichtbar den Kopf
schüttelte, beruhigten sich Fellers Puls und Atmung. Hatte er
also nicht.

»Und Herr Barrus, der offensichtlich noch nichts von seinen
vorzüglichen Kenntnissen in Sachen Polizeiarbeit vergessen
hat, hat uns schon einen Vorschlag unterbreitet, wie wir weiter
vorgehen sollten, bevor uns die Presse durch die Stadt treibt.«

»Kann ich diesen Vorschlag auch hören?«, fragte Feller in
die Runde.

»Können Sie«, antwortete der Direktionsleiter, der sich in
seinem eigenen Büro und quasi als Hausherr wohl am ehesten
angesprochen fühlte. »Aber nicht hier. Das kann Ihnen Herr
Barrus auch unterwegs erklären. Ich versichere Ihnen jedoch,
dass ich beabsichtige, jede Nuance des in Rede stehenden Vor-
schlages ohne Abstriche umsetzen zu lassen.« Dann sah der
Direktionsleiter zum Staatsanwalt. »Nicht wahr, Herr Sauerbier?«

Der Staatsanwalt nickte. »Ja, das sollten wir tun. Wir haben
genügend Indizien, die einen Anfangsverdacht sowohl gegen
Herrn von Weilberg, als auch gegen Frau Mahler zulassen.«

»Aber da ist noch eine Sache, die Sie alle kennen sollten«,
warf Feller mit erhobenem Zeigefinger ein. »Ein Brief, der heute …«

»Papperlapapp, Feller«, unterbrach der Direktionsleiter
und hielt ein Blatt Papier hoch, das vor ihm gelegen hatte.
»Wenn Sie den Wisch hier meinen? Darum soll sich Weidner
kümmern. Sie haben andere Dinge zu organisieren.«

35

Barrus las den Brief bereits das dritte Mal. Dann ließ er die Hand, die das Papier hielt, in den Schoß fallen und blickte geistesabwesend durch die Frontscheibe des Dienst-VWs. Es war einfach unglaublich, welchen Verdacht er auf ihn zu lenken versuchte. Er, Jo Barrus, sollte nicht nur Katharina Weiß entführt haben, sondern auch gleich noch der Mörder von ihrem Mann Markus Weiß, Alfred Bach und sogar von Willi sein – das schlug dem Fass schon mal den Boden aus.

Feller, der wie zu alten Mordkommissionszeiten den Wagen unterhalb der erlaubten Höchstgeschwindigkeit steuerte, sah erst auf den Brief in Barrus' Schoß, dann auf das Profil des Freundes. »Hast du eine Ahnung, wer der Verfasser ist?«, fragte er und nahm den Blick wieder nach vorne.

»Habe ich«, antwortete Barrus. »Und es ist dieselbe Person, die du auch im Sinn hast, Manfred.«

»Frauen, Jo. Manche von ihnen sind eben für uns oft ein Buch mit sieben Siegeln. Du vermutest doch auch Eva Mahler hinter dem Brief, oder?«

Barrus wusste nicht, was er darauf antworten sollte. Irgendwie spürte er einen Kloß im Hals. Es fiel ihm schwer, sich ihn einzugestehen – seinen Irrtum, dem er bei Eva aufgesessen war.

»Ich glaube, sie war es«, machte Feller deshalb weiter. »Und sie ist auch die Mörderin, die wir suchen. Möglicherweise mit diesem Nasri Kelewang gemeinsam. Der wird in Indonesien schon wegen vielfachen Mordes gesucht. Aber hier ist er nicht der treibende Keil, hier wirkt Eva Mahler als Taktgeberin«, sagte Feller und vermied absichtlich gegenüber Barrus die Wortkombination *deine Eva*. »Und von Weilberg hängt da mit drin, ohne zu wissen, was da wirklich passiert. Er ist zweifellos ein Drecksack, aber mit den Morden hat er nichts zu tun. Eva Mahler hat ihn benutzt, wie sie Kelewang benutzt hat, und …

«, hier ließ Feller eine kurze Pause wirken, »… und wie sie dich leider auch benutzt hat.«

»Du glaubst es nicht nur?«, fragte Barrus.

»Nein.«

»Du bist davon überzeugt.«

»Ja.«

»Du weißt es sogar.«

»Jo. Ich habe mal recherchiert und herausgefunden, dass von Weilberg und Kelewang mehr als nur gelegentlich miteinander zu tun haben. Imre hat mir dabei geholfen, und so habe ich über den israelischen Geheimdienst erfahren, dass der Chefarzt der Imhotep-Klinik und sein Vertrauter, Nasri Kelewang, mehrmals im Jahr gemeinsam verreisen. Nach Indonesien, und immer hat die Imhotep-Klinik die Flugtickets bezahlt. Businessclass versteht sich. Es gibt auch Zeugen für die Geschäfte, die Kelewang im fernen Asien getätigt hat, aber die schweigen. Aus Angst, nehme ich an, denn es geht bei diesen Geschäften um viel Geld, sehr viel sogar.«

»Womit handeln sie?«, hakte Barrus ungeduldig nach.

»Mit allem, was eine unruhige Region gebrauchen kann. Gasmasken, Uniformen, Klappspaten und Waffen«, antwortete Feller. »Auf all das werden wir jetzt treffen, wenn wir die Hallen an der Upstallstraße öffnen, wo sich Kelewangs Lager befindet. Imres ehemalige Kollegen im Mossad haben es schon länger unter Beobachtung. Denn dort bunkert Kelewang alles, was er von den abrückenden russischen Streitkräften gegen harte Dollar hat kaufen können.«

»Auch Waffen?«, fragte Barrus nach.

»Auch Waffen«, bestätigte Feller. »Angefangen bei Faustfeuerwaffen wie der Makarow über Schnellfeuergewehre wie die weltberühmte Kalaschnikow bis hin zu panzerbrechenden Waffen wie der landläufig bekannten Panzerfaust. Sogar mit Boden-Luft-Raketen, die von der Schulter aus verschossen werden, sogenannten MANPADS, handeln sie.«

»Weshalb die Israelis daran Interesse gefunden haben«, ergänzte Barrus mit der für ihn einzig logischen Schlussfolgerung.

»Ja.«

»Aber was hat ein Mediziner mit Waffenhandel zu tun?«

»Nichts«, antwortete Feller. »Jedenfalls nicht direkt. Von Weilberg ist es egal, womit Kelewang handelt. Er will nur das Geld, das er dringend für seine Forschung braucht, fragt nicht danach, woher es kommt.«

»Aber man kann doch nicht so tun, als wisse man nicht, was da hinter verschlossenen Türen passiert, und nimmt ohne Skrupel das Geld. Das spricht ihn in meinen Augen nicht frei«, gab Barrus zu bedenken.

»Damit hast du sicherlich Recht. Doch dem Imhotep-Konzern geht es nicht so gut. Fördergelder fließen nicht mehr, und andere Geldquellen sind auch versiegt. Hinzu kommt eine verfehlte Investitionspolitik des Konzerns in ihre neuen Standorte hier im Osten. Sie sind nahezu pleite.«

»Und nun?«, fragte Barrus. »Was machen wir jetzt?«

»Wir machen das, was du dem Chef vorgeschlagen hast. Wir suchen von Weilberg auf und schauen uns da mal um.«

In der Havelstraße, wo von Weilbergs Jugendstilvilla stand, trafen Feller und Barrus auf eine Vielzahl von uniformierten und in Zivil gekleideten Polizeibeamten. Die einen sicherten das Objekt, die anderen warteten darauf, dass der Leiter der Mordkommission eintraf. Nach dem ersten Hallo, das ohne Zweifel mehr dem ehemaligen als dem aktuellen Leiter galt, ließ Feller sich Bericht erstatten.

»Ist er hier?«, fragte er.

»Ja«, antwortete Fellers rechte Hand, ein junger Kollege, den Barrus bereits zu seinen aktiven Zeiten gefördert hatte. »Er hat uns weidmännisch empfangen, was ihn in eine ziemlich ungemütliche Lage gebracht hat.«

»Weidmännisch?«, fragte Feller, dessen Augen verrieten, dass er mit diesem polizeifremden Begriff im Moment überhaupt nichts anfangen konnte.

»Manfred«, raunzte Barrus, »stell dich doch nicht so an! Herr Professor hat deine Kollegen wahrscheinlich mit der Doppelbüchse in der Hand empfangen und wurde dafür aus dem Anzug gehauen. Richtig, Kollege Voigt?«, fragte Barrus und blinzelte dem jungen Mann zu.

»Wie immer, Herr Barrus, haben Sie den Nagel auf den Kopf getroffen. «

»Wo ist er jetzt?«, fragte Barrus, und niemanden störte es, dass der heutige Privatdetektiv gerade das Heft des polizeilichen Handelns in die Hand nahm.

»Liegt drinnen auf dem Teppich und verlangt einen Anwalt«, antwortete Voigt.

»Dann lassen Sie uns mal nach dem Rechten sehen.« Und schon war Barrus im Inneren der Villa verschwunden.

Während vor ihm eine Tür nach der nächsten geöffnet wurde, berichtete Voigt die Details der bisherigen Durchsuchungsergebnisse. »Wir haben im Keller angefangen, und arbeiten uns jetzt Stockwerk für Stockwerk nach oben. Außer einer Haushälterin und dem Professor waren keine Personen in der Villa«, sagte er abschließend.

»Also nichts gefunden«, stellte Barrus fest.

»Nein, leider.«

»Okay. Wo ist er nun?«

Voigt zeigte auf eine Tür zu ihrer Rechten. »Hier in der Bibliothek«, erklärte er und öffnete auch diese Tür.

Barrus trat bis zum Rand des großen weinroten Teppichs, auf dem der Professor bäuchlings lag. Solch eine Position war Barrus nicht fremd. Oft genug hatte er aus ähnlicher Perspektive in sein Wohnzimmer geblickt, nachdem er im Anschluss an einen weinseligen Abend die Augen geöffnet hatte. Doch gefesselt war er dabei nie gewesen.

»Macht ihm die Dinger los«, sagte er und nickte Voigt zu.

Als der Beamte, der neben von Weilberg stand, die Handschellen wieder an seinem Gürtel verstaut hatte, zog Barrus den Professor am linken Oberarm hoch und drückte ihn in den nächsten Sessel.

»Ich habe nicht viel Zeit«, sagte er und schob sein Gesicht so weit nach vorn, dass seine Nase die des Mediziners fast berührte. »Und deshalb stelle ich kurze und einfache Fragen. Sie antworten, ohne lange zu überlegen, und halten hier keine Vorträge. Ist das klar?«

Von Weilberg rieb sich die schmerzenden Handgelenke. »Ich möchte meinen Anwalt sprechen. Und wer sind Sie überhaupt? Gedenken Sie sich nicht vorzustellen?«

»Jo Barrus, zu Deutsch der Elefant. Und als solcher werde ich Sie zerquetschen, wenn Sie nicht das tun, was ich Ihnen sage. Außerdem haben wir zwei noch eine Rechnung offen, die meine beiden gebrochenen Rippen betrifft. Haben Sie das jetzt verstanden?«

Als Barrus seinen Kopf zurücknahm, setzte von Weilberg ein eher dreckiges als ein verlegenes Lächeln auf. »Ich nehme nicht an, dass Sie in der Situation sind, mich zu irgendetwas aufzufordern, Herr Barrus. Ich möchte meinen Anwalt sprechen, und das sofort, wenn Sie verstehen, was ich meine.«

Wie vom Blitz getroffen drehte sich Barrus um und schrie in den Raum: »Den Zettel! Gebt mir den Zettel!« Dann griff er nach dem Blatt Papier, das Voigt in der Hand hielt, seit sie die Villa betreten hatten und von dessen Inhalt Barrus nicht die leiseste Ahnung hatte. Er hielt es von Weilberg direkt unter die Nase. »Das hier«, sagte er zu dem Professor, »ist eine Liste des israelischen Geheimdienstes mit den Sachen, die Sie und Kelewang in der Welt verticken. Angefangen von Pistolen bis hin zu Ein-Mann-Raketen. Und unten verweist der Mossad auf einen Anhang mit Fotografien, auf denen Sie und Kelewang abwechselnd in Indonesien und hier in Brandenburg zu sehen sind, unter anderem vor der Lagerhalle in der Upstallstraße. Was da lagert, bringt Ihnen allein schon mindestens zwanzig Jahre wegen Verstoßes gegen das Kriegswaffenkontrollgesetz ein. Da haben wir die Morde und Beihilfen zum Mord noch gar nicht mit eingerechnet. Und ich kann mir beim besten Willen nicht vorstellen, dass Ihr Anwalt das für Sie absitzen wird. Also«, sagte Barrus, richtete sich wieder auf und reichte Voigt das Papier zurück, »was ist nun mit meinen Fragen und Ihren Antworten?«

Von Weilberg nickte stumm. Offensichtlich zeigte Barrus' Einschüchterungsversuch Wirkung. »Was wollen Sie wissen?«

»Wo ist Katharina Weiß?«

Von Weilberg zögerte. Dann sah er zu den Händen des jungen Polizeibeamten. Darin befand sich noch immer das Papier, das ihm dieser Barrus gerade ins Gesicht gedrückt hatte. »Kelewang«, sagte er. »Nasri Kelewang hat sie in der Gewalt. Ich habe damit nichts zu tun, und ich weiß auch nicht, wo er sie gefangen hält. Kelewang ist ein Sadist und Serienmörder.«

»Und Eva Mahler? Wo ist die?«

Mit dieser Frage hatte von Weilberg offensichtlich nicht gerechnet. Er wirkte überrascht. »Was hat Frau Mahler damit zu tun? Sie kennt Kelewang zwar, aber das ist auch alles.«

Barrus schob sein Gesicht wieder näher an das des Professors und atmete eindrucksvoll ein. »Ich habe nicht gefragt, was sie über Frau Mahler wissen, sondern wo sie jetzt ist«, stieß er hervor und rückte dem Arzt noch weiter auf die Pelle.

»Ich … ich weiß es nicht«, stotterte von Weilberg. »Ich habe sie schon ein paar Tage nicht mehr gesehen. Sie hatte sich krankgemeldet.«

Barrus richtete sich erneut auf. Er konnte kaum glauben, was er da hörte. Hatte dieser Typ wirklich keine Ahnung, was um ihn herum passierte? »Und was ist mit dem Gift?«, fragte er und drückte von Weilberg pfeilschnell seinen Zeigefinger gegen die Stirn.

»Welches Gift?«, flehte von Weilberg.

»Das Gift der Medusa, genauer der Würfelqualle. Nun stellen Sie sich mal nicht so an. Ihre Klinik forscht doch an diesem Gift, oder etwa nicht?«

Von Weilberg schüttelte heftig den Kopf. »Nein«, sagte er. »Warum sollten wir das tun?«

»Um Geld zu verdienen, wahrscheinlich.«

»Nein«, sagte von Weilberg erneut. »Da sind Sie ziemlich auf dem Holzweg. Wir forschen an einem Mittel, das prophylaktisch gegen Tuberkulose hilft. Damit könnten wir einmal viel Geld verdienen. Millionen Menschen sind weltweit an Tuberkulose erkrankt, das verspricht Rendite. Kontakt mit der Würfelqualle jedoch haben vielleicht jährlich ein paar Dutzend Menschen. Das bringt doch nichts ein.«

»Aber Sie könnten die Ersten sein, die ein Gegengift entwickeln«, sagte Barrus.

»Die Ersten hin oder her. Wie gesagt, es geht um eine Handvoll Menschen. Das verspricht keine nennenswerte Rendite. Und nur daran sind unsere Aktionäre interessiert, an einem möglichst hohen Ertrag.«

Das verstand auch Barrus. Aber deswegen war er nicht hier. Er wollte wissen, wo Eva war, wo sich Kelewang aufhielt und ob Katharina Weiß noch lebte. Am meisten interessierte ihn jedoch, wo Berit und Imre waren.

»Eine letzte Frage«, sagte er, »und dann überlasse ich Sie Herrn Feller und dem Staatsanwalt. Überlegen Sie genau! Denn wenn Sie mich belügen, komme ich wieder, und Sie erleben mich von einer Seite, von der Sie sich keine Vorstellungen machen. Hören Sie also gut zu! Wo ist Imre Bartok, und wo ist meine Nichte Berit?«

Schon die erste Reaktion von Weilbergs verriet Barrus, dass der Professor es nicht wusste. Er schloss nämlich die Augen, als wolle er sagen: Nicht die auch noch.

»Wo sind sie?«, schrie Barrus trotzdem und zog den Professor blitzschnell an dessen Krawatte hoch. »Ich bringe Sie um!«

Als Barrus ihn wieder losließ, sackte von Weilberg unbeholfen auf dem Sessel zusammen. »Ich weiß es nicht«, sagte er und sah Barrus mit Augen an, die gleichzeitig Angst und Verzweiflung zum Ausdruck brachten. »Aber ich habe ihm gesagt, dass er die Finger von ihnen lassen soll.«

»Wer? Wer soll die Finger von ihnen lassen?«

»Bernd«, sagte von Weilberg. »Bernd Mahler, der Bruder von Eva.«

36

Imre lehnte mit dem Rücken gegen die feuchte Wand. Nur schemenhaft konnte er die Umgebung wahrnehmen. Zu finster war es in ihrem Verlies. Deshalb konzentrierte er sich auf seinen Hörsinn und lauschte in die Dunkelheit hinein.

»Was denkst du? Kommen wir hier je wieder raus?«

Imre wusste es selbst nicht. Aber er wollte Berit trotzdem Mut machen. »Ja, wir wieder herauskommen hier. Ich bin überzeugt davon hundertprozentig.«

»Aha«, sagte Berit. »Und würdest du mir deinen Plan auch verraten?«

Imre hob die rechte Hand mit der schweren Kette in die Höhe. »Ich komme mit kleine Finger schon fast unter diese wunderschöne Collier. Wenn wir hungern noch eine Woche, wir können unsere Fessel bequem abstreifen. Ganz einfach, oder?«

Berit machte das, was Imre mit seiner kleinen Geschichte erreichen wollte. Sie lächelte. »Das ist lieb von dir. Aber ich bin nicht ganz überzeugt von deiner Lösung. Weißt du, als diese

Tusse auf ihren Mercedes zulief und mich anlächelte, war mir klar, dass sie hinter all dem Scheiß steckt. Ich hätte eigentlich von Anfang an darauf wetten können. Es waren ihre Augen, Imre.«

»Was ist damit?«

»Sie sind eiskalt. Im Knast habe ich oft in solche Augen geguckt. Und es waren immer die von Mörderinnen, von Frauen, die ihre Männer umgebracht haben oder ihre Kinder. Und sie alle haben einen kalten, toten Blick.«

»Wir uns alle haben blenden lassen. Niemand erkannt hat das Böse in ihr. Nur du.«

»Ja, aber es ist trotzdem zu spät. Sie wird auch uns umbringen.«

»Nein«, sagte Imre und tastete nach Berits Hand. »Das sie wird nicht tun. Denn zuvor Jo wird befreien uns.«

»Still«, zischte Berit plötzlich. »Sie kommen runter.« Dann flackerte das Kellerlicht auf und präsentierte zwei furchterregende Gestalten.

»Sollen wir ihnen nicht auch unsere Suppe geben? Sie sehen so verhungert aus, und die Oma hat immer gesagt …«

»Halt den Mund!«

»Aber …«

»Sei endlich still!«

Berit und Imre sahen sich mit zusammengekniffenen Augen an. Das helle Licht der starken Taschenlampen stach noch immer in ihre an Dunkelheit gewöhnten Pupillen. Was würden die beiden Medusen jetzt mit ihnen machen? Imre zog die Schultern hoch, und Berit wandte ihren Kopf zu der unwirklichen Szenerie jenseits der Gittertür.

»Sind Sie das Eva?«, fragte Berit. »Ein lustiges Kostüm.«

Eva trat an die Tür und riss sich mit einer schnellen Bewegung die Maske vom Kopf. Ihr Gesicht verhieß nichts Gutes. »Los«, schrie sie. »Rutschen sie weiter auseinander. Einer an die linke Wand und der andere an die rechte.«

»Und dann?«, fragte Berit, ohne sich auch nur einen Zenti-meter zu bewegen. »Dann töten Sie uns wie die anderen? Dazu muss ich nicht dorthin rücken. Nein, das tue ich nicht.«

»Machen Sie endlich, was ich sage, oder …«

»Oder?«, wiederholte Imre. »Ich finde, dass Berit hat Recht. Warum wir sollen uns noch machen die Mühe, wenn wir müs-sen sowieso sterben?«

Die Medusa, die ihre Verkleidung noch trug, trat jetzt neben Eva. »Soll ich die Brechstange holen? Dann geben sie uns be-stimmt die Papiere.«

»Nein«, fauchte Eva ihren kostümierten Bruder an. »Du sollst endlich den Mund halten.«

»Papiere?«, fragte Berit. »Sie meinen doch nicht etwa das, was Alfred Bach aufgeschrieben und Markus Weiß für Sie ge-stohlen hat?«

»Er hat das nicht für mich gestohlen«, antwortete Eva und öffnete die schwere Gittertür. »Weiß war nichts weiter als ein kleiner Ganove. Er hat hilflosen Patienten die Schlüssel zu de-ren Wohnungen abgenommen und dort in aller Ruhe das mit-gehen lassen, was er irgendwie zu Geld machen konnte. Wenn es nach mir ginge, hätte ich ihn schon viel eher entlassen.«

»Aber ging nicht«, sagte Imre. »Weil hatte durch Zufall Be-weise gegen Imhotep-Klinik, die führen zu Menschenversuche früher und heute. Das alles hat herausgefunden Alfred Bach. Und das Sie haben uns im Belmondo selbst erzählt. Ich verstehe nicht, warum Sie dann geworden zur Mörderin«

»Weil sie tiefer mit drinsitzt, als sie zugibt«, sagte Berit be-stimmt. »Nicht nur der heutige Gesundheitsminister steckte auf Seiten der DDR mit unter der Decke dieser Pharmaversu-che, sondern auch eine junge, engagierte Ärztin mit dem Na-men Eva Mahler. Sie war es, die die Tests durchgeführt hat.«

Eva trat jetzt in den Kellerraum, in dem Berit und Imre noch immer angekettet waren und zog eine Spritze aus der schwar-zen Kutte. »Glaub nicht, dass deine drei Zettelchen irgendetwas ausrichten werden, meine Liebe. Da hat ein alter Mann aus Frust ein paar Buchstaben zusammengefügt, die gar nichts, rein gar nichts beweisen. Und selbst wenn. Was soll denn jetzt noch passieren? Die DDR ist tot, mausetot. Wie Alfred Bach es ist.«

»Aber auf den Zettelchen, wie Sie die Papiere nennen, ist auch aufgelistet, welcher Vergehen Sie sich schuldig gemacht haben. Unter anderem haben Sie den Tod meiner Mutter verursacht.« Berit pumpte Luft wie ein gehetztes Tier.

»Deine Mutter? Schätzchen, die wäre sowieso gestorben. Deine Mutter war zu schwach, um selbst am Leben zu bleiben, aber sie hat wenigstens noch eine gute Tat für die Wissenschaft geleistet.«

»Sie haben meine Mutter umgebracht!«, schrie Berit. »Und dafür werde ich Sie drankriegen.«

Eva winkte ab. »Gar nichts wirst du. Deine Mutter war krank. Sehr krank sogar. Und dein Onkel war es, der sie in das Versuchsprogramm gebracht hat, nachdem alle Ärzte deine Mutter längst aufgegeben hatten. Wie wir übrigens auch. Aber dein Onkel war bei der Polizei damals ein hohes Tier, weshalb er durchsetzen konnte, dass sie trotz unserer Einwände ins Programm genommen wurde. Das hat das Leben deiner Mutter nicht mehr retten, sondern nur um ein oder zwei Monate verlängern können.«

Berit saß auf dem steinigen Fußboden wie versteinert. Sie fixierte noch immer ihre Gegnerin. Und hätte Berit nicht diese Ketten getragen, niemand hätte in diesem Augenblick auch nur einen Heller auf das Leben von Eva Mahler gesetzt.

»Ich werde Sie dafür drankriegen«, quetschte Berit erneut durch die Zähne. »Und was ist mit Ihrer eigenen Mutter?«

Diese letzte Frage schien Eva Mahler zu elektrisieren. Wie auf einen Knopfdruck hin schnellte eine ungeheure Spannung in ihren Körper, und ihre Augen glichen in Form und Ausdruck denen Berits. »Das geht dich gar nichts an«, drohte sie Berit. »Bernd!«, rief sie dann nach hinten.

»Ja.«

»Hol die Brechstange.«

Berit bäumte sich auf und riss an den Ketten. »Alles wie damals, wie? Ich habe es gelesen. Alfred Bach hat es aufgeschrieben. Jede Einzelheit, die in der Scheune passiert ist. Und er hat auch festgehalten, wer es wirklich war, der Ihre Mutter erschlagen hat. Deshalb wollten Sie unbedingt diese Papiere haben und nicht, weil darin steht, dass die Imhotep-Klinik an illegalen Pharmaversuchen beteiligt war.«

»Schweig!«, fuhr Eva Berit an. »Halt dein dreckiges Maul, du Schlange.«

»Nein«, schrie Berit zurück, »das werde ich nicht tun. Und ich werde es der ganzen Welt mitteilen, wenn uns Jo erst befreit hat.«

Eva lachte auf. »Jo? Ach, Schätzchen, dein Onkel hat jetzt andere Dinge zu regeln. Er ist derjenige, den die Polizei für den Mörder hält. Ich glaube nicht, dass er die nötige Zeit hat, um euch zu befreien.«

In dem Moment kam Bernd mit der Brechstange zurück.

»Stell dich dahin!« Eva zeigte auf einen Punkt auf dem Boden, der nur wenige Zentimeter von Berit und Imre entfernt war. »Er wird sofort zuschlagen, solltet ihr beide hier wilde Sau spielen.«

»Nein«, schrie Berit und schlug mit dem Fuß nach Eva Mahler.

»Nicht«, fuhr Imre dazwischen. »Lass sie, Berit, und vertrau mir. Bitte.«

Eva Mahler sah Imre einige Sekunden an, dann kniete sie sich neben ihn. Sie stach die Spritze in Imres Hals und drückte auf den Stempel, bis die gesamte Flüssigkeit herausgepresst war. Anschließend zog sie die Kanüle wieder heraus und summte ein Lied.

Kindlein mein, schlaf nur ein, weil die Sternlein kommen …

37

Eva, ging es Barrus durch den Kopf. *Eva, wo bist du und was hast du vor? Du hast genug Menschen auf dem Gewissen!*

Was Manfred Feller ihm im Krankenhaus über das Verbrechen erzählt hatte, dem die Mutter von Bernd und Eva Mahler zum Opfer gefallen war, hatte Barrus erschüttert. Und die Zweifel an der Täterschaft von Bernd hatten Barrus zu der Erkenntnis verholfen, dass er nicht auf der Jagd nach Valentin von Weilberg war, dem Verantwortlichen vieler illegaler Arzneimitteltests, sondern auf der nach Eva. Nach der Frau, in die er sich erst vor wenigen Tagen verliebt hatte. Sie war es, die Verantwortung trug für die Morde an Markus Weiß, an Alfred Bach und an Willi. Und sie war es höchstwahrscheinlich auch, die ihre eigene Mutter umgebracht hatte. Er musste herausbekommen, warum sie das getan hatte, dann würde er, dessen war sich Barrus absolut sicher, Eva finden, ihr Versteck, das gleichzeitig das Gefängnis von Katharina Weiß, Imre und Berit war.

In der Hand hielt Barrus die Autoschlüssel, die er sich bei Feller erbeten hatte. Er brauchte unbedingt ein Auto, und erst bis zum Belmondo zu laufen, um sich den Käfer von Hildi zu nehmen, kam nicht in Frage. Aber wie verdammt noch mal ging man mit solch einem Schlüssel um, der eine schwarze Schachtel mit aufgedruckten Bildchen war? Wo war denn der Bart?

»Oben auf den silbernen Knopf drücken«, rief ihm ein uniformierter Beamter zu. »Du musst oben links auf den Knopf drücken, Jo.«

Das tat Barrus und war bass erstaunt, dass auf sein Drücken hin der silbern glänzende Schlüsselbart aus dem schwarzen Kästchen schnellte. »Und nun?«, fragte er. »Die Tür hat keinen Schlitz, wo ich den Schlüssel reinstecken kann. Was mache ich nun, Heinz?«

»Doch, hat sie«, rief ihm der Beamte zu. »Aber den brauchst du gar nicht. Drück einfach auf das weiße Symbol mit dem geöffneten Schloss. Dann ist der Wagen auch schon offen.«

Barrus probierte es aus und freute sich wie ein kleines Kind, dessen Brummkreisel sich endlich drehte. Aber vorsichtshalber sah er noch einmal zu dem Beamten, der an der Villa Wache hielt.

»Und nun den Schlüssel ins Zündschloss und losfahren wie immer«, gab der den nächsten Tipp.

Barrus zog die Fahrertür zu und wollte den Motor wie gewöhnlich starten. Der sprang zwar sofort an, aber es gab gleich ein neues Problem. Er öffnete wieder die Tür und winkte mit der linken Hand.

»Heinz?«

»Sind jetzt alle Automatik«, kam prompt die erhoffte Hilfestellung. »Du musst den rechten Fuß auf die Bremse stellen und den Wahlhebel auf D ziehen. Dann Gas geben.«

»Wenn das so weitergeht, komme ich morgen noch nicht an«, nuschelte Barrus vor sich hin.

Von draußen ermahnte Heinz: »Und brems bloß nicht mit links! Alles mit rechts, hörst du? Alles!«

Und endlich gab Barrus Gas. Sofort zogen der hilfsbereite Beamte und dessen jüngerer Kollege, der nur eine Armlänge entfernt stand, gleichzeitig die Köpfe ein. »Heinz«, sagte der jüngere Beamte. »Du hättest unbedingt sagen sollen, dass er langsam Gas geben muss.«

Irgendwie, wenn auch mit viel Glück, gelang es Barrus, ohne Unfall aus der Stadt herauszufahren. Diese modernen Autos fanden nicht sein Gefallen, das war mal sicher. Künftig würde er ausschließlich auf Hildis Käfer, Baujahr 1973, zurückgreifen oder sich von jemandem fahren lassen. Nun aber saß er selbst hinter dem Steuer, und daran war jetzt nichts mehr zu ändern.

Der zivile Polizei-VW schob sich brummend durch die Ortschaft Brielow, an dessen Ende Barrus in Richtung Radewege abbog. Er blickte zwar hin und wieder aus dem Seitenfenster in die malerische Seenlandschaft, aber sein Geist nahm davon nichts wahr. Er war gefangen von der Angst um Berit und Imre.

Würde Eva die beiden auch töten? Oder würden Berit und Imre dasselbe Glück haben wie er, als man ihn in der Upstallstraße niedergeschlagen hatte, aber dann doch am Leben ließ. Und warum eigentlich hatte Kelewang ihn nicht getötet?

War es ein Indiz dafür, dass seine Theorie stimmte, nach der Eva allein hier die Täterin war. Barrus war davon mehr und mehr überzeugt. Sie allein steckte hinter den Morden, sie allein entschied über Leben und Tod. Aber nach welchem Muster? Was trieb sie an?

In Radewege brachte Barrus den VW abrupt zum Stehen und wunderte sich, warum bei solch modernen Gefährten die Bremse so aggressiv war. Dann fiel ihm wieder ein, wovor Heinz gerade gewarnt und was auch der Schirrmeister der Polizei kurz nach dem Fahrzeugwechsel von Lada auf die neuen Westautos gesagt hatte. Schon in dieser Unterweisung hatten sie gelernt, dass diese Fahrzeuge ein Automatikgetrieb hatten, bei denen der linke Fuß des Fahrers überflüssig wurde. Bloß nicht mit links bremsen, denn in diesem Fuß habt ihr gar kein Gefühl, ihr steht sofort, als wäret ihr gegen eine Wand gefahren.

Den können sie sich nachher selbst abholen, sagte sich Barrus. *Zurück nehme ich ein Taxi.*

Ihm war ohnehin nicht klar, was nach dem Gespräch, das er in Radewege zu führen hoffte, passieren würde. Das Einzige, was er wusste, war, dass die Hoffnung zuletzt stirbt, und die hieß in diesem Fall Karl Böttcher.

Als Böttcher die Tür seines alten Bauernhauses öffnete, sah er Barrus völlig verwirrt an. »Jo?«, fragte Böttcher. »Jo Barrus?«

»Ja, Karl. Ich bin es und ich freue mich, dich hier so gesund und munter zu sehen«, antwortete Barrus und umarmte den

Mann. Von Weitem sah das allerdings eher nach einer Rettungsaktion aus, da der Alte ob des unerwarteten und ihn sehr erfreuenden Besuches fast in Ohnmacht fiel. »Karl, wir haben uns ja eine halbe Ewigkeit nicht mehr gesehen.«

Als Karl Böttcher sich aus der Umklammerung befreit und einen Schritt rückwärts in den Flur gemacht hatte, schüttelte er wie ein alter, weiser Mann den Kopf. »Eine ganze, Jo. Wir haben uns eine ganze Ewigkeit nicht mehr gesehen.«

»Ja«, musste Barrus zugeben. »Ich weiß.«

»Komm rein, mein Junge«, forderte Böttcher den Mann auf, der für ihn noch immer ein Praktikant war. Einer, der partout nicht in den Streifendienst wollte und der deshalb schon als Polizeistudent keine Gelegenheit ausgelassen hatte, in der Kriminalpolizei zu hospitieren, insbesondere in der Nähe von Karl. Sein Junge eben. »Ich freue mich riesig, dich nach so vielen Jahren endlich wiederzusehen«, sagte Böttcher und konnte nicht länger verbergen, dass er ein wenig mit den Freudentränen zu kämpfen hatte.

Barrus folgte Böttcher durch den Flur bis auf den Hof, wo sich die beiden Männer an einen kleinen Tisch in die Sonne setzten. Er betrachtete Karl, als sei der ihm über die lange Zeit hinweg zu einer fremden Person geworden. Und ein wenig war das auch so. Denn es waren mehr als zwanzig Jahre vergangen, da sie den großen Karl Böttcher in Pension geschickt hatten und er, Barrus, die Nachfolge als Leiter der Mordkommission angetreten hatte. Wenn er richtig lag, dann musste Karl jetzt knapp über achtzig sein.

»Entschuldige, dass ich so lange mit einem Besuch gewartet habe. Siehst aber prima aus, Karl.«

»Danke, mein Junge. Das ist die gute Pflege durch Anna. Da hat man keine andere Chance, als jung zu bleiben. Sie hätte sich bestimmt auch gefreut, dich wiederzusehen. Da bin ich mir ganz sicher. Aber Anna ist in Päwesin beim Yoga.«

»Beim Yoga?«, fragte Barrus verdutzt. »Anna muss …«

»Zweiundachtzig«, half Karl Böttcher beim Rechnen. »Anna ist in der letzten Woche zweiundachtzig geworden.«

»Und da macht sie noch Yoga?«

»Freilich«, antwortete Karl und lächelte mit hellen klaren Augen. »Nur weiß ich nicht genau, ob sie das wegen der Gesundheit oder wegen des jungen Yogalehrers tut. Wahrscheinlich reizt sie beides. Und Gisela? Wie geht es deiner Gisela? Erzähl mir von euch.«

»Gisela«, sagte Barrus und senkte den Blick zum Boden, »nun, die reizt wahrscheinlich nur der Yogalehrer«, antwortete er mit einer wegwerfenden Handbewegung. »Sie ist vor gut drei Jahren in einen Bhagwan gezogen. Seitdem haben wir uns nicht mehr gesehen.«

»Oh, das tut mir leid«, sagte Karl, und es war ihm anzusehen, dass ihm seine Frage nun, da er die Antwort kannte, wirklich unangenehm war. Er bereute es, das Thema überhaupt angeschnitten zu haben, und hätte es am liebsten rückgängig gemacht.

»Aber das macht nichts, Karl«, sorgte Barrus prompt für Erleichterung bei dem alten Karl. »Du hast sie ja nicht dahin gelockt.«

Trotzdem fühlte sich Böttcher schuldig an dem betrübten Gesichtsausdruck seines ehemaligen Schützlings. Er wechselte deshalb schnell zu einem anderen Thema. »Wie läuft es in der Mordkommission? Ich habe in der Zeitung gelesen, dass es eine Serie von Giftmorden in der Stadt gibt? Erzähl mir davon. Ich bin im Geiste immer noch nah bei euch, nur leider erfährt man hier auf dem Dorf so gut wie gar nichts.«

Barrus nahm den Blick wieder hoch und sah Karl Böttcher an. »Das ist schon des Pudels Kern, Karl. Ich bin zwar nicht mehr in der Mordkommission, aber …«

»Nein?«, fiel Böttcher Barrus überrascht ins Wort.

»Nein. Ich bin mittlerweile auch in Pension, habe eine Detektei aufgemacht, mein Büro ist am Neustädtischen Markt. Im

Belmondo, weißt du, wo das ist? Kannst ja mal vorbeischauen, wenn du in der Stadt bist.«

»Gerne, Junge. Das mache ich. Aber erkläre dem alten Karl Böttcher bitte mal, was heutzutage eine Detektei mit Ermittlungen zu Mordfällen zu tun hat? Hat die Polizei keine geeigneten Leute mehr?«

»Doch«, beruhigte Barrus seinen ehemaligen Mentor. »Ich habe die Mordkommission an Manfred Feller übergeben. Den müsstest du auch noch kennen. Er kam damals aus Berlin zu uns. Ein guter Mann.«

Karl Böttcher nickte zustimmend. »Den Feller, ja sicher, ich erinnere mich. War ein ganz Ruhiger. Und der hat dich also um Hilfe gebeten?«

Barrus schüttelte den Kopf. »Nein. Jedenfalls nicht direkt.« Dann blickte Barrus Böttcher noch intensiver in die Augen und beugte sich leicht nach vorn. »Karl, weißt du, ich bin da in eine richtig miese Sache geschliddert und stecke bis über beide Ohren in der Scheiße. Und nicht nur das. Ich habe auch einen Freund mit reingerissen und meine Nichte. Die zwei schweben jetzt in Lebensgefahr, weil die vermeintliche Giftmörderin sie in der Gewalt hat.«

»Oh, oh«, stieß Karl mit spitzem Mund aus. »Das hört sich ja gar nicht gut an. Dann solltest du schleunigst davon erzählen, denn wenn ich das richtig beurteile, haben wir wohl nicht viel Zeit, oder?«

»Nein, die haben wir nicht. Also: Vor ein paar Tagen kam eine Frau zu mir in die Detektei und bat um meine Hilfe. Sie, heute Ärztin und früher eine ehemalige Mitschülerin von mir, vermisste ihren Liebhaber. Damit wollte sie eine falsche Spur legen, das ist mir da aber noch nicht klar gewesen. Der junge Mann, der bei ihr in der Klinik gearbeitet hat, war in Wirklichkeit das erste der bisherigen Mordopfer. Getötet mit dem hochtoxischen Gift der Würfelqualle, was ich zu dem Zeitpunkt des Gespräches aber eben noch nicht wusste. Ich versprach ihr also zu helfen und habe mich nebenbei auch in sie verliebt. Schöne Scheiße, oder?«

Karl Böttcher hob wie ein aufmerksamer Grundschüler den Finger. »Erlaub mir eine Frage, mein Junge. Wie heißt die gute Dame denn? Vielleicht kannst du deinen Vortrag dann ein wenig abkürzen.«

»Eva«, antwortete Barrus. »Eva Mahler. Kennst du sie etwa?«

»Junge, nun tu mal nicht so. Das hast du doch gehofft, als du beschlossen hast, mich hier in Radewege aufzusuchen.«

Barrus fühlte sich ertappt, war aber gleichzeitig auch erleichtert festzustellen, dass Karls messerscharfe Kombinationsgabe dem Alter offensichtlich getrotzt hatte. »Ja«, sagte er. »Das habe ich wirklich. Manfred Feller hat nämlich herausgefunden, dass ...«

»...Eva und ihr Bruder Bernd wahrscheinlich ihre Mutter getötet haben.«

Barrus zog die Augenlider zusammen. Er hatte auf einiges gehofft, aber nicht damit gerechnet, dass Karl noch so im Bilde war, obwohl er von der Mordkommission weiter entfernt war als er selbst. »So ist es«, stieß er überrascht hervor. »Hast du seinerzeit an der Sache gearbeitet?«

»Und ob, mein Junge. Ich kann mich noch ganz genau erinnern, als wäre es erst gestern gewesen. Es war im Februar 1951, und es war hundekalt. Eva und ihr kleiner Bruder Bernd lebten damals mit ihrer Mutter hin und wieder auf dem Bauernhof der Großeltern in Wenzlow. Das Dorf liegt westlich von Brandenburg, nur einen Kilometer von der Autobahn entfernt. Ich sehe die grauen Gebäude noch deutlich vor mir. Wie auf einer Paradestrecke fuhren wir durch den Ort. Vor jedem Haus standen Menschen, blickten stumm unseren Fahrzeugen nach, bis wir auf dem Gehöft angekommen waren, das ein wenig abseits am Waldrand gelegen war. Von da war es nur noch ein Steinwurf bis zu einem ehemaligen Gutshof, in dem seit 1950 ein

Kinderferienlager logierte.« Erstaunlich, wie er sich an jedes Detail erinnerte.

»Es war unheimlich, mein Junge. Fast gruselig, als wir den Hof betraten. Überall standen Schlachtemollen im hüfthohen Schnee, und aus der Waschküche dampften Dunstschwaden von den Kesseln mit kochendem Waser hinaus in die kalte Winterluft. Keiner der Anwesenden sprach ein Wort, niemand verzog eine Miene, alle glotzten sie uns nur an. Und dann die Scheune. Hier sollte wohl das Schwein geschlachtet werden, wozu es an diesem Tag aber nicht mehr kam. Und dort lag sie rücklings auf den ausgebreiteten Blechen.«

»Evas Mutter«, fügte Barrus hinzu.

»Ja. Erschlagen. Doch das ist viel zu harmlos ausgedrückt. Irgendjemand hatte sich mit einer Brechstange an ihr ausgetobt. Ich weiß nicht mehr, wie oft derjenige auf den Körper eingedroschen hatte, aber der Gerichtsmediziner zählte etwa ein Dutzend Hiebe, von denen die meisten den Kopf getroffen hatten. Du kannst dir den Anblick vorstellen.«

»Und Eva?«

»Eva war damals um die zwölf Jahre alt, und der kleine Bruder, glaube ich, war fünf oder so. Die zwei waren drinnen in der guten Stube unter den Rock der Großmutter gekrochen.«

»Und dann? Was habt ihr gemacht?«

»Wir haben erst einmal beide Kinder in die Landesklinik auf den Görden gebracht. Sie hatten die Bluttat aus einem Versteck auf dem Heuboden mit angesehen und standen unter Schock.«

»Sie haben mit angesehen, wie die Mutter erschlagen wurde?«

»Nicht nur das, mein Junge. Vorher hat man sie vergewaltigt. Zumindest dachten wir das damals, weshalb unser erster Verdacht ja auch einen der vermeintlichen Vergewaltiger traf. Erst als wir uns im Dorf umhörten, bekamen wir mit, dass niemand Evas Mutter hatte Gewalt antun müssen. Sie war mit ihrem Körper sehr ... wie soll ich es sagen?«

183

»Freizügig«, half Barrus.

»Ja, freizügig trifft es gut. Und sie machte – gegen Bezahlung, versteht sich – alles das mit, was die Ehefrauen in den Schlafzimmern verweigerten.«

»Grausam«, kommentierte Barrus, vor dessen innerem Auge die Scheunenszene von 1951 gerade ablief. »Das muss die Kinder ja in ein Trauma getrieben haben.«

»Hat es auch«, bestätigte Karl. »Zumindest bei dem Jungen wurde genau das ausgelöst.«

»Und in welcher Form zeigte sich das?«

»Er verlor die Sprache. Bernd Mahler hörte einfach auf zu sprechen. Er öffnete den Mund nur noch zum Essen. Über Jahre hinweg redete er kein einziges Wort. Er schloss sogar demonstrativ die Augen, wenn man ihn ansprach.«

»Und Eva?«

»Sie steckte die ganze Sache besser weg. Dachten wir zumindest. Und wir schoben es darauf, dass sie bereits zwölf war.«

»Und wie ging es weiter?«

»Die Ermittlungen kamen ins Stocken. Keinem von denen, die an den Sexspielchen in der Scheune beteiligt gewesen waren, konnten wir den Mord nachweisen. Schließlich blieben nur die Angehörigen, und du glaubst nicht, welche Entscheidung meine damalige Führungsetage getroffen hat.«

»Ich ahne es«, sagte Barrus. »Sie wollten einhundert Prozent Aufklärung und legten einfach einen Täter fest.«

»Genau. Und zwar den, der sich nicht verteidigen konnte, da er nicht sprach. Das hatte zwei weitere Vorteile. Bernd war fünf, also strafunmündig. Darüber hinaus machte man ihn zu einem strengen sozialistischen Sittenwächter, der dem unzüchtigen Lotterleben seiner Mutter ein brachiales Ende gesetzt hatte.«

»Man kann doch ein fünfjähriges Kind nicht auf diese Art und Weise instrumentalisieren.«

»Aber ja, mein Junge. Das geht durchaus, wie du siehst. Die junge Republik war erst zwei Jahre alt, und musste sich behaupten. Dazu passten weder Prostitution noch Mord. Und da die Anweisung, Bernd zum Täter zu erklären, von höchster Stelle kam, änderte sich daran auch dann nichts, als einige Zeit später eine andere Person in den Focus rutschte.«

»Eva?«

»Ja. Eva blieb nach dem Vorfall bei den Großeltern, da es einen Vater nicht gab, beziehungsweise dieser namentlich nicht bekannt war. Ihr Bruder Bernd aber, der wurde in die geschlossene Kinderpsychiatrie eingewiesen, von wo er mit achtzehn in die Erwachsenenabteilung wechselte, aus der er erst 1990 entlassen wurde. In der Kinderpsychiatrie hatte er Lehrer, die jeden Tag versuchten, ihn wieder zum Reden zu bringen. Und zu einem von ihnen fasste der kleine Junge schließlich Vertrauen, wodurch geschah, womit niemand mehr gerechnet hatte. Bernd begann, ein paar Worte zu sprechen.«

»Habt ihr ihn dann zum Geschehen in der Scheune befragen können?«

»Nein. Es war uns untersagt, und außerdem war der mittlerweile dreizehnjährige Junge auf dem Niveau eines Fünfjährigen stehen geblieben. Ein Phänomen, das ihn und seine Seele schützte, vielleicht sogar bis heute, wo er Mitte fünfzig sein müsste.«

»Aber wie kamt ihr dann auf Eva?«

»Der Lehrer, der Bernd wieder zum Sprechen gebracht hatte, wandte sich eines Tages an mich. Er wusste, dass ich 1951 mit dem Fall betraut gewesen war. Und er berichtete mir, dass Bernd sich ihm anvertraut und erzählte hat, dass nicht er, sondern seine Schwester die Mutter in der Scheune erschlagen habe. Mit einer Brechstange habe sie ganz oft auf den Kopf der Mutter und auf die Beine eingeschlagen. Dann seien sie zur Oma gelaufen und hätten sich versteckt.«

»Hast du jemals mit Eva darüber gesprochen?«, fragte Barrus weiter.

Karl Böttcher schüttelte den Kopf. »Nein. Wie gesagt, es war uns verboten. Erst jetzt, als ich in der Zeitung gelesen habe, dass eines der Opfer ein gewisser Alfred Bach ist, da habe ich mich wieder an den Fall erinnert.«

Barrus rieb sich die Stirn. »Alfred Bach? Was hat der damit zu tun?«

»Er war der Lehrer, mein Junge. Alfred Bach war derjenige, der Bernd Mahler zum Sprechen gebracht und der sich dann vertrauensvoll an mich gewandt hat. Und deshalb glaube ich, dass Eva einen ausgeklügelten Plan verfolgt. Sie hat nach dem Abitur Medizin studiert. Und sie hat alles unternommen, um ihrem kranken Bruder zu helfen. Eva fühlte sich offensichtlich schuldig an Bernds Zustand und wollte nichts ungenutzt lassen, um ihn aus seinem Seelengefängnis herauszuholen.«

»Die Gräfin von Monte Christo«, sinnierte Barrus. »Sie nimmt an allen Rache, denen sie die Schuld an Bernds Zustand gibt.«

»Nein, das ist nicht ihr Motiv. Das wäre auch zu einfach. Und Bach, der hat Bernd ja eher geholfen, als ihm geschadet«, sagte Karl Böttcher und verschwand schnellen Schrittes in seinem Häuschen, aus dem er nur Sekunden später mit einem Aktenordner wieder auftauchte. »Hier habe ich alles, was ich zu dem Fall von 1951 gesammelt habe. Auch Sachen aus der Gegenwart. Und danach ist Evas Motiv nicht Rache, mein Junge. Eva schützt jemanden.«

»Aber wen? Doch nicht ihren Bruder Bernd, oder?«

»Nein. Es ist niemand aus ihrer Familie.«

»Wenn ich bereit bin, für jemanden, den ich schützen will, Morde zu begehen, dann muss es schon eine ziemlich starke Abhängigkeit von dieser Person geben, oder?«

»Richtig. Und die gibt es auch. Eva ist bis über beide Ohren verliebt, wie man das zu meiner Zeit gesagt hat. Und für ihre große Liebe ist sie sogar bereit zu töten.«

»Und wer soll das sein, derjenige, den sie liebt und für den sie mordet? Hast du das herausgefunden?«

»Am Gruppensex in der Scheune waren drei Männer beteiligt. Ein alter aus der Nachbarschaft, der Fleischer, der damals im Nachbarort wohnte, und ein Jugendlicher, der gerade im Dorf zu Besuch war.«

»Ich ahne, was jetzt kommt«, sagte Barrus. »Es geht um diesen Jugendlichen, richtig?«

»Ja. Der junge Mann wohnte bis zum Krieg auch in dem Ort und floh mit seiner Familie, als die Russen anrückten. Es ist Valentin von Weilberg, der jüngste Sohn der Adelsfamilie, die in dem benachbarten Gutshaus gelebt hatte. Es steht unweit von dem großmütterlichen Bauernhaus, später wurde darin das Kinderferienlager eingerichtet.«

»Valentin von Weilberg, der heutige Leiter der Imhotep-Klinik?«

Böttcher nickte.

»Dann wird mir allerdings einiges klar.«

»Das hoffe ich«, gab Böttcher zu. »Eva war schwer verliebt in den hübschen Burschen. Deshalb konnte ihr nicht gefallen, was der Fleischer sowie der alte Mann aus dem Dorf dem jugendlichen Valentin gegen D-Mark anboten, ihm eine … na, wie soll ich es sagen, eine günstige Gelegenheit zu verschaffen.«

»Ich nehme an«, warf Barrus ein, »Eva und ihr Bruder waren vorher in die Scheune geschlüpft und haben vielleicht vom Heuboden aus alles mit angesehen. Das haben die natürlich in ihrem … Eifer nicht mitbekommen.«

»Nein, das hat wohl keiner der drei auch nur geahnt. Und das haben sowohl der alte Mann als auch der Fleischer mit dem Leben bezahlt. Sie starben kurz nacheinander merkwürdige Tode.«

»Inwieweit merkwürdig?«

»Die Männer lebten allein. Im Dorf erzählte man, dass ein unbekannter Samariter oder eine Samariterin irgendwann anfing, für sie zu kochen, und ihnen täglich ein warmes Essen brachte. Und eines Tages klagten beide plötzlich über dieselben Krankheitssymptome. Der Landarzt fand aber keine Ursache und hatte demzufolge auch keine geeigneten Mittel, die Magenkrämpfe zu beseitigen. Er verordnete ihnen weniger Schnaps und mehr Ruhe sowie Kräutertees. Das half jedoch nicht, und bei der Obduktion der Leichen, die wegen der ungeklärten Todesursache durchgeführt wurde, wies der Gerichtsmediziner in ihren Mägen nicht nur dasselbe Essen, sondern in beiden Körpern auch Spuren des Schwermetalls Thallium nach, das ein Hauptbestandteil von Rattengift ist. Und, mein Junge«, sagte Karl mit erhobenem Zeigefinger, »man fand heraus, dass die Speisereste in den Mägen der beiden Toten, also ihre Henkersmalzeit, identisch waren und dem Essen glichen, das es am selben Tag im Gutshaus gab, was zu diesem Zeitpunkt ja ein Kinderferienlager war ...«

»... und in dem die Großmutter von Eva gekocht hat«, ergänzte Barrus. »Hat man die alte Dame dazu befragt?«

»Nein«, antwortete Böttcher. »Das war leider nicht mehr möglich. Als die Kollegen diese Zusammenhänge erkannten, war sie schon gestorben und begraben.«

Wieder strich sich Barrus angestrengt über die Stirn. »Ich nehme an, dass die Großmutter nicht das Rattengift in die Speisen gemischt hat, oder?«

»Wohl nicht. Sie hätte nicht riskiert, ins Gefängnis zu kommen, denn sie musste sich ja um die beiden Kinder ihrer Tochter kümmern, den Jungen besuchte sie, so oft es ging. Das Verantwortungsgefühl war bei ihr stärker als der Rachedurst. Es war Eva, die ihnen das Essen gebracht hat, und sie hat aus der ganzen Geschichte wahrscheinlich eine ungeheuer tragische Schlussfolgerung gezogen.«

Barrus nickte und atmete tief ein. »Sie glaubte ab da, dass niemand sie erwischen kann.«

»Ja. Eva glaubt womöglich, dass sie sogar geschützt wird.«

»Von euch damals und von der Mordkommission heute.«

»Das kann gut sein. Und die Verwicklungen des Gesundheitsministers in die illegalen Arzneimitteltests bewirken, dass sie sich nach wie vor ganz sicher fühlt«, ergänzte Böttcher.

»Und von Weilberg?«, fragte Barrus. »Wie ging es mit ihm weiter?«

»Der junge Valentin von Weilberg ist nach den Geschehnissen von 1951 irgendwann in die BRD geflüchtet und nie wieder hier im Brandenburgischen aufgetaucht. Zu groß war die Gefahr, dass man ihn verhört und vielleicht ins Gefängnis steckt, aufgrund einer Anklage, mit leicht verdrehter Wahrheit, die der damaligen Propaganda sehr gut in den Kram gepasst hätte. Ein Adliger vergewaltigt erst eine ehemalige Untergebene seiner Familie und bringt sie dann sogar um. Und so blieb Eva nichts anderes übrig, als jede Nacht zu beten und Gott darum anzuflehen, ihr den Traumprinzen, für den sie aus Eifersucht sogar die eigene Mutter umgebracht hatte, irgendwann wiederzubringen.«

»Und ihre Gebete«, sagte Barrus, »wurden eines Tages erhört.«

»Ja. Valentin von Weilberg hat wie Eva Medizin studiert, und stand während der Pharmaversuche auf Seiten der bundesdeutschen Testabteilungen. Da also traf sie ihn wieder und schwor sich, ihren Valentin nicht mehr aus den Augen zu verlieren.«

»Und sie beschloss auch, ihn zu schützen.«

»Ja. Gegen jeden Angriff, der ihn bedrohte. Nur wusste von Weilberg von seinem Schutzengel gar nichts, und ich glaube, dass er das heute noch nicht weiß.«

»Deshalb also diese Monster«, sagte Barrus mehr zu sich selbst.

»Monster?«

»Karl, warst du schon mal in der Imhotep-Klinik am Gördensee?«

Böttcher schüttelte den Kopf »Ich fühle mich pudelwohl. Was soll ich da?«

»Da arbeiten Monster. Unglaublich hässliche Frauen. War von Weilberg ein Schürzenjäger?«

»Nicht auszuschließen. Er ist ein attraktiver und reicher Mann.«

»Genau da liegt ihr Motiv. Eva, die in der Klinik auch für die Personalabteilung zuständig ist, hat ihm ausschließlich Frauen vor die Nase gesetzt, die von Weilberg unmöglich begehren konnte. Ich habe zwei dieser Exemplare gesehen und weiß, wovon ich spreche. Aber eine Frage bleibt noch immer unbeantwortet.«

»Welche?«

»Sie hatte mich in der Gewalt. Warum hat sie mich wieder laufen lassen? Mit meinem Wissen könnte ich doch auch zu einer Gefahr für ihren Valentin werden.«

Karl Böttcher ließ sich Zeit mit der Antwort. Dann zog er die Schultern hoch. »Das weiß ich nicht so genau. Aber ich habe eine Ahnung.«

»Und die ist?«

»Sie hat dich gebraucht. Von Weilberg hat ihre Bemühungen nie erwidert. Er hat sie behandelt wie jede andere Frau, sie, die sogar für ihn getötet hat. Sie, die mit nach Indonesien gegangen ist, um dort für ihren Valentin verbotene Versuche an Menschen vorzunehmen. Sie muss zutiefst enttäuscht sein. Es ist also vorstellbar, dass ihre große Liebe mittlerweile umgekippt ist in schweren, zerfressenden Hass. Deshalb hat sie dich zielgerichtet aufgesucht und dich wie eine alte Indianerin immer wieder auf die richtige Spur gesetzt, wenn du dich verirrt hast. Du solltest von Weilberg zur Strecke bringen, ihn an die Polizei ausliefern. Du solltest glauben, dass von Weilberg hinter den Morden steckt, dass er mit diesen Verbrechen versuchte, seine anhaltenden Menschenversuche in Indonesien zu vertuschen. Und damit hat sie dich zum Rächer gemacht, mein Junge. Dich, den alten Schulfreund, der sich Hals über Kopf in die schöne Eva verliebt und bereit ist, dafür den hochdekorierten

Nebenbuhler auszuschalten. Als sie aber erkannte, dass du nicht so zu manipulieren warst, wie sie sich das vorgestellt hatte, da hat sie aufgegeben.«

»Aufgegeben?«

»Ja. Ich glaube, dass sie jetzt auf dich wartet. Ihr Plan ist nicht aufgegangen. Sie will, dass du sie abholst, mein Junge. Eva will Schluss machen.«

38

Am Ausgang der Stadt tauchte Barrus mit dem Dienstwagen der Brandenburger Kripo in die beginnende Dämmerung ein. Die Landstraße nach Wenzlow führte über zehn Kilometer durch dichten Kiefernwald, was ihn zum Einschalten der Scheinwerfer zwang. Barrus hatte keine Zeit gehabt, auf ein Taxi zu warten, und sich deshalb gegen seinen eigentlichen Entschluss doch entschieden, auf den aus seiner Sicht übertechnisierten VW-Passat zurückzugreifen.

Es hatte entsprechend der Wettervorhersage leicht angefangen zu nieseln. Barrus versuchte, die bereits feuchte Fahrbahn im Blick zu behalten, was ihm schwerfiel, denn seine Konzentration entglitt immer wieder hin zu anderen drängenden Gedanken. Hatte Karl Recht oder irrte er? Wartete Eva wirklich auf ihn, oder waren Berit und Imre längst tot, von Eva vergiftet, wie Markus Weiß, Alfred Bach und auch der arme Willi? Fragen über Fragen, die Barrus fast den Verstand raubten, ebenso wie der gut gemeinte Rat Karl Böttchers, doch auf die Polizei zu warten und mit den ehemaligen Kollegen gemeinsam nach Wenzlow zu fahren. Barrus hatte das entschieden abgelehnt, den Vorschlag sogar als Zumutung empfunden, denn mit den

Händen im Schoß dazusitzen, das hätte er nicht gekonnt. Und schon gar nicht, wenn es um Berit, und auch nicht, wenn es um Imre ging. Nein, no, non, njet – egal in welcher Sprache, es gab auf Karls Vorschlag immer dieselbe Antwort. Aber Karl hatte sich bereiterklärt, Manfred Feller anzurufen, um den aktuellen Leiter der Mordkommission auf den Stand der Dinge zu bringen.

Nach der letzten Kurve lichtete sich der Wald, und links wurde die A2 sichtbar, die Transitstrecke zwischen Ost und West. Auf dieser Autobahn flossen die Warenströme aus dem Ruhrgebiet nach Berlin und weiter nach Polen oder auch umgekehrt.

Du musst ganz durch den Ort fahren und am Ende biegst du nach rechts ab, fährst immer am Waldrand entlang. Dann kommst du direkt auf das Gehöft zu, hatte ihm Karl mit auf den Weg gegeben und mit einem Augenzwinkern unter Vertrauten ergänzt. *Wenn sie wirklich auf dich wartet, kann sie dich bereits frühzeitig sehen.*

Nachdem Barrus das Dorf durchquert hatte, hielt er kurz an. Er öffnete das Handschuhfach und tastete nach dem Inhalt. Aber da war nichts. Er hatte gehofft, dass Manfred dort seine Pistole deponierte, doch das war eben nicht der Fall. Also musste es auch so gehen, obwohl bei dem Gedanken ein flaues Gefühl seinen Magen eroberte.

Barrus ließ den Wagen langsam weiterrollen, behielt dabei die Umrisse des vor ihm liegenden Hofes ganz genau im Auge. Würde Eva ihm den Weg weisen? Würde sie am Tor auftauchen und ihn hereinbitten? Er wusste es nicht, und seine Vorstellungskraft war nicht stark genug, um sich das auszumalen.

Zwanzig Meter vor dem Hof hielt er erneut an und schaltete den Motor aus. Nichts. Alles lag in völliger Stille, die fortschreitende Dämmerung verschluckte erste Konturen, vermengte die Umrisse des Hofes mit dem dahinterliegenden Wald. Barrus' Puls stieg rasant, war deutlich an den Schläfen zu spüren. Er rechnete noch einmal durch. Er war allein, seine Gegner waren womöglich zu dritt. Eva, ihr Bruder und dieser Kelewang. Was war mit den beiden Männern? Hatte Eva sie wirklich im Griff? Oder würden sie ausbrechen und ihr eigenes Ding drehen, ihn vielleicht überwältigen und aus dem Weg räumen? Auch darauf wusste Barrus keine Antwort. Eine Situation, der er während seines gesamten Berufslebens nach Möglichkeit versucht hatte, aus dem Weg zu gehen. Denn schon als Schulbub hatte er Gleichungen mit mehreren Unbekannten gehasst, woran sich bis heute nichts geändert hatte.

Was also blieb ihm? Augen zu und durch!

Barrus' Nerven waren mittlerweile bis zum Zerreißen gespannt. Er stieg aus dem Auto und schlug die Tür mit aller Kraft wieder zu. Sie sollte es hören, sollte sehen, dass er allein kam. Ohne Polizeischutz. Dann bückte er sich und riss ein paar dunkelblaue Astern aus der Erde, die ausgewildert am Waldrand wuchsen. Jetzt gab es kein Zurück mehr, jetzt ging es nur noch in eine Richtung.

Nur wenige Sekunden später trat Barrus durch das geöffnete Hoftor. Rechter Hand lag das Bauernhaus. Es wirkte verlassen, schäbig, unwirtlich. Und vor ihm die riesige Scheune, fast drei Etagen hoch, der Dachfirst in Augenhöhe mit den Wipfeln der Kiefern. Und auch hier stand das Tor offen.

Barrus näherte sich. Sein Herz raste, der Puls im Ohr wurde zum Dauerton. Was war da? Brannte da Licht? Barrus rieb sich die Augen. Tatsächlich. Aus der Scheune drang ein seichter Lichtschein, kein ruhiger, wie von einer Lampe, sondern eher nervös. Vielleicht von der Flamme einer Kerze.

Seine Schritte glitten weiter, bis er endlich an der Scheune ankam und ins Innere schauen konnte.

Und da war sie. Eva. Sie saß in der Tenne an einem Tisch, darauf ein Kerzenständer, in dem fünf daumenstarke Kerzen brannten. Und nicht nur das. Auf einer schneeweißen Decke standen zwei Teller mit Besteck, Gläser, daneben lagen Servietten. Ein Dinner for two bei Kerzenlicht. Und dann Eva. Sie erhob sich, stellte sich in all ihrer Herrlichkeit hinter ihren Stuhl und sah Barrus entgegen. Ihr schwarzes Seidenkostüm schimmerte im Schein der Kerzen.

»Jo, komm. Ich habe auf dich gewartet. Setz dich doch.«

»Guten Abend, Eva.« Barrus ging auf sie zu. »Die Blumen … sie sind für dich.«

Evas Mundwinkel formten sich zu einem verträumten Lächeln. »Du hast wirklich nichts verlernt, bist immer noch der alte Charmeur.« Sie nahm aus Barrus' Hand die Astern entgegen und hielt sie dicht an ihre Nase. »Sie sind wunderschön. Schade, dass wir beide uns erst jetzt näherkommen. Ich liebe es, Blumen geschenkt zu bekommen.«

Barrus ging um den Tisch herum zu dem Stuhl, der offenbar für ihn gedacht war, blieb aber auf halbem Wege stehen.

»Eva, bevor ich mich setze, habe ich eine Frage.«

»Später«, sagte sie und legte mangels Vase die Blumen neben den Kerzenständer. »Du brauchst dir keine Sorgen zu machen.«

»Berit ist meine Nichte, und Imre ist mein Freund.«

»Später, Jo, später. Jetzt wollen wir essen. Ich habe schon einen mächtigen Hunger.«

Barrus setzte sich, kam aber noch immer nicht zur Ruhe. »Eva, sag mir wenigstens, wie es den beiden geht und wo sie sind.«

»Jo, du solltest dich entspannen und uns nicht den wundervollen Abend verderben. Das würde ansonsten unerfreuliche Konsequenzen für deine Freunde haben.«

Barrus schloss die Augen und presste unter dem Tisch die Finger gegeneinander, bis sie weiß und blutleer waren. Dann versuchte er, sich an die Worte von Karl Böttcher zu erinnern. *Ich glaube, dass sie jetzt auf dich wartet. Ihr Plan ist nicht aufgegangen. Sie will, dass du sie abholst, mein Junge.* Genau das hatte Karl gesagt.

Barrus öffnete wieder die Augen und sah Eva einige Sekunden lang an. Dann hob er das Glas, das sie zuvor mit dunkelrotem Wein gefüllt hatte und prostete ihr zu. »Auf dein Wohl, meine Liebe. Und auf einen wunderschönen Abend.«

39

»Was machst du?«, fragte Bernd Mahler seinen dunkelhäutigen Mitstreiter. »Was hast du vor?«

»Red nicht«, knurrte Nasri Kelewang, der zwar mehr als einen Kopf kleiner war als sein deutscher Kompagnon, den aber geistig um einiges überragte. »Fass mit an, du komisches Kindlein, du.«

»Wo willst du mit ihr hin? Sie ist doch schon tot«, behauptete Bernd und ließ den Blick über den Körper der jungen Frau gleiten, die nur halbbekleidet vor ihnen auf dem kalten Steinboden lag. »Kommt sie auch in das Kloster?«

»Red nicht, habe ich gesagt. Sie ist nicht tot, sie schläft nur, und nun fass endlich zu.«

»Sie schläft nur?«, fragte Bernd und suchte den Blick von Nasri Kelewang. »Sie ist noch gar nicht tot?«

»Nein. Aber nerv mich nicht. Nimm sie unter die Arme und trag sie nach draußen. Los jetzt.«

Bernd Mahler baute seine riesenhafte Statur vor dem kleinen Indonesier auf. »Wir müssen sie erst totmachen. Das sagt Eva immer. Erst totmachen, dann wegtragen. Ich gehe und hole die Spritze«, sagte er und wandte sich auch schon zur Tür.

»Nein«, schrie Kelewang, »dieses Mal ist das anders. Hat deine Schwester dir das nicht gesagt?«

Bernd Mahler drehte sich ganz langsam wieder um. »Nein«, antwortete er und schüttelte den Kopf. »Nein, das hat sie nicht.«

Kelewang schüttelte nun auch den Kopf. Allerdings aus Verzweiflung. Die Kleine hier würde Nummer siebzig sein. Endlich. Siebzig Frauen im Alter von elf bis dreißig Jahren. Und fast alle hatte er so behandelt, wie es ihm sein verstorbener Vater befohlen hatte, als er Nasri eines Tages im Traum erschienen war. *Du musst sie mit dem gesamten Unterkörper in der Erde vergraben. Dann musst du sie betäuben und mit einem Elektrokabel erdrosseln. Wenn sie endlich tot sind, öffnest du ihren Mund und trinkst ihren Speichel. Anschließend bringst du ihre Körper tiefer in die Erde, so dass nur die Köpfe herausschauen, und zwar in Richtung deines Hauses, was dir zusätzliche Energie gibt.* Und es mussten unbedingt siebzig sein. Siebzig! Neunundsechzig hatte Nasri bereits erledigt, und die Kleine hier, würde sein Meisterstück werden.

»Los jetzt!«, fuhr er Bernd Mahler wieder an. »Pack sie und trag sie draußen zu dem Loch«, sagte er. Warum war der Kerl bloß so störrisch, fragte sich Nasri. Es hatte doch sonst so gut mit ihm geklappt. Auch zu Hause in Indonesien. Aber da war immer die Doktorin dabei, die Schwester des Riesen. Und die sprach mit diesem Fleischkloß wie mit einem kleinen Kind. *Kindlein, Kindlein trallalla, heissassa, schibummsassa*, oder so ähnlich. Nasri hatte sich die deutschen Reime nie gemerkt. Zu abwegig fand er das, was die Doktorin da mit ihrem Bruder trieb. Heute Nachmittag hatte sie ihm, als sie ihm den Riesen gebracht hatte, noch geraten: *Sing ihm einen Kinderreim vor. Den mag er. Und dann wird er dir gehorchen.*

Aber wie lautete der? Nasri hatte es vergessen, und er hatte auch versäumt, sich den Reim aufzuschreiben. *Sing ihn Bernd vor, ganz leise und behutsam*, hatte die Doktorin gesagt.

Nasri schloss die Augen und versuchte sich zu konzentrieren. *Kindlein mein, schlaf jetzt endlich, weil die Sterne leuchten …*

Nein, das war es nicht. Außerdem reimte sich der Spruch nicht. *Kindlein du, schlaf jetzt zu, weil ...* Nein, das war es auch nicht. *Kindlein mein, schlaf nur ein ...* Ja, das war es. Und wie weiter? Verdammt noch mal! Er musste es herausfinden, denn wie *Sesam öffne dich!* aus dem Munde Ali Babas würde der richtige Kinderreim bei Bernd Mahler eine zauberhafte Wirkung erzielen. Das jedenfalls hatte ihm die Doktorin ja versprochen. Aber wie lautete er nur?

Kindlein mein, schlaf nur ein, weil die Sternlein kommen ...

10

Als Barrus das Glas wieder absetzte und auf den Tisch zurückstellte, fiel sein Blick unwillkürlich auf ein streichholzschachtelgroßes schwarzes Kästchen, auf dessen oberer Seite ein rotes Lämpchen im Sekundentakt zuckte. Was war das für eine Apparatur? Ein Hilfsmittel des Todes, der sich in dieser Scheune vor mehr als vierzig Jahren breitgemacht und damals wie heute jene Eva Mahler zu seinem Werkzeug erkoren hatte?

Als Eva erkannte, worauf Barrus' Blick sich richtete, legte sie den ausgestreckten Zeigefinger auf ihre tiefroten Lippen. Ihre hochgezogenen Brauen übernahmen derweil die Sprechfunktion von Zunge und Gaumen. Sie drückten aus: *Jo, keine Fragen zu diesem Kästchen.*

Aber Barrus konnte nicht anders. Er würde sonst durchdrehen oder innerlich explodieren. »Was löst das Kästchen aus, wenn du auf den rot blinkenden Knopf drückst?«, fragte er.

Evas Blick wurde härter. Sie taxierte Barrus eingehend. Dann wechselte ihr Blick wieder ins Sehnsüchtige. Ein ständiges Schwanken, eine innere Unruhe, die Bestand hatte, seit Barrus diese Scheune betreten hatte.

»Was löst dieses Kästchen aus?«, wiederholte Eva die Frage, nahm es in die Hand und hielt es Barrus hin, den Daumen über das rot blinkende Licht gelegt. »Es verbindet uns. Es verbindet den Mädchenschwarm Jo Barrus und das Mauerblümchen.«

»Welche Verbindung könnte ein technisches Gerät herstellen, Eva?«

Sie blickte auf das Kästchen, wie auf einen wertvollen Ring, den sie als Geschenk aus den Händen des Liebhabers erhalten hatte. »Du meinst, ihm fehlt es an Gefühlen. Ja, meinst du das?«

»Was löst es aus, Eva?«

»Früher warst du romantischer, Jo Barrus. Du vermochtest, den jungen Mädchen nur mit Worten den Kopf zu verdrehen.«

»Eva, was löst es aus?«, beharrte Barrus auf einer Antwort. »Hat das Kästchen etwas mit Berit und Imre zu tun?«

»Es ist die Fernbedienung zu einer automatischen Spritze. Man verwendet sie hauptsächlich in der Veterinärmedizin, aber auch bei uns in der Humanmedizin. Zum Beispiel für die Insulinversorgung. Automatisch bedeutet in diesem Fall, dass die Kanüle oder Nadel zuvor nicht einmal manuell eingestochen werden muss. Das übernimmt alles der Automat. Und dieser Knopf hier ...« Eva deutete mit dem rot lackierten rechten Zeigefingernagel darauf, »... dieser Knopf verursacht dann weiter, dass in unserem Fall nicht Insulin, sondern das Gift der Würfelqualle in den Körper strömt. Bei Patienten mit Spritzangst ein großer Vorteil.«

Aber geschmacklos, wie Barrus fand, eine echte Entgleisung. »Wo sind sie?«, fragte er mit harschem Ton. »Eva, das ist kein Spiel. Es ist Realität, es hängen zwei Menschenleben an deinem Daumen. Unschuldige Menschenleben. Wo hast du Berit und Imre versteckt?«

Als hätte Barrus mit seiner Frage einen hervorragenden Witz gemacht, lachte Eva laut auf und warf ihren Kopf in den

Nacken. »Schaut ihn euch an«, rief sie, als sie den Kopf wieder nach vorn gerichtet hatte und Barrus ansah. »Schaut euch diesen Meister des Altruismus an. Selbstaufopferung bis zur letzten Sekunde.« Dann lachte sie erneut laut auf. »Nein, Jo. Um deine beiden Freunde brauchst du dir keine Sorgen zu machen. Wenn unser Gespräch gut verläuft, kannst du sie wohlauf aus dem Keller befreien. Sie sind nicht mit dem Spritzenautomaten verbunden.«

»Wirklich nicht?«, hakte Barrus nach, der wenig Vertrauen in die Worte einer mehrfachen Mörderin hatte. Mit der er sich gerade an dem Ort aufhielt, an dem sie ihr erstes kaltblütiges Verbrechen begangen hatte.

»Wirklich nicht«, versicherte Eva. »Sie sind meilenweit entfernt von dem Automaten, wenn ich das so sagen darf. Auch bezweifle ich, dass das Signal, das dieses Kästchen absetzt, stark genug ist, um durch die dicken Wände des Bauernhauses bis in den Keller vorzudringen. Nein, Jo. Der Apparat befindet sich genau unter deinem süßen Hintern. Die Giftmenge, die dich tötet, ist nicht größer als eine Träne eines der vielen Mädchen, die du in deinem langen Leben verlassen hast. Der Automat benötigt nur Millisekunden, um es dir zu injizieren, nachdem du wahrgenommen hast, dass ich ihn ausgelöst habe. Aufzuspringen in der Hoffnung, dass die Kanüle es nicht schafft, in dich einzudringen, ist also vergebene Mühe, und sollte dir das trotzdem irgendwie gelingen, habe ich hier noch Ersatz.« Eva legte eine mit einer goldgelben Flüssigkeit aufgezogene Spritze auf den Tisch. »Bis du deinen alten Körper wieder vom Boden erhoben hast, steckt diese Nadel tief in deinem Hals.«

Barrus musste unweigerlich schlucken. Er also war Evas Ziel, ihn wollte sie vernichten. Aber warum? Hatte sich Karl wirklich so geirrt mit seiner Analyse?

Er dachte angespannt nach. Was hatte er früher getan, um eine Lösung für ein schwieriges Problem zu finden? Er hatte mit der kleinen Berit Schach gespielt. Wenn Berit nicht zur Verfügung stand, hatte er Partien nachgespielt, deren Ausgangspositionen er aus der Tageszeitung entnommen hatte. Dame, Turm und Läufer bedrohen den König. Schach.

Und genauso fühlte er sich im Augenblick. Wie der König im Schach stehend, bedroht von der schwarzen Dame. Es gab nur eine Möglichkeit. Er musste die Dame in eine Falle locken, um sie zu Fall zu bringen, und dann seinerseits ihren Läufer und den Turm, also Kelewang und Bernd Mahler, vom Brett fegen.

Sein Blick suchte das kleine Kästchen, das nur wenige Zentimeter neben Evas rechter Hand lag. *Nun gut, meine Liebe, dann mache ich erst einmal einen Schritt auf dich zu. König auf D4. Schach der Dame.*

»Neulich«, sagte Barrus, nahm die Gabel in die Hand und drehte sie zwischen den Fingern, als hätte ihm sein Hausarzt diese Aufgabe übertragen, um der beginnenden Arthritis entgegenzuwirken. »Neulich war ich im Zoo. Ich weiß nicht, Eva, ob du jemals in einem Zoo warst, aber was meinst du, begegnet mir dort immer wieder?«

»Tiere nehme ich an«, antwortete Eva und nahm eine Scheibe Käse.

»Natürlich. Im Zoo leben Tiere. Aber weißt du auch welche?«

»Wilde, nehme ich an, oder?« Das kleine, gelbe Stückchen Käse verschwand hinter Evas Lippen. Dann umschloss ihre Hand wieder das schwarze Kästchen, das sie während der Nascherei fast unbeachtet neben ihrem Teller hatte liegen lassen.

Barrus schüttelte den Kopf. »Wilden Tieren begegnet man im Zoo selten. Schau dir die Löwen an. Würden Menschen sich so verhalten, würde man sie in eine Klinik einweisen. Diese herrlichen Großkatzen laufen hochnervös am Gitter hin und her oder dösen apathisch in einer Ecke ihres Geheges vor sich hin. Alles eine Folge der angeblich artgerechten Haltung. Nein, man begegnet keinen wilden Tieren, sondern solchen, die schon einen Knall haben, oder solchen, die resignieren, den

Gedanken aufgegeben haben, jemals wieder in Freiheit zu kommen, falls sie überhaupt wissen, was das ist, und nicht in Gefangenschaft geboren worden sind. Und aus deren Augen strömt jene tiefe Einsamkeit, durch die sie einem gefangenen Sklaven gleichen. Schau dir die Bären an, die bewegungslos auf dem Boden liegen und jeden Besucher flehend anschauen. Hol mich hier raus, scheinen sie zu rufen. Lass mich nach Hause gehen. Oder die stolzen Oryxantilopen, die nicht mehr ihre beiden prächtigen Spieße zur Schau tragen, sondern resigniert die Köpfe hängen lassen. – Alle trauern, scheinen zu weinen um den Verlust von Freiheit, bis auf eine Tierart. Und weißt du welche das ist?«

Evas Hand suchte wieder ein Stück Käse, derweil sie Barrus mit einem Kopfschütteln antwortete und hinzufügte: »Nein, das weiß ich nicht. Erzähl es mir.«

»Die Erdmännchen. Es sind die kleinen und wieselflinken Erdmännchen. Sie graben und graben den ganzen Tag, und lassen sich auch nicht davon abhalten, dass sie bei ihren steten Grabungen immer wieder auf die tiefen Mauern stoßen, die ihnen die Pfleger in den Weg gestellt haben, in den Weg zur Freiheit, den die Erdmännchen suchen. Diese Tiere, die in Kolonien leben, in Gesellschaften, die haben anders als die Einzelgänger noch nicht aufgegeben. Sie buddeln und buddeln, unermüdlich, Tag um Tag, wie der alte Sisyphos.«

Eva kaute den Käse sehr langsam, schluckte ihn schon fast bedächtig hinunter und sah Barrus lange an. »Du meinst, weil die Erdmännchen eine Arbeit tun, die nie von einem positiven Ergebnis gekrönt sein wird?«

Barrus nickte.

»Wirklich sehr interessant, aber was willst du mir damit sagen, Jo Barrus?«

»Noch ein Glas Rotwein?«, fragte er und nahm mit der linken Hand die Weinflasche, weil die rechte weiter die Gabel drehte.

»Ja, bitte«, sagte Eva, und Barrus schenkte nach.

»Die Figur des Sisyphos galt den alten Griechen als eine Art Schalk, als ein Schlitzohr, der die Götter des Olymps zu verachten schien. Er hielt sich für überdurchschnittlich intelligent, intelligenter sogar als die Götter, trickreich und gerissen. In seiner grenzenlosen Selbstüberschätzung wollte er Herr über Leben und Tod werden, indem er den Zugang zum Hades versperrte. Und den Todesgott Thanatos gefesselt in seine Gewalt zu bringen versuchte. Aber Sisyphos hatte die Rechnung ohne den Wirt gemacht. Worauf ich hinaus will, ist die Tatsache, dass Sisyphos Rechnung letztendlich nicht aufgeht. Irgendwann haben die Götter genug und bestrafen ihn. Zeus lässt ihn durch Hermes in die Unterwelt bringen, wo er zur Strafe einen Felsblock auf ewig einen Berg hinaufwälzen muss, und fast am Gipfel angekommen, geht es immer wieder abwärts. Eine sinnlose und schwere Tätigkeit ohne absehbares Ende.«

»Und wer von uns beiden ist Sisyphos?«, fragte Eva mit zur Seite gelegtem Kopf. »Bist du Sisyphos oder bist du Zeus?«

»Weder noch, meine Liebe«, antwortete Barrus. »Ich glaube, dass ich in unserer kleinen Geschichte eine Doppelrolle übernommen habe. Eine, die du mir gegeben hast, und eine, die sich im Laufe der letzten Tage entwickelt hat.«

»Und die wäre?«

»Du hast mich zu Thanatos gemacht. Jedenfalls wolltest du das. Ich sollte dabei aber nur dein dummes, willfähriges Werkzeug sein, das deiner Intelligenz nichts entgegenzusetzen hat und tut, was du, die neue Herrscherin über Leben und Tod, befiehlst. Und so glaubtest du, die Götterwelt, also in diesem Fall den Staat, an der Nase herumzuführen. Leider«, sagte Barrus und erhob erneut das Weinglas, »hattest du damit zum Teil sogar Erfolg.«

Eva trank einen Schluck und fragte, nachdem sie das Glas wieder abgesetzt hatte: »Und worin bestand dieser Erfolg deiner Meinung nach?«

»Du hast den Staat wirklich an der Nase herumgeführt. Du warst erfolgreich, als du in dieser Scheune deine Mutter erschlagen hast. Vielleicht sogar genau hier«, sagte Barrus und deutete mit der Gabel, die noch immer in seiner rechten Hand lag, auf den Boden, »wo jetzt der Tisch steht, an dem wir beide zu diesem Dinner sitzen.«

»Wie kommst du darauf?«

Barrus schüttelte den Kopf. »Nicht ich bin darauf gekommen. Es war die Polizei, genauer gesagt waren es ehemalige Kollegen von mir. Sie haben mit dem neuen Mittel der DNA-Analyse herausgefunden, dass nicht Bernd zugeschlagen hat, sondern dass es jemand anderes war. Und da nur noch du zu diesem Zeitpunkt in der Scheune warst, scheint die Schuldfrage zumindest für diese Tat geklärt zu sein.«

»Nach all dieser Zeit …«

»Diese Form der Beweisführung ist auch nach Jahren ziemlich eindeutig. Es lässt sich mit fast hundertprozentiger Wahrscheinlichkeit sagen, dass Bernd die fragliche Brechstange niemals in der Hand gehabt hat. Denn anderenfalls hätte sich DNA-Material von ihm daran finden lassen müssen, was aber nicht der Fall war. Anders verhält es sich mit deinem Gewebe. Es wurde überaus großzügig auf dem Mordinstrument gefunden, das lange Jahre ungenutzt in der Asservatenkammer gelagert war und nun den Kriminalisten eine Geschichte erzählt. Die beschreibt, was im Februar 1951 in dieser Scheune passiert ist.« Er war sich bewusst, dass er damit den Ermittlungsergebnissen vorgriff, doch das nahm er in Kauf, denn er war sicher, dass es sich so verhalten hatte. Und er musste sie aus der Reserve locken, damit sie ihre Deckung aufgab.

»Und was ist hier also nach Meinung deiner Kollegen passiert?«

Barrus' Blick ging hoch, in das Schwarz der Scheune, immer höher. »Irgendwo da oben«, sagte er und nahm den Blick zu Eva zurück, »habt ihr gelegen, du und dein Bruder Bernd. Ihr habt euch dieses Versteck ersonnen, weil ihr gehofft hattet, von dort das gesamte Schlachtefest, also auch das Töten des Schweins, zu beobachten, was ansonsten den Kindern verboten war. Aber ihr konntet nicht ahnen, dass deine Mutter mit drei Männern im Schlepptau erscheinen würde, von denen einer noch ein Jugendlicher war. Einer, der dir sehr am Herzen lag. Einer, in den du bis über beide Ohren verliebt warst. Und dann musstest du mit ansehen, wie dieser Märchenprinz, der Valentin für dich war, es wie ein Hengst mit deiner Mutter trieb.«

Evas Blick veränderte sich von einem Augenaufschlag zum nächsten radikal. Er wurde finster wie die Nacht. »Hör auf!«, schrie sie Barrus an und stieß ihm den ausgestreckten rechten Zeigefinger entgegen. »Hör sofort auf! Du hast kein Recht, das zu sagen. Sie war eine Nutte, eine dreckige Hure. Ich musste sie umbringen«, schrie sie weiter und zog die Hand wieder zurück, schlug sie auf den Tisch, neben den Teller und neben das schwarze Kästchen.

Barrus' Puls stieg rasant. Er pochte wie wild im Hals, an den Schläfen, überall. Genau darauf hatte er gewartet, darauf hatte er in den letzten Minuten hingearbeitet. Und dann geschah es. Trotz seiner zwei gebrochenen Rippen schnellte er mit der Geschmeidigkeit eines hungrigen Leoparden nach vorn, riss mit seinem Bauch alles um, was mehr als fingerbreit vom Tisch emporragte und rammte mit der Gewalt eines Grizzlybären die Gabel durch Evas rechte Hand, was sie wie für die Ewigkeit an die Tischplatte nagelte. Mit der nächsten Bewegung fegte Barrus das schwarze Kästchen vom Tisch, weit genug aus dem Bewegungsradius von Eva heraus.

»Doch«, sagte er dann, »doch, Eva, dazu habe ich ein Recht, eine Pflicht sogar.«

Barrus ignorierte Evas fassungslosen Blick. Er bückte sich nach dem schwarzen Kästchen, steckte es ein. In der Dunkelheit erkannte er, als er sich wieder erhob und sich dem Bauernhaus zuwandte, in der Ferne deutliche blaue Blitze. Manfred

Feller. Das würde Manfred mit seinen Leuten sein, die über die Landstraße jagten und in wenigen Minuten hier sein würden. Sollten sie sich um Eva kümmern, er hatte dafür jetzt keine Zeit. Er musste Berit und Imre finden.

41

Am nächsten Tag blieb das Belmondo geschlossen. Hildi, der nach dem Auftauchen von Berit und Imre ein riesiger Stein vom Herzen gefallen war, hatte sich sofort entschieden, eine gewaltige Willkommensparty zu geben. So saß die Sonntagsrunde, die an diesem Tag um Manfred Feller erweitert war, um neun Uhr abends an reich gedeckten Tischen. Wein gab es nur den besten, und auch ansonsten standen den verwöhnten Gaumen nur Hochgenüsse bevor: duftendes Ciabattabrot, Oliven, Käse, toskanischer Schinken, exzellenter Kaffee und viele andere Köstlichkeiten, die Hildis Fundus hergab.

»Herr Feller«, eröffnete Nikolaus Hebele die Gesprächsrunde, nachdem die Mägen fürs Erste gefüllt waren, »hat Eva Mahler noch etwas zu ihrem Motiv gesagt? Was hat sie angetrieben, zur Mörderin zu werden?«

Manfred Feller schüttelte den Kopf. »Nein, gesagt hat sie nichts mehr«, antwortete er. »Als wir an dem Bauernhaus ankamen, war sie schon tot. Jo hatte ihr zwar das Kästchen mit der Fernsteuerung aus der Hand geschlagen, aber sie hatte ja noch die aufgezogene Spritze. Die hat sie sich in den Hals gestochen, nachdem sie uns auf die Tischdecke geschrieben hatte, dass sich ihr Bruder, Kelewang und Katharina Weiß nebenan im alten Gutshaus aufhielten. Dank dieses Hinweises konnten wir Frau Weiß glücklicherweise lebend befreien und die beiden

Männer festnehmen. Sie werden gegenwärtig vernommen, wie auch Valentin von Weilberg. Und«, sagte Feller mit Blick zu Barrus, »sie wollte dich nicht töten. Unter deinem Stuhl waren nur Spinnweben. Kein Spritzenautomat, nichts, was dir hätte gefährlich werden können. Sie wollte nur, dass du auf deinem Hintern sitzen bleibst, weil sie dir etwas zu sagen hatte, was sie in dem angefangenen Brief nicht hatte vollenden können. Und das Kästchen, das sie auf dem Tisch liegen hatte, war bloß ein Kinderspielzeug.«

»Brief?«, fragte Barrus nach. »Und von welchem Kinderspielzeug sprichst du?«

»Man nennt es Tamagotchi. Es kommt aus Japan und entwickelt sich gerade weltweit zum Renner. Das Tamagotchi stellt ein elektronisches Küken dar, um das sich der Besitzer kümmern muss. Es muss schlafen, essen, spielen und all das tun, was auch ein richtiges Lebewesen tut. Und immer wenn es einen Wunsch hat, blinkt es. Das Teil, das Eva Mahler dir als gefährliche Waffe untergejubelt hat, war in Wirklichkeit das Lieblingsspielzeug ihres Bruders.« Dann griff Feller in sein Sakko und holte einen Bogen Papier hervor. »Das, Jo, ist ein Brief von Eva Mahler an dich, den wir in Kopie zu den Akten genommen haben. Lies ihn und entscheide selbst, was du davon deinen Freunden zur Kenntnis geben willst.«

Barrus nahm den Brief und verließ allein das Belmondo. Draußen setzte er sich auf seinen Stammplatz, der von einer Straßenlaterne beschienen war, und begann zu lesen.

Lieber Jo,

wenn du diese Zeilen lesen wirst, bin ich schon nicht mehr am Leben. Ich werde die nächste Spritze an meinen eigenen Hals setzen, mit dem Ergebnis, das dir ja mittlerweile hinlänglich bekannt ist. Und ich werde dafür bestimmt nicht in den Himmel kommen. Meine Reise geht entgegengesetzt in die Hölle, dahin, wohin ich im Februar 1951 aufgebrochen bin.

Ich gehe davon aus, dass du in wenigen Tagen Kontakt zu Karl Böttcher aufnehmen wirst. Trotzdem will ich dir hier alles über meinen Weg aufschreiben, der mich schlussendlich an diesen Punkt gebracht hat, ohne Chance auf einen Ausweg.

Es war Liebe, Jo. Die große Liebe meines Lebens. Eine Liebe, die bis zum heutigen Tag vergebens auf Erwiderung gewartet hat. Eine Liebe, von der jede Faser meines Lebens durchzogen war und die mich wahnsinnig gemacht hat, die mich in ihrer Gewalt hielt, wie ein Entführer sein Opfer.

Schon als ich Valentin das erste Mal gesehen habe, traf mich dieses unglaublich räuberische Gefühl wie der Blitz. Es raubte mir die Fähigkeit, klar zu denken und mich mit anderen Jungen und später mit anderen Männern zu treffen. Ich war gerade erst zehn, als Valentin mit seinen Eltern im Sommer 1949 im Dorf erschien. Ein Prinz, der hoch zu Ross an dem Mädchen vorbeiritt und der es ansah, als wäre es seine Prinzessin. Das jedenfalls bildete ich mir ein.

Und dann kam der Tag des Schlachtefestes 1951. Der Prinz war nicht noch einmal aufgetaucht, aber genau an diesem Tag, an diesem eiskalten Tag stand er wieder vor ihr. In der Scheune, nur wenige Meter von dem Mädchen entfernt. Er war gewachsen in den zwei Jahren, und er war noch hübscher geworden, er war unfassbar schön.

Und er vögelte meine Mutter, diese Hure!

Dafür habe ich sie dann erschlagen. Sie hatte es sich verdient, denn sie hatte vor meinen Augen den Prinzen entehrt. Als ich über die Leiter in die Tenne hinunterstieg, war »Verschwinde!« das einzige Wort, das ihr einfiel, während sie ihren Rock richtete. Einfach nur: »Verschwinde!«

Hätte ich gewusst, dass dieser Prinz gar keiner ist, sondern nur ein Kerl wie jeder andere, der nur an eines denkt, nämlich sein eigenes Vergnügen, ich wäre wahrscheinlich an meiner Mutter vorbeigegangen und hätte das getan, was ich immer getan hatte. Ich hätte sie einfach nur ausgelacht.

Aber die Einsicht, dass mein Prinz ein profaner Mann ist, für den es sich nicht lohnt, auch nur den geringsten Gedanken zu verschwenden, diese Einsicht kam mir erst vor wenigen Tagen, nämlich als er mich in sein Büro rief, um mir klarzumachen, dass die Klinik erpresst wird. Erpresst von jemandem, der Papiere besaß, die Valentin von Weilberg und mich in eine missliche Lage bringen konnten. Er verlangte wirklich, dass ich alle Schuld auf mich nehme, damit er und die Klinik mit heiler Haut davonkommen.

Unglaublich, oder? Aber so sind sie, die Männer. Sie denken immer nur an sich. Und da von Weilberg auch so ein Egoist ist, hat er mir die Seiten in die Hand gedrückt, die ihm der Erpresser geschickt hatte, und mit einem dreckigen Lächeln gesagt, dass ich mich schleunigst darum kümmern sollte, denn unter anderem sei darin detailliert die Ermordung meiner Mutter im Jahre 1951 beschrieben, und Mord verjähre ja nun mal nicht.

Vielleicht verstehst du jetzt, Jo, weshalb ich so handeln musste, wie ich nun mal gehandelt habe. Er, den ich über Jahrzehnte in meinem Herzen trug, mein Prinz, er verriet mich.

Und da wurde die Idee geboren, dich, einen Privatdetektiv einzuschalten, den ich schon seit der Schulzeit kenne und von dem ich weiß, dass er kein bisschen besser ist als die anderen Männer. Ich glaubte zu wissen, wie man solche Typen wie dich und von Weilberg steuert. Du solltest ihn zur Strecke bringen, du solltest den Prinzen stürzen. Ich hatte gehofft, dich so manipulieren zu können, dass du ihn zum Täter erklärst und mit deinen Beziehungen zur Polizei für seine Verhaftung sorgst. Aber ich hatte mich getäuscht. Getäuscht in dir, denn du bist zwar ein kleiner Schluckspecht, mein lieber Jo, aber du bist grundehrlich. Und ein liebenswerter Kerl, in den sich das Mädchen hätte verlieben sollen statt in irgendwelche Prinzen.

Dafür ist es nun zu spät. Aber wenigstens führte diese späte Zuneigung zu dir dazu, dass ich dich nicht getötet habe. Ich habe Kelewang und Bernd nur den Auftrag gegeben, dich ein bisschen zu quälen. Verzeih mir, lieber Jo. Dass sie dir die Rippen gebrochen haben, war nicht vorgesehen, ein Kollateralschaden. Sie wachsen wieder zusammen, vertrau mir. Mit dieser Aktion solltest du daran gehindert werden, zu früh in die Lagerhallen zu gehen. Außerdem wollte ich dir ein ganz persönliches Motiv verschaffen, den Fall zu verfolgen. Aus demselben Grund habe ich den Brief in den Briefkasten deines Kollegen gesteckt. Das wirst du mir leicht verzeihen, denn niemand wird nur eine Sekunde geglaubt haben, dass du der Mörder sein könntest. Und was die Fotos mit dir und Katharina Weiß angeht, denen sieht man doch auf hundert Meter Entfernung an, dass sie am Computer erstellt sind, Katharina Weiß hineinkopiert wurde und du ohne Bewusstsein warst, als man dich fotografiert hat.

Aber nur so konnte ich sichergehen, dass du ermittelst, wie es Jo Barrus immer als Leiter der Mordkommission getan hatte. Da reichte es eben nicht, einen Einbruch bei mir zu fingieren. Du warst zwar empört und hattest ehrlich Angst um mich, was ich im Übrigen sehr reizend finde, aber du warst noch nicht wieder zu dem Kriminalisten geworden, der du einmal warst. Und den brauchte ich, um aufzuhellen, dass von Weilberg auch heute in Indonesien Pharmaversuche vornehmen lässt. Und du hast deine Sache gut gemacht, Jo. Besser als ich, die einsehen muss, dass meine schwere Schuld nicht weiter zu vertuschen war, weil die Aufzeichnungen von Bach bereits durch zu viele Hände gegangen sind. Ich ...

Im Belmondo prostete man sich immer wieder zu und erfreute sich daran, dass Jo, Berit und Imre gesund und munter waren, wenn auch Barrus zwei gebrochene Rippen aufzuweisen hatte. Aber gemessen an der Todesgefahr, in der alle drei in den letzten Tagen geschwebt hatten, waren gebrochene Rippen nicht das, worüber man jetzt reden wollte.

»Es ist ein langer Brief«, sagte Heiner Wassertor mit Blick auf Barrus, der noch immer draußen vor dem Belmondo saß. »Ob er uns alles erzählen wird? Was meinen Sie, Herr Feller? Sie wissen doch, was drinsteht, oder?«

209

Feller nickte. »Ja, ich habe ihn gelesen. Er ist wirklich sehr ausführlich, auch wenn Eva Mahler ihn nicht zu Ende geschrieben hat. Er endet mitten im Satz. Offensichtlich wurde sie dabei gestört.«

»Von uns«, sagte Imre mit Blick zu Berit. »Jetzt wir wissen, Eva Mahler hat geschrieben Erklärung für Jo, als wir beide haben geklingelt an Tür. Das sie hat überrascht. Deshalb ich habe gewusst, dass sie lässt uns am Leben. Sie nichts wollte von uns, Berit, sonst sie hätte geschickt die beiden Monster. Aber wir sind ja gekommen zu ihr, und da sie musste sich einfallen lassen etwas, um uns zu werden los. Sie hat mitgenommen uns und weggesperrt. Hätte sie gewollt uns töten, sie hätte nicht gewartet, bis wir klingeln bei ihr. Und das Mittel, das sie uns hat gespritzt, war nur Schlafmittel, dass wir nicht laut um Hilfe rufen, wenn kommt Jo.«

»Okay«, sagte Berit, »das kann so gewesen sein. Aber vielleicht war es auch anders.«

»Das stimmt natürlich«, meldete sich Hildi von ihrem Tresen. »Es gibt immer verschiedene Möglichkeiten. Egal, wer eine Geschichte zu erzählen beginnt, der sie zu Ende bringt, geht zumeist einen ganz anderen Weg. So ist das Leben. Alles ist irgendwie ein Traum, eine riesige Illusion. Und dazu gehören auch wir.« Hildi ließ ihren Blick über die Sonntagsrunde kreisen. »Sie, Herr Feller, genauso wie du, Berit, wie Imre oder Heiner, und auch du, Nikolaus, bist Teil davon.« Hildi machte eine Pause und drehte sich zum Schaufenster des Belmondo. »Und natürlich unser Jo, der uns auf Trapp hält und immer wieder für gute Unterhaltung sorgt.«

Kindlein mein, schlaf nur ein, weil die Sternlein kommen …

ENDE

Vom selben Autor

Jean Wiersch
Havelwasser
Manzettis erster Fall
Paperback, 235 Seiten, 10. Auflage 2016
ISBN 978-3-935263-45-0

Jean Wiersch
Havelsymphonie
Manzettis zweiter Fall
Paperback, 224 Seiten, 5. Auflage 2016
ISBN 978-3-935263-58-0

Jean Wiersch
Haveljagd
Manzettis dritter Fall
Paperback, 220 Seiten, 5. Auflage 2015
ISBN 978-3-935263-66-5

Jean Wiersch
Havelgeister
Manzettis vierter Fall
Paperback, 224 Seiten, 6. Auflage 2015
ISBN 978-3-935263-87-0

Jean Wiersch
Havelbande
Barrus' erster Fall
Paperback, 215 Seiten, 3. Auflage 2017
ISBN 978-3-95475-104-4

Alle Bücher im Buchhandel lieferbar

www.prolibris-verlag.de